높은 곳에 오르다

登高

바람 세고 하늘 높은데 원숭이 울음소리 애절하고

강가 물 맑고 모래 휘데 새 맴돌며 난다

끝없이 나무들에선 낙엽이 우수수 떨어지고

그치지 않는 장강은 출렁출렁 밀려온다

風急天高猿嘯哀　渚清沙白鳥飛廻

無邊落木蕭蕭下　不盡長江滾滾來

長江水路寨

장강수로채

Fantastic Oriental Heroes

長江

장강수로채 7

박현 新무협 판타지 소설

초판 1쇄 찍은 날 § 2005년 4월 19일
초판 1쇄 펴낸 날 § 2005년 4월 29일

지은이 § 박현
펴낸이 § 서경석

편집장 § 문혜영
편집 § 장상수 · 이재권 · 한지윤

펴낸곳 § 도서출판 청어람
등록번호 § 제1081-1-89호
등록일자 § 1999. 5. 31
어람번호 § 제2-0582호

주소 § 경기도 부천시 원미구 심곡1동 350-1 남성B/D 3F (우) 420-011
전화 § 032-656-4452 팩스 § 032-656-4453
http://www.chungeoram.com
E-mail § eoram99@chollian.net

박현 新무협 판타지 소설

長江水路寨

장강수로채

Fantastic Oriental Heroes

長江

7 반전

도서출판
청어람

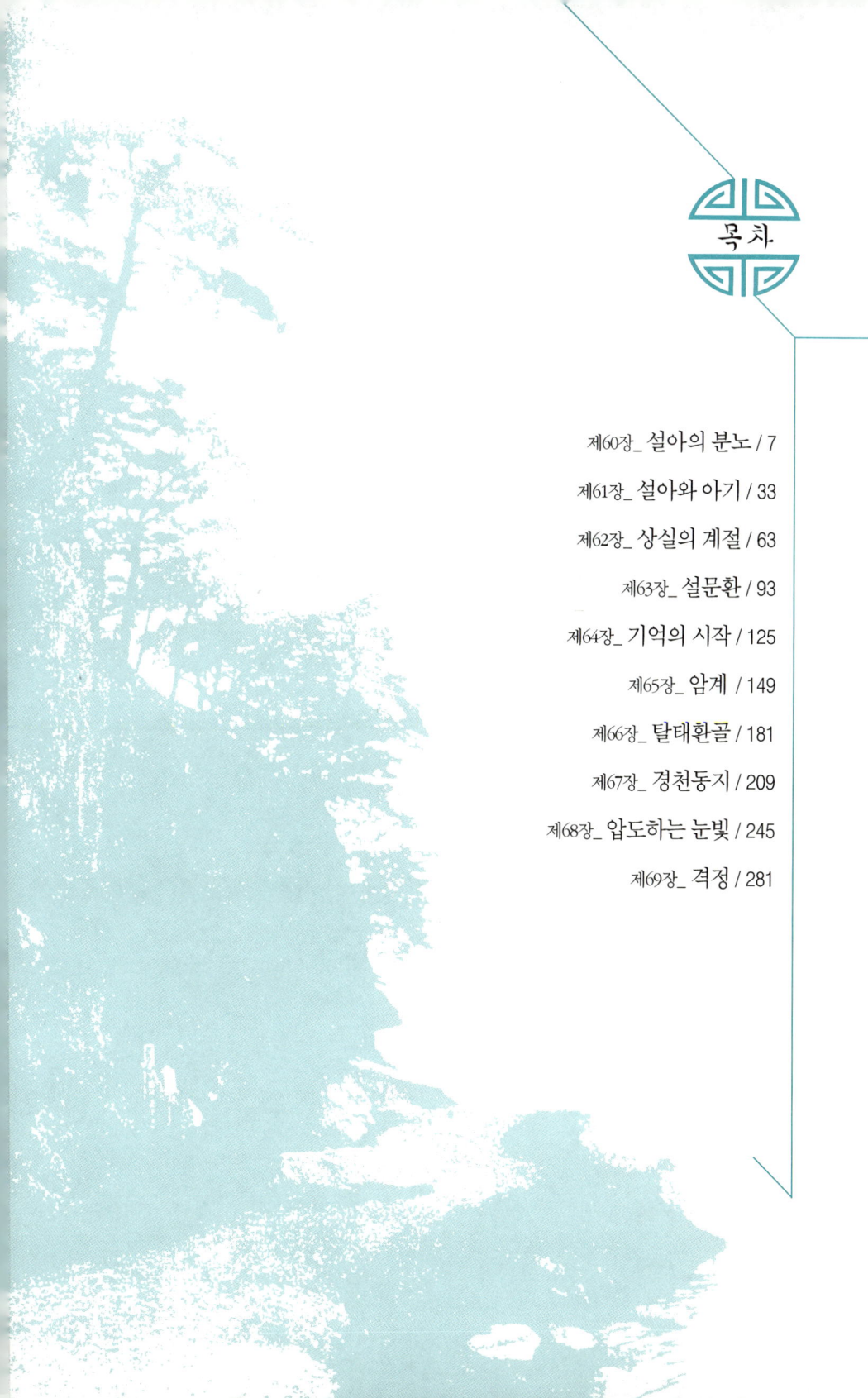

목차

제60장
설아의 분노

설아의 분노

쏴아아!

몇 개의 능선을 넘자 비가 내리기 시작했다.

어둑한 새벽에 시야를 가로막는 빗줄기.

설아는 말할 수 없는 초조감에 휩싸여 현현원영공을 펼쳤다.

그러나 아무리 집중해 봐도 그의 느낌이 잡히지 않았다.

"아아……."

급기야 설아의 표정이 점점 참담하게 변해갈 무렵, 저 아래쪽에서 가냘픈 신음 소리가 들려왔다. 그 소리를 듣자마자 설아의 눈빛이 크게 흔들렸다.

"백아, 저곳으로!"

끼루룩!

백아가 커다란 날갯짓으로 방향을 급선회했다.

파아아…….

지면이 급속도로 가까워졌다.

이윽고 저 아래에서 꿈틀거리고 있는 물체가 시야에 들어오자 설아는 눈물을 글썽이며 소리쳤다.

"청랑!"

설아의 목소리를 들었을까?

청랑이 힘없이 고개를 들었다.

"맙소사……."

설아는 전신이 피투성이가 된 채 애원의 눈빛으로 자신을 보고 있는 청랑과 내리는 비를 고스란히 맞으며 피 묻은 강보에 싸여 울고 있는 아기를 발견하고는 자기도 모르게 신음을 흘리고 말았다.

설아는 아기를 보자마자 그가 곽무한의 아이임을 알아보았다. 설령 아기의 목에 목걸이가 걸려 있지 않았더라도 곽무한을 쏙 빼닮은 눈빛과 입매가 있는 한 언제라도 알아보았을 것이다.

설아는 천지가 빙빙 도는 느낌에 넋을 잃었다. 설마 설마 하던 불안이 현실로 도래하고 만 것이다.

그때였다.

갑자기 백아가 기음을 터뜨리며 급박한 날갯짓을 했다.

콰아아!

거대한 바람이 뺨을 때리자 설아는 퍼뜩 정신을 차렸다.

휘이잉…….

아스라한 메아리를 남기며 저 하늘 끝으로 사라지는 것은 분명 암기의 일종.

설아는 급히 아래쪽으로 시선을 돌리다가 딱딱하게 굳어버리고 말았다.

앙상한 나무가 드문드문 늘어서 있는 저 아래의 언덕.

그 언덕 근처에는 청랑과 아기만 있는 것이 아니었다. 그곳에는 저마다 두툼한 장갑을 낀 십여 명의 흑의인들이 흉흉한 살기를 내비치며 청랑과 아기를 포위하고 있었다. 그들 중 두 사람은 이미 청랑을 향해 검을 내뻗고 있었고, 나머지는 거무튀튀한 침통을 하늘로 향한 채 놀란 표정을 짓고 있었다.

"이런 나쁜 사람들!"

한눈에 상황을 파악한 설아, 그 눈에서 얼음장 같은 한기가 폭사되었다. 그와 동시에 설아의 손이 허공을 갈랐다.

피피핏!

미약한 바람 소리를 내며 설아의 손을 빠져나간 것은 작고 가는 은침.

"이건 뭐야?"

청랑을 찔러가던 두 사람은 살기가 전혀 느껴지지 않는 은침 세례에 비릿한 조소를 흘리며 검봉을 틀었다. 나머지 흑의인들은 설아를 향해 재차 암기를 발사했다.

티티팅!

퓨퓨퓻!

크고 작은 소음이 동시에 일어났다.

흑의인들은 하나같이 눈을 휘둥그레 떴다.

자신들이 쏜 암기는 금관백학의 날갯짓 한 번에 허무하게 방향을 틀어버렸고, 뒤이어 동료들에게서 의외의 신음 소리가 흘러나온 때문이었다.

"으윽!"

신음 소리의 주인공은 설아의 은침을 튕겨내던 자들이었는데, 의외로 몇 개를 놓쳤는지 저마다 고통스런 표정으로 무릎을 감싸 쥐고 있었다.

"으으! 다리가… 다리가 이상해!"

흑의인들은 갑자기 사색이 되어 소리치는 두 사람을 보고는 저마다 어이없다는 표정을 지었다.

"이봐! 무슨 소리야? 혈에 찔린 것도 아닌데?"

흑의인들이 두 사람을 보며 한마디씩 핀잔을 건넬 때였다.

"모두 어디다가 한눈을 파는 거야?"

갑자기 그들의 우두머리에게서 호통 소리가 터져 나왔다.

흑의인들은 아차 하는 표정으로 빠르게 고개를 돌렸다. 그 순간 그들은 빗속을 뚫고 우아한 신법으로 금관백학의 등을 박차 오르는 가녀린 소녀를 볼 수 있었다. 그녀는 마치 누군가가 밑에서 떠받쳐주기라도 하는 듯 표표히 지면으로 내려서고 있었다.

"아미의 구전환영보? 그것도 절정에 다다른?!"

순간적으로 흑의인들에게서 경악의 빛이 스쳤다.

"아니, 아미파에서 왜?"

그러나 그들이 미처 놀랄 사이도 없었다. 곧바로 설아의 공격이 이어졌기 때문이다.

휘류류릉!

부드럽게 공간을 휘젓는 손.

그러나 그것을 본 흑의인들의 눈에는 또다시 경악이 어렸다.

"금정면장?"

흑의인들은 경악성을 토하기 무섭게 사방으로 몸을 날렸다. 바로 그 순간, 안개같이 내려오던 기파가 지면을 때렸다.

쩌쩌쩡!

도저히 안개가 지면을 때린 것이라고는 보기 어려울 정도의 엄청난 폭음이 터져 나왔다. 그리고 한동안 지면에 하얀 서리가 맺혔다.

"으으! 극성에 이른 금정면장?"

이제 흑의인들의 표정은 모두 심각해졌다.

그럴 수밖에 없었던 것이, 지금 그들이 목격한 것은 구대문파의 하나인 아미파의 비전절기들이었다. 그것도 하나같이 극에 도달한.

아무리 강가의 모래알처럼 고수가 많은 강호라지만, 평생 가야 한 번 볼까 말까 한 구대문파의 정통 절기를 본 다음에야 그들의 표정이 변하지 않을 리가 없었던 것이다.

"모두 폭우이화침통을!"

급기야 흑의인들의 우두머리가 긴장한 표정으로 말했다. 그러자 흑의인들은 모두 등 뒤에서 비파같이 생긴 검은 침통을 꺼내 들었다.

만약 이 자리에 강호 경험이 풍부한 사람이 있었다면 흑의인들이 꺼내 드는 침통을 보고 그 자리에서 굳어버렸을 것이다.

폭우이화침통.

찰나간에 방원 삼 장여를 독침으로 초토화시켜 버린다는 사천당가 비전의 기관 장치다. 그 위력이 어쩌나 지독했던지, 당가에서조차 함부로 지급하지 않는다는 그 기관 장치가 지금 설아를 향해 겨눠진 것이다.

그러나 이런 사실을 아는지 모르는지, 청랑의 바로 앞쪽에 내려선 설아의 표정은 여전히 얼음장 같았다.

"지금이라도 물러난다면……."

흑의인들의 우두머리가 위협하듯 말했다. 그러나 그의 말이 채 끝나기도 전에 설아의 입에서 냉소가 흘러나왔다.

"흥!"

흑의인의 경고를 차갑게 일축한 설아는 강하게 신형을 회전하기 시작했다. 그러자 그녀의 이마에서 환한 광채가 어리더니, 정수리 부근에서 은은한 빛을 발하는 환영(幻影), 또 하나의 설아가 나타났다.

"헉! 저게 뭐야? 모두 발사!"

그 모습을 본 우두머리는 기절할 듯 놀라 신형을 뒤로 물리며 다급히 소리쳤다.

쐐쐐쐐쐐쐐!

귀청 찢는 소리와 함께 설아를 덮쳐 가는 수백, 수천 개의 암기.

그 가공할 기세에 설아의 신형이 금방이라도 난자되려는 찰나,

"야합!"

설아의 입에서 짜랑짜랑한 기합성이 터져 나왔다.

바로 그 순간, 도저히 믿을 수 없는 일이 벌어졌다.

기합성이 울리자마자 설아의 분신이 번쩍 눈을 뜨는가 싶더니, 그 눈에서부터 찬연한 빛이 뿜어져 나와 설아의 전신을 뒤덮어 버린 것이다. 그러자 그 빛에 닿은 암기들은 태양에 녹는 이슬처럼 곧 녹아버렸고, 뒤이어 설아의 손에서 지풍이 폭사되었다.

파아아아아!

섬전 같은 속도로 쏟아진 십여 갈래의 지풍.

흑의인들은 미처 피할 생각을 못하고 풀썩풀썩 바닥으로 쓰러졌다.

"이, 이럴 수가?"

흑의인들의 우두머리는 불신의 표정을 지으며 멍하니 서 있었다.

바로 그때, 신비로운 광휘를 발하는 네 개의 눈이 그를 향했다.

"으아아아……!"

심혼을 옭아매는 무서운 눈빛이었다.

우두머리는 두 손으로 자기 눈을 가리며 발광하다가 어느 순간 털썩! 바닥으로 쓰러지고 말았다.

설아는 잠시 주변을 돌아봤다.

더 이상 남은 사람은 없었다. 그러나 흑의인들이 쏜 암기 때문인지 매캐한 냄새가 코를 찔러왔다.

"나쁜 사람들……."

설아는 아미를 찌푸리며 가볍게 손을 휘저었다.

휘류류류!

설아의 손에서 부드러운 경풍이 일자 독기가 순식간에 사라져 버렸다.

"나중에 깨어나면 부디 좋은 마음을 갖도록 해요."

설아는 혼절한 흑의인들을 보며 중얼거리다가 천천히 청랑에게 다가갔다.

낑… 낑…….

청랑은 이미 마지막 숨을 들이키고 있었다. 그 모습을 본 설아의 눈에 눈물이 고였다.

"청랑……."

설아는 눈물을 주르륵 흘리며 청랑을 껴안았다.

낑… 낑…….

청랑은 곧 숨이 넘어갈 듯한 상태임에도 줄곧 한쪽을 가리키며 끙끙거렸다.

설아는 그제야 옆을 돌아보았다.

"아앙, 앙앙!"

옆쪽에는 거의 숨이 넘어갈 듯 울어 젖히는 아기가 있었다.

"아! 내 정신 좀 봐!"

설아는 얼른 강보를 품에 안았다.

차가운 날씨와 비 때문에 아기의 몸이 파리하게 얼어 있었다.

설아는 천천히 공력을 일으켜 아기의 몸을 따스하게 데웠다. 그리고 아기의 혈색이 정상으로 돌아오자 침을 꺼내 불안정하게 뛰는 아기의 맥을 다스리려 했다. 그러다가 설아는 곧 손을 멈추고 망연한 표정을 지었다.

아기의 목에 걸린 목걸이를 보자 갑자기 마음이 흔들린 것이다.

"불쌍한 것, 하마터면 큰일날 뻔했구나."

긴 탄식과 함께 눈가에 맺힌 눈물을 훔침으로 심중의 정회를 떨친 설아는 아기의 몸에 정성껏 침을 놓았다. 그리고는 수혈을 짚어 아기를 잠재운 후 백아의 날개 밑에 내려놓고 청랑에게 다가갔다.

"청랑……."

설아는 청랑의 눈에서 생명의 빛이 꺼져 가는 것을 보았다.

"청랑, 두려워하지 마. 내가 치료해 줄게."

설아는 청랑의 이마를 쓰다듬으며 말했다.

그 말을 알아들었을까? 청랑의 고개가 미미하게 꿈틀거렸다.

쏴아아…….

내리는 빗소리가 아련하게 들려왔다.

자신의 마음이 차분하게 가라앉은 것을 확인한 설아는 천천히 침을 꺼내 들었다.

"경맥(經脈)의 흐름에 반(反)하여 침을 쓸 때는 사기(邪氣)가 흘러오는 위세를 쳐서 그 실(實)을 빼앗아 버린다. 그리하면 어찌 사기가 쇠하지 않겠는가? 경맥의 흐름을 따라서 침을 쓸 때는 정기(正氣)가 흘러가는 힘에 따른다. 그리하면 어찌 정기의 허(虛)가 실(實)해지지 않겠는가? 이렇듯 표(標)와 본(本)을 잘 알아서 정치(正治)와 반치(反治)를 분별하면 잘못하는 일이 없다……."

설아는 나직한 읊조림과 함께 손을 움직이기 시작했다.

중얼거림이 빨라질수록 손도 빨라졌다.

잠깐의 시간이 흐르자 청랑의 전신은 빽빽한 침으로 뒤덮였다.

이윽고 마지막에 남은 것은 어른 중지만한 침.

"차핫!"

잠깐 청랑의 눈을 바라보나 싶던 설아는 짧은 기합성과 함께 침을 청랑의 뇌호혈 깊숙이 찔러 넣었다. 그 순간 청랑의 몸이 작살에라도 꿰인 듯 펄쩍 뛰었다.

"휴우… 다행히 실수하지는 않았구나."

설아는 빗방울을 닦아내며 짧게 중얼거렸다.

설아가 청랑에게 시술한 것은 그 옛날 곽무한에게 썼던 천외옥환회혼지술이었다. 사람이 아닌 동물에게 시술한 것은 이번이 처음이라 내심 조금의 걱정이 있었는데 다행히 성공한 것 같았다.

설아는 혼절에 빠진 청랑의 맥을 잠깐 살펴보다가 다시 아기를 안아 들었다.

아기는 쌕쌕 고른 숨을 내쉬며 잠들어 있었다.

"가엾은 것……."

설아는 아기의 얼굴을 한참 동안 들여다보다가 자기도 모르게 탄식성을 흘리고 말았다.

"하아… 도대체 그는 어떻게 된 것일까? 청랑과 아기가 이런 형편에 처할 지경이라면 그는 이미……."

말을 내뱉고 나자 왈칵 눈물이 솟구쳤다.

설아는 애써 눈물을 삼키며 눈 아래에서 꼼지락거리고 있는 아기의 손을 잡았다. 불길한 느낌을 떨치기 위해서였다.

아기의 손을 잡자 따스하고 간지러운 느낌이 들었다.

설아는 그 느낌에 취해 살포시 미소를 지었다. 그런데 바로 그때, 예감이랄까? 느낌이랄까? 뇌리에 격렬한 감응이 왔다.

"아악!"

설아는 외마디 비명을 지르며 자리에서 벌떡 일어났다. 그 바람에 아기가 깨어 앙앙 울었지만 설아는 아무런 생각도 할 수 없었다.

암흑 천지에 그가 있었다.

그의 눈빛이 아기를 바라보고 있었다.

그러나 그 눈빛은 암흑의 무저갱으로 빨려가듯 점점 멀어지고 있었다.

"안 돼!"

설아는 절규처럼 비명을 터뜨리며 백아에게 뛰어갔다.

"백아! 어서, 어서! 그가 위험해!"

설아가 다급히 백아를 재촉할 때였다.

번쩍… 꽈르르릉!

갑자기 하늘에서 천둥 번개가 내리쳤다.

천지가 대낮처럼 환해지고 고막이 떨어져나갈 듯한 엄청난 천둥 번개였다.

짜자자작!

뒤이어 잔광(殘光)이 수도 없이 내리쬐었고, 빗발이 갑자기 굵어졌다.

설아는 알 수 없는 예감이 등줄기를 타고 오르는 것을 느꼈다.

천둥 번개가 가라앉고 나자 그의 느낌이 완전히 사라져 버린 것이다.

"설마… 설마……!"

설아는 엄습하는 현기증으로 인해 잠깐 몸을 휘청이다가 퍼뜩 정신을 차렸다. 귓속을 파고드는 아기의 울음소리 때문이었다.

"아아……."

설아는 한숨을 내쉬며 다시 아기를 안아 들었다. 아무리 급해도 아기와 청랑을 저대로 두고 떠날 순 없었다.

잠시 시간이 흐른 후, 설아는 주변에서 외진 동굴 하나를 찾을 수 있었다.

"조금만 기다려, 곧 돌아올게."

설아는 아기와 청랑을 동굴 안에 눕혀놓고 바위로 입구를 막았다. 그리고는 곧바로 곽무한을 찾아 나섰다.

* * *

쏴아아…….

엄청나게 쏟아 붓는 비였다.

강물은 불어난 물살을 이기지 못해 황룡처럼 꿈틀거렸다.

쿠콰콰콰콰······.

용틀임치는 물살이 한눈에 내려다보이는 절벽.

흡사 포탄에라도 맞은 듯 일부분이 허물어져 내린 절벽 끝에 일단의 무리들이 서 있었다. 그들은 모두 망연한 눈빛으로 흘러가는 물살을 바라보고 있었다.

"휴우, 다시는 겪고 싶지 않은 악몽이오."

무리들 중 한 사람이 갑자기 고개를 설레설레 흔들며 입을 열었다. 그러자 그 곁에 서 있던 도포 차림의 죽립인이 그 말을 받았다.

"빈도 역시 마찬가지요. 세상에 저런 독종이 있으리라고는 꿈에도 생각지 못했소이다."

그 말에 몇 사람이 미미하게 고개를 끄덕였다. 그러나 대부분의 사람들은 여전히 침묵을 지키고 있었다.

"설마··· 살아나지는 않겠지?"

누군가가 또다시 중얼거렸다. 바로 그 순간, 모두의 안색이 파리하게 변했다. 심지어 어떤 사람은 어깨를 움찔 떨기까지 했다.

그때 저 뒤쪽에서 까마귀 우짖는 목소리가 흘러나왔다.

"그게 무슨 말씀이신지? 설마 하니 그대는 본 가의 실력을 믿지 못하겠다는 말씀이시오?"

"아! 그, 그런 말이 아니고······."

무심코 중얼거렸던 사내는 두 눈에 녹색 기광을 일렁이는 노인을 보자 급히 말문을 닫았다.

잠시 못마땅한 표정으로 좌중을 둘러보던 노인은 언성을 높였다.

"모두들 염려 놓으시오. 그는 본 가의 두 가지 극독에 중독되었소. 그러니 행여 천운이 닿아 살아난다 해도 절대 사흘을 넘길 수 없소이다."

사람들은 그제야 안도한 표정을 지었다.

그때 누군가가 한숨 반 탄식 반인 목소리로 말했다.

"이제 저희는 이만 떠나겠습니다."

낮고 가는 여인의 목소리였다.

승복 차림에 죽립을 눌러쓴 그녀가 움직이자 그녀 주변에 있던 왜소한 인영들이 질서정연하게 그 뒤를 따랐다.

"흠, 흠. 아미파가 떠나시겠다니 저희도……."

왜소한 인영들의 뒤를 이어 연푸른 도포 차림의 죽립인들이 움직였다. 그러자 그때부터 대부분의 사람들이 저마다 무리를 지어 움직이기 시작했다.

"단주께서는 어떻게?"

마지막으로 절벽을 떠나던 늙수그레한 초로인이 녹색 기광의 노인을 돌아보며 물었다.

"우린 장내를 좀 정리하고 떠나겠소. 먼저들 가시오."

녹색 기광의 노인, 사천당가의 혈우단 단주인 당무극은 잠깐 한 손을 들어 보임으로 초로인에게 인사를 보냈다.

"그럼 폐를 끼치겠소이다."

마지막으로 남아 있던 초로인까지 사라지자 당무극은 천천히 등을 돌렸다.

"모두 시체를 수습하라."

그의 명이 떨어지자 일단의 흑의인들이 주변에 널브러져 있는 시체들을 한곳에 모았다. 그것들은 모두 연고를 알 수 없어 내버려진 시체들이었다.

"저어… 저것들은 어떻게 할까요?"

절벽 끝에서 출렁이는 강물을 바라보고 있는 당무극에게 한 놈이 물어왔다.

"무슨? 음, 수적들의 시체 말이냐? 그건 내버려 둬."

"존명!"

수하가 사라지고 나자 당무극은 다시 강물을 쳐다봤다.

일렁이는 강물을 보자니 놈의 마지막 얼굴이 떠올랐다. 더불어 그 광기에 찬 눈동자도.

'독한 놈……'

당무극은 자기도 모르게 어깨를 움찔 떨었다. 그러다가 흠칫 주변을 돌아보고는 계면쩍은 듯 몇 번 헛기침을 했다.

어느새 시체를 녹였는지 수하들이 질서정연한 태도로 시립해 있었다.

"왜 그러고 있나? 다 모였으면 바로 출발시키지 않고?"

당무극은 의아한 표정으로 선두에 선 수하를 쳐다봤다.

그러자 삐쩍 마른 복면인이 반 발짝 앞으로 나서며 고개를 푹 숙였다.

"문제가 생겼습니다. 추혼 삼조가 아직 귀환하지 않았습니다."

"추혼 삼조? 그들은 늑대와 애새끼를 쫓아갔잖아?"

"예, 그런데 아직……"

"이런! 그깟 늑대 하나 잡는 데 무슨 놈의 시간이 걸린다고?"

당무극은 막 노화를 터뜨리다가 갑자기 눈매를 좁혀 건너편 하늘을 노려봤다.

저쪽 하늘 끝에서 하얀 물체가 날아오고 있었기 때문이다.

"백학? 그것도 금관백학?"

당무극은 섬전 같은 속도로 날아오고 있는 금관백학을 보며 신음처럼 중얼거렸다.

파아아…….

백학이 내려앉자 사방에 거센 빗방울이 튀었다.

그러나 흑의인들은 미동조차 없이 서 있었다.

당무극은 물끄러미 백아를 쳐다보다가 이내 눈을 빛냈다.

백아의 등에서 내리는 설아를 발견한 것이다.

"소저는… 누구시오?"

당무극은 최대한 정중한 태도로 물었다.

영물 중의 영물이라는 금관백학을 제집 종 부리듯 하는 소녀다. 도저히 그 신분이 짐작되지 않아 몇십 년 만에 처음으로 타인에게 예의를 보인 것이다.

그러나 돌아온 대답은 당돌하기 짝이 없었다.

"그러는 당신들은?"

말투와 표정에 서린 냉랭함을 못 느낄 당무극이 아니다.

"훗, 내 귀가 잘못되었나? 아무리 생각해 봐도 내가 소저보다는 훨씬 존장일 듯한데……."

먼저 신분을 밝히라는 소리다.

그러나 설아는 코대답도 않은 채 사방을 훑어나갔다.

그 모습에 당무극의 눈썹이 역팔자를 그렸다.

당금 천하에 누가 감히 자기를 면전에서 무시할 수 있단 말인가?

"네가 감히?"

당무극이 막 노갈을 터뜨리려 할 때였다.

갑자기 설아의 몸이 휘청거렸다.

"맙소사!"

눈앞에 보이는 저 시체는 매옥이 분명해 보였다.

"당신들이… 당신들이 한 짓인가요?"

휙 고개를 돌리는 설아의 눈에 새파란 한기가 어렸다. 그만큼 충격과 분노를 느낀 것이다.

당무극은 어이가 없었다.

손가락 하나만 떨치면 한 줌 핏물로 화할 아이가 너무 광오한 것이 아닌가?

감히 자신에게 살기를 내비치다니?

"이런 버르장머리없는 계집애가 있나!"

화가 머리끝까지 치민 당무극은 설아에게 본때를 보여주려고 수하들을 돌아봤다. 그러나 설아의 목소리가 먼저였다.

"그는 어찌 되었나요?"

조금 전과는 현저히 다른 눈빛에 오싹한 목소리였다.

"그?"

당무극은 그 순간 깨달았다.

곽무한과 관계된 계집이다.

그렇다면 더 이상 말을 섞을 필요가 없다.

"그놈은 이미 뒈져 버린 지 오래다, 계집!"

당무극은 그 말을 끝으로 손을 번쩍 치켜들었다. 그러자 뒤에 도열해 있던 흑의인들이 부챗살처럼 퍼지며 설아를 에워쌌다.

"천벌을 받을 사람들……."

설아는 눈물이 찰랑하여 흑의인들을 노려봤다.

"모두 조심!"

저 고운 눈에 어디서 저런 살기가 숨어 있었을까?

흑의인들은 눈물 속에 도사린 설아의 살기를 느꼈다.

마치 거미가 끈적끈적한 실을 내뿜는 느낌이었다.

'왜일까? 그녀는 단지 우리를 노려보고만 있을 뿐인데 왜 이렇게 섬 뜩한 기분이 드는 것일까?'

흑의인들이 이런 의혹을 느낄 때였다. 저 뒤쪽에 서 있던 당무극이 가장 먼저 그 원인을 발견했다.

"으음… 저게 뭐지?"

처연한 표정으로 눈물을 흘리며 서 있는 설아.

그러나 언젠가부터 그녀에게서 은은한 광채가 흘러나오고 있었다.

정확히 말하자면 그녀의 이마에서부터 시작된 광채였는데, 눈 몇 번 깜빡이고 나자 어느새 범위를 넓혀 주변을 온통 노을빛으로 물들이고 있었다.

빗방울에 반사되어 사방으로 번지는 노을빛 광채.

그리고 그 속에서 눈물을 흘리며 서 있는 미모의 소녀.

실로 아름답기 짝이 없는 정경이었지만, 당무극과 흑의인들에게는 왠지 섬뜩한 느낌으로 다가왔다.

"나는 오늘 당신들을 절대 용서하지 않겠어요."

이윽고 설아의 입에서 한기 어린 목소리가 흘러나오는 순간, 은은하 던 노을빛이 폭발적으로 강렬해졌다.

당무극은 자기도 모르게 공력을 극성으로 끌어올리며 소리쳤다.

"모두 공격!"

파파파팟!

흑의인들이 일제히 날아올랐다.

당무극 역시 자신의 절초인 삼음묵장(三陰默掌)을 날리기 위해 신형을 띄웠다.

바로 그때,

"아아아아아아!"

설아의 입에서 기이한 고함 소리가 울려 나왔다.

밤하늘을 넘어 아득한 천공으로 메아리 치는 소리였다.

'음공의 일종인가?'

당무극은 혹시나 하여 내공으로 고막을 보호했다.

그녀가 지른 소리를 듣자마자 머리가 무겁고 속이 메스꺼워서였다.

그러나 곧 당무극은 어이없다는 표정을 짓고 말았다.

수백 개의 암기가 날아가는 상황임에도 설아의 행동에는 더 이상의 변화가 없다. 그렇다면 음공이 아니라는 말.

"이런, 허세였군!"

당무극은 피식 실소를 지으며 내뻗던 공세를 회수했다.

'수하들로도 충분하리라.'

그러나 그건 그의 착각이었다.

금방이라도 그녀를 난도질할 것 같던 암기들이 그녀의 몸을 감싸고 있는 광채에 닿자마자 힘을 잃고 툭툭 떨어져 내리는 것이 아닌가?

"뭐야? 왜 저래?"

그러나 그건 별로 놀랄 일이 아니었다. 정작 놀랄 일은 그 뒤에 일어났다.

드드드드드…….

이 소리가 시작이었다.

"헉! 난데없이 웬 지진이?"

그랬다.

갑자기 지축이 흔들리기 시작한 것이다.

시간이 흐를수록 중심잡기조차 힘든 진동이었다.

그러나 이때까지만 해도 당무극은 이게 바로 악몽의 시작이라는 사실을 꿈에도 생각지 못했다.

"아아아아아아아!"

설아의 입에서 흘러나오는 기음이 점점 높아지고, 그녀에게서 뿜어지는 광채도 점점 빛을 더해갈 즈음.

드드드드… 쩌저저적!

이때부터 시작이었다.

갑자기 지반이 쩍쩍 갈라지고 절벽 한쪽이 허물어져 내리기 시작했다.

"헉! 이게 무슨 조화야?"

당무극은 난데없는 변화에 놀라 본능적으로 공력을 끌어올렸다.

그러나,

"헉! 이럴 수가?"

갑자기 온몸에 힘이 쭉 빠져나가며 공력이 모이지 않았다.

"사술(邪術), 사술이다!"

당무극은 자기도 모르게 소리쳤다.

그러나 그건 약과였다.

드드드드… 파아아!

퍼퍼펑!

갑자기 주변에 있던 나무가 흙더미를 날리며 산산이 뽑혀져 올라가는 것이 아닌가? 게다가 땅속에 있던 바윗덩이까지 하늘로 치솟기 시작했다.

"으아아! 도대체 이게, 이게?"

당무극은 당황했다.

그러나 알다시피 당무극은 산전수전 다 겪은 노물.

"모두 독공을 펼쳐!"

물론 비 때문에 범위가 좁을 것이다. 그러나 일단 펼쳐지기만 한다면야 저깟 어린 소녀가 어찌 견딜 수 있으랴? 그렇게만 되면 이 놀라운 천지조화도 그치고야 말리라.

그러나 당무극은 얼마 지나지 않아 그 생각이 오산이라는 것을 알아차렸다.

자신들이 펼친 독은 저 바람 불면 날아갈 듯한 소녀의 손짓 한 번에 번번이 사그라들었고, 드디어는 허공으로 치솟은 바윗덩이와 나무 등치들이 쿵쿵 떨어져 내리기 시작한 것이다.

"으아아아!"

결국 당무극이 할 수 있는 것은 비명을 지르는 일뿐이었다.

생각해 보라.

하늘에서는 바윗덩이와 나무 등치가 우박처럼 쏟아져 내리고, 바닥은 마른논처럼 쩍쩍 갈라져 나간다. 더구나 공력조차 쓸 수 없는 상황이니, 이런 상황에서 그와 수하들이 할 수 있는 일이 뭐가 있겠는가?

그토록 쏟아 붓던 빗줄기도 어느새 가늘어졌다.

설아는 서늘한 눈빛으로 사방을 둘러봤다.

참혹했다.

흑의인들 대부분이 바윗덩이에 깔리거나 나무 등치에 눌려 신음만 흘리고 있었다. 개중 몇몇은 기식이 엄엄했고 죽은 사람도 있었다.

상황은 당무극이라고 다르지 않았다.

그는 바윗덩이에 다리가 깔려 운신도 못하는 상태였다.

설아는 잠깐을 망설이다가 이내 결심한 듯 당무극에게 다가섰다.

"으으… 이 요녀야, 내게 무슨 짓을 하려는 게냐?"

마주한 설아의 눈에서 노을빛 광채가 쏟아지자 당무극은 이를 갈며 소리쳤다. 그러나 그는 곧 몸을 부르르 떨며 멍한 표정이 되고 말았다.

설아가 펼친 현현원영공에 혼백을 제압당한 것이다.

설아는 말없이 당무극의 눈을 바라보았다.

많은 것이 보였고 많은 것을 알 수 있었다.

"왁!"

시시각각 표정의 변화를 보이던 설아는 마침내 피를 토하며 바닥에 주저앉고 말았다.

설아가 울혈을 토하는 동안 당무극은 겨우 정신을 차렸다.

당무극은 잠깐 어리둥절한 표정을 짓다가 이내 설아를 향해 고함을 질렀다.

"내게 무슨 짓을… 무슨 짓을 한 것이냐?"

설아는 당무극의 고함 소리에 퍼뜩 정신을 차렸다. 그러자 당무극의 뇌리를 통해 본 장면들이 다시 떠올랐다.

"용서하지 않아……."

설아는 혼잣말을 중얼거리며 고개를 들었다.

"헉!"

당무극은 가슴이 철렁했다.

난생처음 보는 눈빛이 다가오고 있는 게 아닌가?

"안 돼!"

당무극은 섬뜩한 느낌이 들어 자기도 모르게 비명처럼 소리를 질렀다.

그러나 허망한 외침이었다. 그녀가 손을 들자 단전 어림이 뜨끔하더니 진기가 먼지처럼 흩어져 버렸고, 어깨 어림이 뜨끔하더니 양팔에 마비가 왔다.

"끄으으… 이년, 네 이년! 으아아아!"

당무극은 본능적으로 알아차렸다.

앞으로 자신은 영원히 양팔과 단전을 쓸 수 없는 폐인이 되고 말았다는 사실을.

당무극은 도저히 지금 상황이 믿기지가 않았다.

사천을 통틀어, 아니, 중원 전체를 통틀어 고수 중의 고수라 불리는, 자신이 고작 스무 살도 되지 않은 계집아이에게 힘 한 번 못 써보고 폐인이 되고 말다니!

차라리 한 번 싸워보기라도 했으면 이토록 억울하지는 않을 것이다.

"크아아! 이 요녀야, 차라리 날 죽여라! 날 죽이란 말이다. 크흐흑!"

당무극은 갑자기 찾아온 상실감에 비통한 표정으로 울부짖었다.

그러나 그는 곧 울음을 그칠 수밖에 없었다.

설아의 입에서 흘러나온 섬뜩한 중얼거림 때문이었다.

"할 수만 있다면… 내 성정이 한 푼만이라도 더 독했었다면……."

그녀는 그 말을 내뱉으며 눈물을 주르륵 흘렸다. 그 순간 장내에는 갑자기 정적이 감돌았다.

흑의인들은 설아가 차마 맺지 못한 말이 뭔지 알아차렸다.

그녀는 자신들을 봐준 것이 아니었다.

마음이 약해 죽이지 못한 것뿐이었다. 그래서 지금 그녀 스스로 원통해하고 있는 것이다.

흑의인들은 행여 그녀의 마음이 변할까 봐 신음 소리조차 죽인 채 전전긍긍 눈치만 살폈다.

설아는 한참을 울다가 충혈된 눈으로 흑의인들을 돌아봤다.

"모두 돌아가요. 다시는 이곳에 발도 딛지 말아요!"

그 말이 끝남과 동시에 바윗덩이와 나무 둥치들이 다시 하늘로 날아올랐다.

첨벙, 첨벙!

흑의인들은 물보라를 일으키며 계곡 아래로 사라지는 바위들을 보면서 다시 한 번 몸을 떨었다.

흑의인들마저 떠나고 아무런 인적조차 남아 있지 않는 절벽.

설아는 애타는 마음으로 곽무한을 찾고 또 찾았다. 그러나 아무리 찾아 헤매도 그의 흔적은 그 어디에도 남아 있질 않았다.

억겁 같은 시간이 흘렀다.

어느덧 절벽에 희뿌연 먼동이 내렸다.

그토록 쏟아 붓던 빗줄기는 동이 트자 언제 그랬냐는 듯 자취를 감췄다.

설아는 햇살을 받으며 무너지듯 주저앉았다.

잠시 뒤.

절벽에는 설아의 울음소리만 애절하게 흘렀다.

제61장
설아와 아기

설아와 아기

햇살이 내리쬐는 언덕에 초라한 무덤이 만들어졌다.

간밤에 무너져 내린 절벽이 한눈에 내려다보이는 곳이었다.

설아는 아기를 안고 무덤 앞에 섰다.

아기는 눈앞에 있는 무덤이 제 엄마의 무덤이란 사실을 알아 차리기라도 한 것처럼 정신없이 울어댔다.

"불쌍한 것……."

아기가 울자 설아의 눈에서도 눈물이 흘러내렸다.

"아가야… 네 엄마는 하늘나라로 갔단다. 거기서 널 영원히 지켜볼거야. 그러니 그만 울음을 그치렴. 응?"

설아는 눈물을 흘리며 아기를 얼렀다. 그러나 목이 메어 말이 제대로 나오지 않았다. 그래서인지 아기는 여전히 기를 쓰고 울어댔다.

설아는 아기를 품에 안고 한동안 흐느끼다가 겨우 눈물을 거뒀다.

설아는 그렁그렁한 눈으로 아기의 뺨을 어루만졌다. 바로 그때였다. 우연처럼 두 눈이 서로 마주쳤다. 그 순간 아기가 눈물방울을 단 채로 옹알이를 했다.

"움… 마……"

설아는 그 자리에서 딱 굳어버렸다.

아기의 입에서 나온 단어가 설아의 마음을 흔들어 버린 것이다.

'엄마? 엄마라고?'

어릴 적에 본 아기 사슴이 아기의 얼굴에 겹쳐 보였다, 어미를 잃고 구슬프게 울어대던 그 얼굴이.

"그래, 아가야. 지금부터는 내가 네 엄마가 되어주마."

설아는 어릴 적의 다짐을 떠올리며 아기를 꼬옥 끌어안았다.

"네가 지금 제정신이냐?"

예상대로 벽력호통이 떨어졌다.

할아버지는 자신과 아기를 번갈아 보며 수염을 부르르 떨었다.

"제가 키울 거예요."

설아는 또박또박한 목소리로 다시 한 번 자신의 의지를 표명했다.

"안 돼! 절대로 안 돼! 시집도 안 간 처녀가 아이를 키우다니? 내 눈에 흙이 들어가기 전에는 절대 안 돼!"

말로는 성에 차지 않았는지 채 노인은 아예 옷자락을 떨치며 자리에서 일어나 버렸다.

그때였다.

"으와앙!"

갑자기 아기가 울음을 터뜨렸다. 고함 소리에 놀란 모양이었다.

설아는 화들짝 놀라 얼른 아기를 얼렀다.

"아가야, 울지 마. 엄마가 여기 있잖니, 응? 우루루루 까꿍."

채 노인은 발까지 동동 구르며 아기를 어르는 설아를 보고는 그만 기가 막혀 버렸다.

"저, 저 못된 것! 감히 뉘 앞에서 저따위 말을? 에잉!"

한동안 설아를 노려보던 채 노인이 고개를 홱 돌리며 자리를 뜨려 할 때,

"까르르르!"

갑자기 아기가 웃었다.

천진난만한 웃음소리였다.

그 소리가 채 노인의 발목을 붙잡았다.

채 노인은 자기도 모르게 아기를 돌아봤다.

아기의 얼굴이 처음으로 눈에 들어왔다.

'아비, 어미가 누군지는 몰라도 정말 귀엽게 생겼구나…….'

웃는 모습이 콱 깨물어주고 싶을 정도로 귀여운 아기였다.

"어디 한번 보자꾸나."

설아는 잠깐 당황한 표정을 짓다가 미소를 지으며 아기를 건넸다.

아기는 채 노인 품에 안겨서도 계속 웃고 있었다.

그 모습을 보니 문득 정이 갔다.

채 노인은 아련한 기억을 떠올렸다.

그때도 지금 같은 느낌이었다.

아들에게서 설아를 처음 건네받은 바로 그때도.

채 노인은 만감이 교차하는 심정이었다.

"보자아! 이놈, 고추로구나!"

채 노인은 심중의 소회를 떨치기 위해 아기를 번쩍 치켜 올렸다.

"까르르!"

아기의 웃음소리가 가슴을 찡하게 울려왔다.

"젖 줄 사람부터 찾아야겠구나."

채 노인이 아기를 넘기며 말했다.

설아는 멀어져 가는 채 노인을 보며 눈물을 훔쳤다.

*　　　*　　　*

짹짹.

지저귀는 새소리와 함께 키 작은 모옥에도 아침이 왔다.

매일같이 반복되는 아침이지만, 언젠가부터 채 노인과 설아에게는 전혀 새로운 의미의 아침이 되었다.

"으와앙!"

해가 뜨면서부터 시작되는 아기의 울음소리 때문이었다.

"어이쿠, 저놈 또 쌌네그려!"

아기가 울면 채 노인이 부스스 눈을 비비며 일어난다. 그러면 옆방에서 자고 있던 설아가 기지개를 켜며 일어나 아기를 안아 든다.

"어머? 예쁘게도 쌌네."

설아의 말을 들으면 아기 기저귀에는 언제나 꽃향기만 나는 것 같았다. 그러나 채 노인은 아니었다.

"설아야, 제발 나가서 하면 안 될까?"

채 노인이 아기의 응가 냄새에 코를 막으며 하소연해 보지만, 설아는 언제나 생긋 웃음으로 무시해 버린다.

"아직 추워서 안 돼요. 혹시 감기라도 걸리면 어쩌려구요."

"에효효……."

설아가 따스한 물에 아기를 씻기고 나면 그때부터가 채 노인의 한숨이 깊어지는 시간이다.

"휴우… 이놈아, 가자꾸나."

터덜터덜 길을 나서는 채 노인과 아기.

동네 아낙에게 젖 동냥을 나가는 것이다. 설아는 그런 두 사람을 환한 미소로 배웅하고는 기저귀를 빨기 시작한다.

어찌어찌 젖 동냥에 성공한 채 노인이 잔뜩 일그러진 표정으로 돌아오면 그때부터 아침 식사가 시작된다. 그러나 두 사람의 아침 식사는 언제나 전쟁 치르듯 했다. 원인은 아기 때문이었다.

두 사람이 한 숟갈이라도 뜰라 치면,

"우와앙!"

셔우 날래놓고 돌아서면 또 '으와앙'…….

어찌나 시간을 잘 맞추는지 일부러 심통을 부리는 것 같았다.

"에효오. 저놈 때문에 밥이 코로 들어가는지 입으로 들어가는지 모르겠다."

"호호호. 울면서도 저 오물거리는 입 좀 봐요. 이젠 밥이 먹고 싶은가 봐요."

두 사람의 밥상머리 대화는 늘 이런 식이었다.

채 노인은 언제나 푸념을 해대는 쪽이었고, 설아는 언제나 아기 편을 드는 쪽이었고.

물론 채 노인이라고 매일 푸념만 해댄 것은 아니었다. 가끔씩 아기를 보며 파안대소를 터뜨릴 때도 있었다.

그럴 때는 주로 아기가 조막손으로 물건을 움켜쥐거나 낑낑거리며 몸을 뒤집을 때였다.

"푸하하, 이놈 좀 보게. 손아귀 힘이 보통이 아니야."

"어이쿠, 또 뒤집었다! 조금만 있으면 아예 온 방 안을 휘젓고 다니겠구나, 허허허."

그랬다.

아기가 커가는 모습은 경이(驚異), 그 자체였다.

아기는 모옥에 온 지 석 달 만에 작고 귀여운 아랫니를 가졌다. 그리고 그때부터 아기는 빨빨거리며 사방으로 기어다니기 시작했고, 겨울의 끝 무렵 즈음에는 의자나 침상 모서리를 붙잡고 기우뚱기우뚱 일어서며 '움마, 움마', '하뿌지, 하뿌지' 하며 까르르 웃어 젖혔다.

그럴 때마다 두 사람은 박수를 치며 환호성을 질렀다.

물론 가슴이 철렁하거나 눈시울을 적실 때도 있었다.

아기가 이유없이 고열에 시달리거나 잔병치레를 할 때였다. 그럴 때면 두 사람은 누가 먼저랄 것도 없이 밤새 아기에게 매달렸다.

아기는 두 사람의 사랑과 관심을 자양분 삼아 무럭무럭 자랐다.

채 노인과 설아의 하루는 언제나 아기와 함께 시작했고 아기와 함께 마감했다. 그렇게 울고 웃는 동안 모옥에는 사람 사는 냄새가 짙어만 갔다.

길고 훈훈했던 겨울이 지나자 향긋한 꽃 내음과 함께 따스한 봄이 왔다.

봄이 되자 설아와 채 노인은 아기의 이름을 지었다.

예전에 곽무한과 매옥이 그랬듯이, 아기 이름을 지을 때 두 사람은 서로 언쟁이 오고 갔다.

"만강(萬康)이라 부르자."

물론 이런 촌스런 이름을 제안한 것은 채 노인이었다.

병마에 떠나보낸 아들이 못내 한이 되어서였다.

그러나 설아는 고개를 저었다.

"싫어요. 보옥(寶玉)이라고 부를래요."

채 노인은 설아가 지은 이름을 듣고 배를 쥐며 웃었다.

"보옥이? 푸하하하! 설아야, 그건 여자 이름이 아니냐?"

"여자 이름이면 어때요? 전 보옥이란 이름이 좋아요."

설아가 보옥이란 이름을 주장한 이유는 곽무한이 남긴 목걸이 때문이었다. 아기의 목에 걸린 목걸이는 만년온옥으로 된 것이다.

설아는 옥으로 된 목걸이를 보며 항상 곽무한을 떠올렸다.

'그의 아이야. 따스하고 소중한 옥과 같은 아이……'

자기 마음의 보물, 곽무한이 남긴 옥과 같은 아이, 그래서 보옥이었다.

"안 돼! 남자는 자고로 우직한 이름을 갖는 게 좋아. 만강이로 가자!"

"싫어요, 보옥이로 할래요."

두 사람은 결국 아기의 선택에 맡기기로 결정했다.

"만강아, 할아비가 여기 있네. 이리로 고개를 돌려보렴."

그러나 아기는 채 노인을 쳐다보지도 않았다.

애가 탄 채 노인이 채신머리없이 엉덩이춤까지 춰 보였지만 어림도 없었다.

"까꿍! 보옥아, 엄마 여기 있네."

"까르르."

"쳇……."

결과는 당연히 설아의 승리였다.

남자라면 누구나 향기로운 여인을 좋아하기 마련이었으니. 아기 역시 고추 달린 사내였으니.

키워본 사람이라면 누구나 아는 사실이지만, 아기를 키운다는 건 날마다 사건의 연속이다.

아무것도 모르는 아기들이 저지르는 믿을 수 없는 사건.

당연히 보옥이라고 예외는 아니었다.

사건은 보옥이가 걸음마를 시작하면서부터 그 징후를 드러냈다.

쿵, 쿵, 털퍼덕!

여느 아기들처럼 이리 넘어지고 저리 넘어지며 아무 데나 이마를 찧는 건 평범 축에도 못 드는 일이었다. 그러나 산왕이나 백아, 나아가서 용왕 아저씨에게 한 일은 그 도를 넘어 설아와 채 노인을 경악에 빠뜨렸다.

그 시작은 이러했다.

보옥이가 뒤뚱뒤뚱 걸음마를 시작할 때 채 노인은 모종의 결심을 했다.

"이곳은 짐승들이 많아서 위험해."

봄이 되면서부터 원기를 회복한 청랑이 보옥이를 보호하고 있었지만, 채 노인은 왠지 마음이 놓이지 않았다.

그도 그럴 것이 영물과 짐승들이 엄마처럼 따르는 설아다.

이때까지야 대부분 겨울잠을 자느라 몰려오지 않았지만, 지금부터는 한 놈씩 설아에게 인사를 하러 찾아올 것이었다. 그중 다른 놈들은 크게 걱정되지 않았지만, 며칠만 지나면 새끼를 낳을 산왕이 문제였다.

알다시피 해산 직후의 짐승들 신경이 얼마나 날카로운가? 거기다가 최근 들어 넘치는 힘(?)을 주체치 못해 빨빨거리며 돌아다니는 보옥이를 보자니 앞으로 벌어질 일은 안 봐도 그림이었다. 사단이 나도 한 번은 크게 날 것 같았다.

그래서였다.

채 노인은 보옥이에게 영약을 먹이기로 했다.

영약을 먹인다고 해서 위험이 완전히 사라지는 것은 아니겠지만, 최소한 짐승들이 함부로 달려들지는 못하리라.

"…그래서다."

"좋은 생각이네요. 내가 왜 그 생각을 미처 못했지?"

채 노인의 생각에는 설아도 동의했다. 당연히 그냥 동의만 한 것은 아니었다.

"그럼 이 기회에 금정대력단(金精大力丹)과 금린탄강법(金燐彈剛法)도 써보지요."

"옳거니!"

"벌모세수(伐毛洗髓)도 괜찮겠죠?"

"좋지. 할 수만 있다면 어릴 때 탁기를 제거하는 게 가장 좋지."

이때는 두 사람 모두 죽이 척척 맞았다.

금정대력단과 금린탄강법.

둘 다 절세의 영약이요, 처방이었다.

그 효능은 피부를 강철같이 해주고 내부 장기를 금석같이 만들어주는 것들이었다. 그리고 벌모세수란 강호의 전통 무가에서 가문을 이어

받을 아기가 태어나면 은밀히 시행하는 것으로 환골탈태(換骨奪胎)와 비슷한 개념이었다.

즉, 아기의 몸에서 탁기를 제거하고 무공을 익히기에 가장 적합한 체질로 바꾸는 것이다. 이것이 가능하기 위해서는 절세의 영약을 복용시킴과 동시에 내가고수가 추궁과혈로 아기의 기맥을 유통시켜 주어야 했는데, 다행히 이곳에는 절세의 영약과 더불어 내가고수나 다름없는 설아가 있었다.

그날부터 두 사람은 아기에게 공을 들이기 시작했다.

시시때때로 영약을 먹이고 침을 놓고, 단약을 먹이고 약 단지에 담그고, 거기다가 추궁과혈까지 시전됐다.

그때마다 아기가 몸부림을 치며 울어댔지만 두 사람은 눈도 깜짝 않았다.

그렇게 한 달여가 지나자 아기의 몸이 눈에 띄게 달라졌다.

만지면 분가루라도 묻어날 듯 하얀 피부에 탱탱한 윤기까지 흘렀다.

"이제 됐어. 어딜 내놔도 안심이야."

두 사람은 뽀얗게 변한 아기를 보며 마주 웃었다.

그러나 두 사람조차 짐작하지 못한 일이 있었다.

비록 곽무한은 혈음고 때문에 그 효능을 다 소화하지 못했다지만, 아기는 이미 태어날 때부터 영과 중의 영과라는 구엽음양과의 효능을 갖고 태어났다. 그것뿐이겠는가? 설아가 끼니때마다 곽무한에게 먹인 영과의 효능까지 고스란히 갖고 태어났다. 그런 상황에서 다시 벌모세수를 하고 강철 같은 피부에 금석 같은 내장을 만들어놨으니 아기의 몸은 그야말로 고금에 드문 신체로 변화하고 만 것이다.

결국 곽보옥이 일으킨 크고 작은 사건에는 이런 원인도 없지 않아 있었다.

천진난만한 아기 곽보옥이 일으킨 사건.

그 많고 많은 사건들 중 첫 번째 희생자는 바로 산왕이었다.

산왕은 얼마 전에 세 마리 백호를 낳았다.

어느 날, 품 안에서 꼬물락거리는 아기 백호들을 보며 몸조리 중인 산왕에게 설아가 찾아왔다. 물론 곽보옥과 함께였다.

"산왕, 드디어 몸을 다 풀었구나. 축하해."

크르릉.

산왕은 설아의 인사에 기분 좋은 목울음으로 화답했다.

아기가 오고 나서부터 설아의 관심이 줄어들어 섭섭하던 차에 직접 찾아와 위로까지 해주니 무척 기분이 좋았다.

그러나 그 기분은 얼마 가지 못했다.

"보옥아, 인사해. 엄마를 지켜주는 산왕이야."

설아가 아기에게 산왕을 소개하고 나서부터였다.

아기는 설아의 말을 듣더니 버둥버둥 몸부림을 쳤다. 그러다가 갑자기 손을 뻗어 산왕의 코털을 확 잡아당겨 버렸다.

크왕?

순간적으로 당한 일이라 산왕은 눈물이 핑 돌 정도로 아팠다. 그래서 막 인상을 쓰려는데 설아가 중재에 나섰다.

"산왕, 네가 이해해. 아직 어려서 인사할 줄 몰라서 그래."

끄응.

산왕은 할 수 없이 고개를 흔들어 코털을 빼내려고 했다. 그런데 웬걸? 자기 새끼발가락만한 녀석이 무슨 힘이 그리도 센지 도무지 뿌리칠 수가 없었다.

"어머, 보옥아. 그러면 안 돼요. 산왕이 아프잖아."

끙끙거리는 자신이 안쓰러워 보였는지 설아가 녀석을 말렸다. 그러나 녀석은 도무지 코털을 놓아줄 생각을 않았다.

그러나 차라리 그 편이 나았다.

한동안 코털을 당기며 꼬며 장난치던 녀석이 어느 순간 눈알을 데구르르 굴리며 자신의 입을 벌리려고 끙끙거리는 게 아닌가?

'도대체 뭘 하고픈 거야?'

산왕은 어리둥절한 표정으로 입을 벌려줬다.

그때였다.

녀석이 갑자기 입 안으로 머리를 쑥 집어넣었다.

산왕은 심장이 목구멍으로 튀어나오는 것 같이 놀랐다.

"까악! 보옥아, 안 돼!"

설아 역시 마찬가지 심정이었는지, 비명을 지르며 아기를 끌어당겼다.

그러나 그 바람에 상황이 오히려 난감해져 버렸다.

아기는 산왕의 입에서 나가기 싫은 듯 사지를 파닥거리며 발버둥을 쳤다. 그러다가 갑자기 손을 쑤욱 뻗어 산왕의 목구멍 안으로 집어넣어 버렸다. 자기 딴엔 버티기였겠지만 당하는 산왕 입장에서는 눈물이 핑 돌 정도였다. 숨이 컥 막히고 속이 울렁거려 견딜 수가 없었다.

'콱 먹어버려?'

그러나 그랬다간 설아에게 껍질이 홀라당 벗겨지고 말리라.

결국 메슥거리고 울렁거리는 상황을 생으로 견뎌야 한다는 말.

그러나 알다시피 목구멍 안에서 뭐가 꼼지락거리면 자기 의지와는 상관없이 속에서 도저히 참아내지를 못한다.

꾸웨엑!

"우와아아앙!"

그 결과 산왕은 속을 싹 게워냈고, 아기는 침 범벅에 토사물 범벅이 되어 집이 떠나가라고 울었다.

"이이이, 산왕!"

설아는 당황과 분노가 뒤섞인 눈빛으로 아기와 산왕을 번갈아가며 노려봤다.

"산왕, 넌 그 자리에서 꼼짝도 말고 있어! 그리고 보옥아, 넌 여기에 잠깐만 앉아 있어. 엄마가 금방 물을 가져올게."

그래도 거기까지는 그나마 다행이었다. 설아가 아기를 씻기려고 물을 뜨러가기 전까지는.

그러나 설아가 사라지자마자 맞은편 양지바른 곳에 앉아 있던 아기가 제 손가락으로 토사물을 찍어 쪽쪽 맛을 보더니 까르르 웃음을 터뜨리며 다시 산왕에게 뽈뽈뽈 기어갔다.

'나참…….'

산왕은 어이가 없어 아기를 노려봤다.

산왕이 멀거니 서 있자 아기는 뒤뚱거리며 산왕의 입을 잡으려 했다. 그러나 산왕이 기가 막힌다는 표정으로 몇 걸음 뒤로 물러나자 아기는 울먹울먹한 표정을 지었다. 그러나 곧 무얼 발견했는지 눈을 반짝 빛내며 다시 뽈뽈뽈 기기 시작했다.

산왕의 가랑이 사이를 지나 아기가 도착한 곳은 바로 산왕의 새끼들이 있는 곳.

'헉?'

산왕은 소스라치게 놀라 아기의 뒤를 쫓았다.

그러나 이미 일은 벌어지고 말았다.

"와앙!"

끼잉!

끼기깅!

녀석이 입을 앙 벌리며 자기 입에다 갓난 새끼들의 얼굴을 집어넣으려는 게 아닌가?

세상에 그 모습을 보고 눈이 돌아가지 않을 어미가 어디 있겠는가?

크와앙!

산왕은 분노의 포효성을 터뜨리며 그 거대한 발톱으로 아기의 몸을 후려쳐 버렸다.

펑!

"우와앙!"

아기는 요란한 울음을 터뜨리며 훨훨 허공을 날았고, 산왕은 그때야 아차 싶었다.

"까아아악! 산와아아아아아앙!"

그날, 산왕은 설아의 손에 의해 새끼들이 보는 앞에서 거꾸로 매달리는 신세가 되고 말았다. 아기는 그 앞에서 침 범벅으로 헤실헤실 웃고 있었고.

'흑흑, 앞으로 내 신세가 눈에 훤히 보이는구나.'

산왕은 자기 앞에서 웃고 있는 아기가 갑자기 무서워졌다.

두려움이 뭔지, 공포가 뭔지 모르는 천진난만한 아기, 곽보옥이 일으킨 두 번째 사건의 희생자는 바로 백아였다.

어느 따스한 봄날.

설아는 잠투정을 부리는 아기에게 묘기를 보여줬다.

"호호호. 보옥아, 엄마가 하는 것 좀 보렴."

설아가 아기에게 보여준 묘기는 화경의 원리를 이용해 새를 손바닥 안에서 못 날아오르게 하는 것이었다.

그런데 그게 아기의 호기심을 자극한 모양이었다.

아기는 다음날 모옥에 놀러 온 백아에게 다가갔다.

뒤뚱걸음으로 백아의 발밑에까지 도착한 아기는 낑낑대며 백아의 발을 들려고 애썼다.

'얘가 왜 이래?'

백아는 하는 짓이 귀여워 살그머니 발을 들어주었다.

그러자 녀석이 낑낑대며 자기 발을 간질였다.

끼끼끼.

파닥, 파닥!

백아는 어찌나 가렵던지 홰를 치며 푸드덕거렸다.

그게 아기 눈에는 재미있어 보였던 모양이다.

자기도 팔을 홰홰 휘두르기 시작했다.

그때 설아가 나왔다.

"까악! 백아, 너 뭐 하는 짓이야?"

설아는 사색이 되어 급히 아기를 품에 안고는 백아를 쏘아보았다.

꾸구국?

"너, 너, 감히 우리 보옥이를 밟으려 했어?"

백아는 억울했지만 설아로서는 화를 내는 게 당연했다.

보기에도 거대한 한쪽 발을 들고 뭔가를 밟으려는 듯 날개를 퍼덕이는 백아. 그리고 그 발밑에 깔려 비명도 못 지르고 손만 허우적거리는 가엾은 아기.

그게 설아가 본 장면이었다.

'키잉… 아닌데……'

그날 백아는 설아에게 머리털을 쥐어뜯겨 대머리 직전까지 갔다. 그리고 또, 백아는 한동안 설아의 눈 밖에 나게 됐다. 그 이유는 아기가 보는 앞에서 하늘로 날아오른 죄 때문이었다.

곽보옥은 백아가 하늘로 날아오르는 게 부러웠다.

그래서 몇 번 껑충거리며 팔을 돌려봤다. 하지만 저 허여멀건 괴물처럼 날아오르지는 못했다.

급기야 곽보옥은 볼따구니를 부풀리며 심통을 부리다가 설아가 한눈파는 틈을 타 자기 키 두 배는 됨 직한 바위 위로 기어올라 갔다. 그리고,

"꾸꾸꾸."

녀석은 괴성을 내며 바위 위에서 훌쩍 뛰어내렸다. 물론 팔을 빙빙 돌리며.

"꺄악! 보옥아!"

아무리 강철 같은 피부에 탈태환골을 한 보옥이라도 코피가 나는 것까진 어쩔 수 없었다. 그리고 그게 바로 백아가 설아의 눈 밖에 나게 된 결정적인 이유였다.

곽보옥이 일으킨 사건 중 가장 큰 피해자를 꼽으라면 산왕이나 백아 등이 입을 모아 이야기할 것이다. 그건 바로 용왕 아저씨라고.

그날은 햇살이 따가워 등줄기에 땀방울이 돈는 날이었다.

가뜩이나 더워지는 날씨에 아기는 홍역을 앓았다.

고열과 가려움증에 시달리는 아기.

설아가 급히 약을 달여 먹였지만, 아기는 붉게 일어난 피부를 긁으며 앙앙 울어댔다.

"불쌍한 것……."

약을 먹였으니 곧 차도가 있을 것이나 완치까지는 시간이 걸렸다.

설아는 눈앞에서 고통스러워하는 아기를 보자니 애간장이 다 타 들어가는 것 같아 견딜 수가 없었다.

결국 설아는 조금이라도 아기의 고통을 덜어주기 위해 용왕 굴을 떠올렸다. 생각 같아서는 용궁에 데려가고 싶었으나 거긴 물속을 지나야 하니 오히려 아기에게 해로울 듯했다.

사시사철 음한한 기운이 감도는 용왕 굴.

"용왕 아저씨, 그동안 잘 지내셨어요?"

설아는 아기와 함께 용왕에게 인사를 건넸다. 그러나 용왕 아저씨는 도를 닦는지 잠을 자는지 똬리를 튼 채 아무런 대답이 없었다.

아기는 동굴에서 흘러나오는 음한지기 때문인지 편안해했다.

"후훗, 내가 왜 진작 이 생각을 못했지?"

설아는 몇 번 몸을 뒤척이다가 잠에 빠져든 아기를 내려다보며 살며시 미소를 지었다.

잠든 아기와 미소 짓는 설아.

한 폭의 그림 같은 정경이었다.

그러나 평화는 금방 깨졌다.

"설아야… 설아야……."

설아의 뇌리에 채 노인의 목소리가 들려왔다.

최근 채 노인은 노환이 다시 도졌다.

그동안은 보옥이의 재롱 덕에 조금 차도를 보이는 것 같았으나 아무래도 나이는 무시할 수 없는 모양이었다. 그래서 설아는 모든 신경을 채 노인에게 맞춰놓고 있는 중이었다.

"아, 약을 드리는 걸 잊고 왔네?"

설아는 보옥이를 안고 밖으로 나서려다가 잠시 머뭇거렸다.

가뜩이나 아픈 조부다. 그런데 보옥이가 앙앙 울어대면 심기가 상할 것 같았다.

설아는 할 수 없이 용왕을 깨웠다.

"용왕 아저씨, 보옥이를 잠깐만 돌봐 주세요."

조금만 있으면 승천할 용왕이다. 게다가 보옥이 역시 자고 있으니 별일이 생길 이유가 없었다.

설아는 용왕 아저씨가 고개를 끄덕이는 걸 보고 동굴을 나섰다.

'오오! 떠오른다. 떠오른다!'

설아가 나가고 난 뒤 용왕은 면벽 구백팔십오 년 만에 처음으로 선경을 보게 됐다. 용왕은 난생처음 맛보는 선경에 도취돼 몸을 부들부들 떨며 감격에 젖었다. 그리고 실제로 몸이 허공으로 떠오르기도 했다.

그러나 사건은 바로 이때 발생했다.

아기들은 엄마가 없으면 본능적으로 예민해진다.

거기엔 보옥이도 예외가 아니었다. 아니, 오히려 온갖 영약과 대법을 받은 때문에 더욱 예민했다.

그래서였다.

"우와아앙!"

용왕이 막 선경에 들려는 순간, 보옥이가 울음을 터뜨리며 깨어났다.

그리고 그 순간,

쿠당탕!

용왕은 요란한 소리를 내며 바닥으로 떨어졌다. 난데없는 울음소리 때문에 그토록 황홀하던 선경이 물안개처럼 흩어져 버린 것이다.

치리리릿!

용왕은 허탈과 분노가 범벅된 눈길로 아기를 노려봤다.

"우와아앙!"

곽보옥은 난생처음 접하는 살기에 본능적으로 겁을 집어먹었다. 그래서 동굴이 떠나가라 울어 젖혔다.

용왕은 기가 막혔다.

아기의 목청이 어찌나 큰지 골머리가 다 울려왔다. 이러다가는 이제 껏 수련한 마음의 평정이 한순간에 깨질 판이었다.

취리리리릿!

용왕은 혓바닥을 빠르게 날름거렸다. 일시간에 살기를 증폭시킨 것이었다. 아기의 심혼을 압박해 울음을 그치게 만들려는 의도였는데, 그 의도는 오히려 엉뚱한 결과를 만들어냈다.

"까아, 까까."

갑자기 보옥이의 눈에 호기심이 어렸다.

날름거리는 혓바닥 때문이었다.

보옥이는 뒤뚱거리며 용왕에게 다가갔다.

'이, 이, 이놈이?'

용왕은 도저히 화를 참을 수가 없었다.

요 쥐방울만한 아기 녀석이 마주 혀를 내밀고 있는 것이 아닌가?

'이, 이건 도전이야!'

그랬다.

까마득한 구렁이 시절의 기억이었지만, 저런 행위는 분명 상대에게 도전을 신청하는 행위였다.

결국 용왕은 도전을 받아주기로 했다.

덥석!

용왕은 자신의 모든 기량을 발휘해 아기를 날름 먹어버렸다.

"까르르……"

명상 중에 들려온 희미한 웃음소리.

처음엔 환청인 줄 알았다. 그러나 뱃속에서 계속 쩝쩝거리는 소리가 나오고 난 뒤부터는 환청이 아닌 걸 알았다.

'어떻게? 어떻게?'

용왕은 충격으로 세모꼴 눈이 동그래졌다.

다른 사람(?)도 아닌 승천을 코앞에 두고 있는 자신이었다. 천하의 그 무엇도 자기 뱃속에만 들어가면 흐물흐물 녹아버릴 정도의 공력은 이미 예전부터 지니고 있었다. 그런데 쩝쩝거리는 소리라니?

시간이 흐를수록 용왕의 눈은 점점 크게 벌어졌다.

자신이 집어삼킨 아기가 점점 뱃속 깊이 들어가고 있는 게 아닌가?

'안 돼애애애!'

어느 순간 용왕은 사색이 되어 펄쩍 뛰었다.

아기가 다가가고 있는 곳은 바로 자신의 모든 밑천, 내단이 있는 곳이었다.

용왕은 마구 발광을 했다.

진동의 충격으로 아기를 압사시키려 한 것이었다.

그러나 용왕의 바람은 이루어지지 않았다.

쩝쩝거리는 소리가 계속 들리나 싶더니 드디어는 내단이 있는 곳에서 끔찍한 통증이 느껴졌다.

키이이잇!

용왕은 비명을 지르며 펄쩍 뛰었다. 그 바람에 용왕의 몸에 부딪친 동굴 벽이 우수수 돌가루를 떨어뜨렸다.

설아가 나타난 건 바로 이때였다.

설아는 사방에 휘날리는 돌가루를 보고 사고가 터졌음을 직감했다.

"용왕 아저씨, 보옥이는 어디 갔어요?"

용왕은 의혹과 살기를 띤 설아의 질문에 힘없이 고개를 떨어뜨리고 말았다.

"꺄악! 아기, 내 아기를 잡아먹다니? 와앙! 입을 찢어버릴 거야!"

맹세컨대 용왕은, 맨 처음 대면했던 꼬마 시절부터 지금까지의 기억을 몽땅 떠올려 봐도 저런 표정의 설아를 보는 것은 처음이었다.

용왕은 자기도 모르게 입을 꾹 다물었다. 잘못했다간 정말 입을 찢길 것 같아서였다. 그러나 바로 그때 뭔가가 목구멍 쪽으로 슬금슬금 기어 나오기 시작했다. 그 정체는 당연히 설아의 목소리를 들은 아기였다.

꾸웨엑!

용왕이라고 비위가 남다르진 않았다.

"보옥아!"

"움마, 까르르."

용왕은 모자간의 상봉 이후로 정말 입이 찢어질 뻔했다. 근 한 달 동안 제 몸뚱이만한 바위를 입에 물고 있어야 했기 때문이다. 그나마 그것도 내단을 복용하는 바람에 홍역은커녕 오히려 만독불침지체에 다다른 아기를 보고 설아가 화를 풀어 그 정도에 그쳤다.

좌우간 그날 이후 아기는 틈만 나면 동굴에 놀러 왔고, 용왕은 코앞에서 입맛을 다시며 얼쩡대는 아기를 보고 눈물만 줄줄 흘렸다.

이제는 놈을 먹어치울 수도 없고 감아 죽일 수도 없어서였다.

놈을 먹어봐야 또 내단만 빼앗길 뿐이었고, 꼬리로 말아 감아 죽이려 해도 내단을 빼앗긴 탓인지 서로 영이 통해 자기 몸이 더 아파왔다.

'앞으로 은거지를 옮겨야겠다. 흑흑.'

용왕은 앞을 가로막은 바위 때문에 뱃속으로 못 들어가자, 머리 위에서 미끄럼을 즐기며 깔깔대는 아기를 보고 자신의 거취를 심각히 고민하기 시작했다.

*　　　　*　　　　*

아직 여름도 되지 않았는데 햇살은 무쇠라도 녹일 듯 강렬했다.

키 작은 나무들과 어울린 언덕 위의 작은 모옥.

이곳에는 그늘질 만한 곳이 별로 없었다.

청랑과 산왕은 유난히 더위를 탔다. 그러다 보니 두 영물 사이에는 늘 그늘을 차지하기 위한 신경전이 벌어졌다.

오늘도 마찬가지였다.

해가 서편으로 넘어가면서부터 긴 그림자를 늘어뜨리는 처마 밑.

둘은 서로 먼저 그 자리를 차지하기 위해 갈기를 세웠다.

으르릉!

크르르!

예전엔 산왕의 한입 거리도 안 되는 청량이었지만 지금은 달랐다.

설아와의 인연 때문에 각종 영약을 복용한 데다가 덩치도 황소만큼 커져 이제는 산왕에게 대놓고 이를 드러낼 정도였다.

한참 서로를 노려보며 기 싸움을 벌이던 두 영물이 막 상대를 향해 돌진하려는 순간 모옥 안에서 나지막한 목소리가 흘러나왔다.

"보옥아, 이리 온."

설아의 목소리였다.

설아의 입에서 보옥이란 이름이 흘러나오자 두 영물은 그 자리에서 굳어버렸다. 보옥이란 이름의 괴물은 그들에게 있어 공포, 바로 그 자체였기 때문이다.

"보옥아, 이리 와서 할아버지 앞에 앉아보렴."

설아는 칭얼거리고 있는 보옥이를 안아 채 노인 가까이로 이끌었다.

"아가……."

채 노인은 보옥이를 보고 반짝 생기를 내비쳤다.

회광반조.

죽기 직전의 마지막 불꽃이었다.

채 노인은 흐릿한 눈길로 아기를 쳐다보다가 탄식처럼 한마디 내뱉었다.

"휴우… 늙으면 죽어야 한다더니, 내가 바로 그 짝이로구나."

"할아버지, 그게 무슨 말씀이세요?"

갑작스런 탄식성이라 설아가 채 노인을 바라봤다.

채 노인은 아기의 목걸이를 만지작거리며 씁쓸한 표정으로 중얼거렸다.

"그동안 내가 눈이 삐었었다. 며칠 전에야 겨우 알아차렸지. 보옥이… 이 아이가 누구의 자식인지……."

"하, 할아버지?"

"놀랄 것 없다. 너를 나무라는 것이 아니니……."

채 노인은 설아를 바라보다가 이내 아기에게로 시선을 돌렸다.

"요 예쁘고 귀여운 녀석. 내가 늘그막에 무슨 복이 많아서 너 같은 귀염둥이를 만나게 되었을꼬?"

채 노인은 아기의 뺨을 만지작거리다가 천천히 고개를 돌렸다.

"그는… 어찌 지내느냐?"

마치 모든 걸 짐작하고 있다는 눈빛이었다.

설아는 채 노인의 눈길을 받고 잠깐 입술을 떨다가 왁! 하며 눈물을 쏟았다.

"그래… 그에게 문제가 생겼구나. 그렇지 않다면 네가 이 아이를 데려왔을 리가 없지……."

채 노인은 흐느껴 우는 설아를 보며 장탄식을 흘렸다.

"내가 정신이 나갔었지. 이리도 못 잊어하는 것을 왜 그토록 기를 쓰며 말렸던고……."

채 노인은 가슴이 미어지는 것 같았다.

목숨보다 귀한 손녀였다.

태어나자마자 엄마를 잃고 품 안에서 빽빽 울어대던 아이.

한창 재롱을 피울 나이에는 제 아비까지 잃어버려, 그 충격으로 몇 해 동안이나 말문을 닫아버린 가여운 아이였다. 그러나 시간이 흐르면서 그 슬픔들을 가슴속에 묻어둔 채, 항상 밝고 환한 웃음으로 자신을 기쁘게 해주던 아이였다. 그런 아이가 어느새 커서 이렇게 아름다운 여인이 되었다. 그리고 지금 그 아이가 눈앞에서 서럽게 울고 있다.

채 노인은 한동안 회한 어린 표정을 짓다가 조심스레 물었다.

"그는… 어찌 되었느냐?"

"모르겠어요. 알 수가 없어요… 흑!"

"후우. 그래… 전후 사정은 잘 모르겠지만, 그는 절대 단명할 상이 아니다."

"저도 알아요. 그러나……."

설아는 목이 메어와 말을 제대로 잇지 못했다.

곽무한을 떠올리자 그날의 일이 생각나 견딜 수 없었던 것이다.

그날……

아무리 현현원영공을 펼쳐도 찾아낼 수 없었던 그의 흔적.

그리고 마침내 흑의인의 뇌리를 통해 보게 된 당시의 상황.

끔찍하고도 처절한 광경이었다.

탈진과 심마로 인해 쓰러지기 일보 직전인 곽무한.

그런 그에게 다가서며 뭔가를 뿌리는 흑의인들.

휘청거리는 곽무한과 그를 향해 날아가는 수십 개의 검날.

칠공에 피를 흘리며 최후의 발악을 하는 곽무한과 그런 노력을 비웃 듯 그의 전신에 틀어박힌 세 개의 검.

그러나 그 모두를 합친 것보다 더 끔찍한 장면은 갑자기 하늘에서 내려와 그의 몸에서 작렬한 눈이 멀 것만 같은 하얀 번개.

그 이후 절벽이 무너져 내리고, 그는 새까맣게 타버린 모습으로 어둠 속의 급류로 사라지고 말았다.

그 충격을 못 이겨 자신은 생전 처음으로 남에게 살심을 품었
고……

설아는 지난 일이 떠오르자 눈물을 주체하지 못했다.

채 노인은 한동안 괴로운 표정으로 설아를 쳐다봤다.

이윽고 설아가 눈물을 멈추자 채 노인은 뭔가 결심한 표정으로 천천
히 입을 열었다.

"설아야, 만약에 말이다… 하늘의 인연이 닿아 그와 어떤 모습으로
든 다시 만나게 된다면… 그때는 네 마음대로 해도 좋다."

"하, 할아버지?"

설아는 자기 귀를 의심했다.

천지가 개벽할 일이었다.

하늘이 무너져도 불가능하리라 여겨졌던 말이 지금 이 순간 조부의
입을 통해 흘러나오고 있었다.

설아는 갑자기 설움이 북받치는 걸 느꼈다.

그토록 바라고 바라왔던 말이 하필이면 지금, 당신의 목숨이 다해가
는 순간에, 그것도 그의 생사조차 불분명한 이 순간에 흘러나오다니?

채 노인은 힘겨운 목소리로 한마디를 덧붙였다.

"그러나 설아야, 이것 하나만은 약속해 다오. 먼 장래의 어느 날, 네
가 아기를 낳게 된다면… 그때는 그 아기로 하여금 우리 채씨 가문의
대를 잇게 해다오."

간절한 눈빛이었다.

설아는 애원하는 눈빛으로 자신을 바라보는 조부의 눈빛을 보고 눈
물이 그렁한 채로 고개를 끄덕였다.

채 노인은 그제야 안심이 되었던지 희미한 미소를 지으며 의식을 잃

었다.

그리고 사흘 뒤, 채 노인은 설아와 곽보옥이 지켜보는 가운데 한 많은 세상을 떴다.

그날.

설아는 하루 종일 울었다. 목이 쉬도록 울었다.

해가 떨어져 밤이 이슥해도 마냥 통곡을 했다.

아기도 울었다.

설아가 울자 덩달아 울었다. 그러다가 아기는 지쳐 잠이 들었다.

밤이 흐르고 새벽이 오자 아기는 다시 깨어났다.

그때부터 아기가 다시 울음을 터뜨리기 시작했다.

설아는 아기의 울음소리에 정신을 차렸다.

"보옥아……"

눈물방울을 달고 두 손을 벌리자 아기가 뒤뚱뒤뚱 다가와 품 안에 폭 안겼다.

"보옥아, 내 사랑스런 아가야. 이제 천하에는 너와 나, 단둘뿐이로구나."

설아는 아기를 안고 하늘을 올려다봤다.

조부가 새벽 하늘에서 손을 흔들고 있었다.

설아는 희미해져 가는 조부의 환영(幻影)을 보며 눈인사를 보냈다.

"와앙! 움마……"

다시 아기가 울기 시작했다. 배가 고픈 모양이었다.

"보옥아, 울지 마. 엄마가 여기 있잖니?"

설아는 아기를 어르며 눈물을 흘렸다.

아기의 얼굴을 쳐다보자니 그가 생각난 것이다.

설아는 아기에게서 시선을 거둬 다시 하늘을 쳐다봤다.

"무한… 오라버니. 당신은 살아 계신가요?"

설아의 목소리는 눈부신 아침 햇살을 타고 하늘로 올라갔다.

제62장
상실의 계절

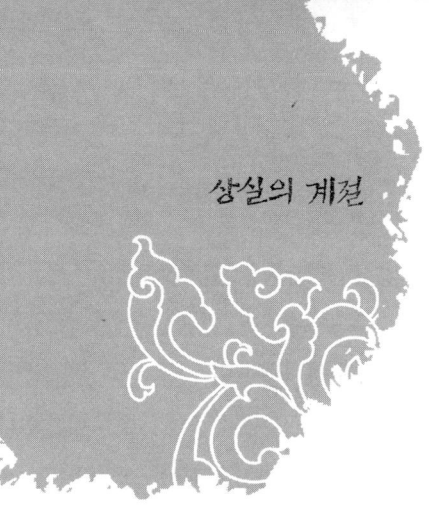

상실의 계절

장강의 중류는 호북 의창에서 강서 최북단 호구(湖口)까지의 이천사백여 리 구간을 일컫는다.

구당협, 무협, 서릉협의 좁고 가파른 물길을 거친 장강은 의창을 지나면서부터 광활한 평원 지대로 들어선다.

이때부터 장강은 강폭이 넓어짐과 동시에 많은 지류를 거느리며 유량이 급속히 증가하는데, 그중 형강(荊江)의 곡류 구간은 아홉 굽이를 돌아간다고 불리울 정도로 심한 굴곡을 자랑한다.

어느덧 햇살이 뜨겁게 느껴지는 봄의 끝자락.

호북 땅 지성(枝城)에서부터 동정호 부근의 호남 땅 성릉기(城陵磯)에 이르기까지, 무려 열여섯 개의 강 굽이를 만들며 흐른다는 형강에 상선 한 척이 지나가고 있었다.

촤촤촤!

휘어지는 강물 따라 물결을 튕겨내는 배의 앞머리에는 둥근 원 안에 불꽃 문양 세 개가 그려진 표식이 달려 있었다.

강호에서 불꽃 문양을 표식으로 삼는 상단은 오직 하나뿐이다.

삼화상단(三火商團).

강서성 남창에 본 단을 두고 있는 대형 상단으로, 근래 들어 세를 무섭게 확장하고 있는 곳이다. 그래서 혹자는 염상(鹽商) 집단을 등에 업고 있는 곳이라며 의혹의 눈길을 거두지 않는 곳이기도 했다.

상선 안.

나부끼는 깃발 아래 커다란 선실이 자리하고 있다.

형형한 눈빛의 사내들이 입구를 막고 있는 선실 안.

그중 세인의 상상을 초월할 정도로 화려하게 꾸며진 방이 있었다.

방 중앙에는 은은한 휘장이 늘어뜨려진 침상이 보였고 그 앞에 두 사람이 앉아 있었다. 허연 백발의 노인과 이제 겨우 열두엇 될까 말까 한 소녀였다.

노인은 침통을 만지작거리는 품새로 보아 의원 같아 보였고, 진주 같은 눈이 얼굴의 반을 차지하고 있는 소녀는 눈처럼 하얀 비단옷을 입고 있어 그 신분이 범상찮아 보였다.

"아가씨, 이제 그만 포기하시지요. 가망이 없습니다."

한동안 휘장 너머를 바라보던 노인이 문득 소녀를 돌아보며 말했다.

소녀는 힐끔 노인을 쳐다보고는 시선을 다시 휘장 너머로 향했다.

"아니, 살아날 거야."

소녀의 목소리에는 고집이 담겼다.

노인은 내심 한숨을 쉬며 고개를 절레절레 흔들었다.

그때 소녀가 소리쳤다.

"뭐 해요? 어서 진맥을 보지 않고!"

귓전을 쨍 울리는 목소리.

노인은 어쩔 수 없다는 표정으로 휘장을 젖혔다.

"으음……."

벌써 수도 없이 봐온 모습이지만 볼 때마다 한숨이 나왔다.

괴물.

휘장 너머에는 그렇게밖에 표현할 수 없는 사람이 누워 있다.

그는 불구덩이에라도 뛰어들었는지, 온 얼굴이 시커멓게 타버린 데다가 어디가 눈이고 어디가 입인지 알아보기 힘들 정도로 퉁퉁 부어 있다. 거기다가 도산검림(刀山劍林)에라도 뛰어들었는지 온몸에 고름이 줄줄 흘러내릴 정도의 상처투성이 몸을 갖고 있다.

자신이 눈으로 헤아린 검상만 해도 무려 백여 개.

대부분이 치명적인 부위들이어서 아직까지 살아 있다는 게 용하다 싶을 정도였다.

'그러나 살아도 산 게 아니지…….'

노인은 탄식을 흘리며 천천히 침을 꺼내 들었다.

푹, 푹!

괴물은 여전히 반응이 없었다.

숨이 넘어가는 사람이라도 잠깐 정신을 차린다는 손톱 밑과 발톱 밑을 찔러봐도 그대로였다.

"역시 마찬가집니다."

노인은 소녀를 돌아보며 어깨를 오므려 보였다.

"도대체가……."

노인의 말을 듣자마자 소녀의 눈이 매섭게 변했다.

노인은 자세를 더욱 움츠렸다.

"의원이 되어가지고, 죽은 사람도 아니고 살아 있는 사람을 깨우지도 못한다니 말이나 되는 소리야? 그것도 한두 달이 아니고 말이야. 그런 실력으로 무슨 의원 짓을 한다고!"

노인은 몇 번 항의를 하려고 입술을 달싹이다가 결국 고개를 숙이고 말았다. 눈앞의 아가씨, 삼화상단의 천금인 화영령(華英鈴) 아가씨가 저 휘장 너머의 괴물을 끼고 돈 것은 어제오늘 일이 아니었으니, 벌써 육 개월이 다 되어가는 일이었으니.

노인은 표독하게 날아드는 꼬마 아가씨의 눈빛을 피하며 육 개월 전의 일을 떠올렸다.

육 개월 전.

원단(元旦)이 갓 지나 흰 눈이 펑펑 내리던 어느 겨울날, 남창의 상권을 한 손에 쥐고 흔든다는 삼화상단이 발칵 뒤집혔다.

그 이유는 단주의 무남독녀 외동딸인 화영령이 갑자기 외출을 하겠다고 고집을 부린 때문이었다.

삼화상단의 단주, 피도 눈물도 없어 냉혈대부(冷血大夫)라 불리는 화무진(華無震)은 딸아이의 요청을 받고 몇 날 며칠을 고민했다.

그에게 있어 열두 살 난 딸아이, 그것도 아내의 목숨을 담보로 태어난 화영령은 세상의 모든 것이었다.

죽은 아내를 닮아 자신의 진한 그리움을 달래주는 딸아이.

커갈수록 애교 띤 웃음과 천진난만한 행동으로 사업에 지친 마음까지 녹여주는 딸아이는 화무진에게 있어 유일한 삶의 보람이었다.

그러나 딸아이가 일곱 살 되던 해, 억장이 무너질 일이 생겼다.

갑자기 그녀의 다리에 마비가 오기 시작한 것이다.

명의를 부르고 명약을 쓰고, 백방으로 손을 써봤지만 도저히 원인을 알 수 없었다.

그때부터 딸아이는 변하기 시작했다.

세상 인심에 눈을 뜨게 된 것이다.

집에서는 하인들이 수군거리는 소리.

외출을 나가면 등 뒤에서 수군거리는 소리.

다리 병신……

딸아이는 차츰 말을 잃어갔다. 그리고 마침내는 일체의 치료를 거부하며 마음의 문을 닫아버렸다. 화무진이 아무리 애원해도 소용없었다. 억지로라도 치료를 하려고 하면 스스로 혀를 깨물어 버릴 정도였다.

그렇게 화영령은 하반신 불구에 자폐 증세를 가진 상태로 화무진 평생의 업보가 되고 말았다.

그런데 그녀가 갑자기 외출을 나가겠다니, 그것도 눈보라 몰아치는 한겨울에 배를 타고 가겠다니?

며칠을 고민한 뒤, 화무진은 화영령의 청을 받아주기로 했다.

답답한 방 안에서 웅크리고 있는 것보다는 차라리 바깥바람이라도 쐬는 게 딸아이의 정신 건강에 이롭겠다는 생각이 들어서였다.

노인은 본래 의원이었다.

그것도 그냥저냥 의원이 아니라 삼화상단 단주의 건강을 전담 관리하는 명망 높은 의원이었다.

그러나 화영령의 요청이 받아들여지던 날, 그는 더 이상 화무진의 건강을 관리할 수 없게 됐다.

"장 노야, 죄송하지만 지금부터는 딸아이를 돌봐주셔야겠소."

그는 딸아이의 건강을 염려한 화무진 때문에 그녀를 따라나서게 됐다. 물론 그렇게 쉽게 승낙하게 된 데에는 다른 이유도 있었다.

"니미! 그렇게 호사스런 행차만 아니었어도……."

화영령의 행차는 장 의원이 가끔 후회를 할 정도로 대단했다.

상단 내에서 가장 큰 배를 동원해 내부를 화려하게 치장했으며, 뱃머리에는 육중한 철판을 달았다. 겨울이라는 점을 감안해 얼음이 앞을 막더라도 배가 멈추는 일이 없도록 하기 위해서였다.

수행하는 인력도 장난이 아니었다.

남창에서 제일가는 상단. 거기다가 염상을 거느리고 있는 상단답게 호위하는 무인과 하인을 합쳐 무려 백 명에 달하는 인원이 동원되었다.

그 바람에 장 의원은 이게 웬 호사인가 싶어 냉큼 단주의 부탁을 받아들인 것이다.

좌우간, 무수한 호위와 종복, 그리고 입이 귀밑에 걸린 장 의원 등을 거느리고 수로 여행을 시작하게 된 화영령.

그녀가 갑작스런 외출을 결심한 이유는 죽은 모친 때문이었다.

모처럼 내리는 눈을 구경하기 위해 바퀴 달린 의자로 문밖을 나섰다가 우연히 듣게 된 노복의 이야기.

"눈이 참 소담스럽게도 오네그려. 난 이런 날이면 돌아가신 마님이 생각난다네. 우리 같은 하인들에게 늘 정을 내시던 분. 그분은 유난히도 눈을 좋아하셨지. 펑펑 내리는 눈을 보며 고향을 그리워하시던 모습, 한 폭의 그림 같았어……."

화영령은 그 말을 듣자마자 태어나 단 한 번도 얼굴을 보지 못한 엄마가 그리워졌다. 그래서 엄마의 고향, 한중 땅에 들러 엄마의 향기라도 맡아보려고 외출을 결심한 것이다.

강서성의 성도인 남창에서 섬서성의 외곽 도시인 한중까지는 뱃길로도 무려 이십 일이 넘게 걸리는 긴 여정이었다.

그래서인지 출발할 당시에만 해도 한껏 들뜬 표정이던 화영령은 이틀이 지나자 심드렁해했고 일주일이 지나자 짜증을 부리기 시작했다.

그리움이 가라앉고 나자 특유의 자폐 증세가 도진 것이다.

장 의원의 고생은 그때부터 시작되었다.

사흘이 멀다 하고 짜증을 부리는 그녀. 그럼에도 불구하고 여정을 중단하자는 말은 없으니, 그녀의 짜증을 받아가며 건강까지 돌봐줘야 하는 장 의원으로서는 그야말로 죽을 맛이었다.

하루하루가 지옥 같은 나날들.

그러나 그 와중에도 시간은 흘러, 드디어는 목적지인 한중이 눈앞에 다가왔다.

목적지가 눈앞에 다가오자 그녀는 또다시 변했다.

매일같이 갑판으로 나와 눈물을 뚝뚝 흘리기 시작했다.

장 의원으로서는 그나마 한숨을 돌리는 시간이었다.

그러나 그 시간은 얼마 가지 못했다.

"까악!"

갑자기 들려온 화영령의 비명 소리가 그 시작이었다.

장 의원은 비명 소리에 놀라 갑판으로 뛰어나갔다.

화영령의 손가락을 따라 눈을 돌리니 저 앞 강물에 뭔가가 있었다.

"헉! 시, 시체?"

장 의원은 그렇게 생각할 수밖에 없었다.

때는 다름 아닌 한겨울.

칼바람이 연일 불어대는 차가운 강물에 보기에도 흉측해 보이는 사람이 둥둥 떠다니고 있었으니 시체라고 판단할 밖에.

그러나 화영령은 그렇게 생각하지 않은 모양이었다.

"그를 구해요!"

그녀의 눈이 갑자기 생기를 띠기 시작했다.

"아, 아가씨?"

"내 말이 말 같지 않아요?"

'니미……'

장 의원은 홱 돌아오는 화영령의 눈빛에 속으로 욕을 퍼부으며 뒤를 돌아봤다. 한겨울 차가운 강물에 육십 줄에 들어선 자신이 뛰어들 수는 없는 노릇 아닌가?

결국 장 의원의 눈길을 받은 호위 무사들이 강물에 뛰어들고,

"아직 맥이 뛰고 있습니다."

"그래요? 장 의원, 뭐 하고 있어요? 어서 그를 돌봐줘요!"

결국 물 위를 떠돌던 괴물이 갑판 위로 올려졌다.

'떠그랄!'

장 의원은 갑판에 뉘인 괴물을 보며 한숨을 내쉬었다.

차라리 시체가 지금의 이 괴물보다는 백배 나은 상태일 것이다.

장 의원은 괴물의 맥을 몇 번 만져 보고 이내 고개를 내저었다.

"도저히 가망이 없습니다."

장 의원이 돌팔이 의원 취급을 받게 된 것은 바로 이때부터였다.

"맥이 뛰고 있다잖아요? 그런데 가망이 없다니요? 그게 의원으로서

할 소리예요?"

"그게 아니라… 이 시체는 그저 한 가닥 기운으로 맥만 유지하고 있을 뿐, 이미 신체의 모든 기능이 움직임을 멈춘 상태입니다. 더구나 저 손에 들린 칼을 좀 보십시오. 강호를 떠돌다가 횡액을 당한 사람입니다. 아가씨께서 관심을 가지실 이유가 없습니다."

장 의원 딴엔 상세히 설명하느라 했지만,

"그러니까 구하라는 말이에요. 예전 저희 상단에 들어오실 때 장 의원 스스로 뭐라셨어요? 천하에 못 고치는 병이 없는 명의라면서요? 무슨 수를 쓰더라도 그를 구하세요. 이건 삼화상단의 후계자로서 내리는 명령이에요."

화영령은 오히려 한술 더 떠 서릿발 같은 명을 내렸다.

'니미! 가망이 없다는데…….'

기이하게도 화영령은 괴물에게 남다른 집착을 보였다.

사실 그때까지만 해도 장 의원은 화영령이 이 괴물에게 왜 그리 집착하는지 이유를 알지 못했다.

'그러나 지금은 알지. 아가씨가 왜 이리 괴물을 끼고 도시는지.'

장 의원은 연민 어린 눈으로 화영령을 훔쳐봤다.

아마도 그날이었을 것이다.

화영령의 성화에 의해 한중에서 가장 유명하다는 의가를 빌리던 날.

장 의원은 밤이 깊도록 약재를 달이다가 잠깐 눈을 붙이려고 침소로 향하던 중이었다. 그러다가 우연히 괴물의 처소를 지나게 되었는데, 그때 괴물을 간호하고 있던 화영령의 중얼거림을 듣고 한동안 굳어버렸다.

"이봐요, 괴물 아저씨. 당신도 나처럼 죽어가고 있네요. 세상과 단

절되어 나 홀로 죽어가고 있는 기분, 어때요? 외롭지 않아요? 전 무척이나 외롭거든요. 그리고 무섭기도 하구요……."

장 의원은 그제야 알 것 같았다.

화영령이 왜 이렇게 괴물에게 집착하는지를.

저 괴물은 그녀에게 있어 남이 아니었다.

지독한 외로움에 죽어가고 있는, 바로 그녀 자신이었다.

'그랬구나. 그의 목숨이 곧 아가씨의 목숨이었구나. 명색이 의원이란 자가 그것도 알아차리지 못했다니!'

장 의원은 갑자기 화영령의 외로움이, 그 진득한 절망감이 가슴 가득 전해오는 기분이었다.

'그래! 도전해 보자! 그게 곧 아가씨를 고치는 길이다.'

장 의원은 그렇게 결심하며 자리를 떴다.

그 결심이 그날부터 오늘날까지 이어진 것이다.

그러나 장 의원은 이제 그만 포기하고 싶었다.

하루 속히 상단으로 귀환하라는 단주의 재촉에도 불구하고 치료에 매달려 봤지만, 더 이상 희망이 없었다.

자신이 알고 있는 모든 의술을 동원해 봐도 그는 털끝만치의 반응도 보이지 않고 그저 죽은 사람처럼 누워 있기만 했다.

"휴우… 오늘은 이만하지요. 내일 다시 시도해 보겠습니다."

장 의원은 몇 번 더 침 놓는 시늉을 하다가 긴 한숨을 내쉬며 자리에서 일어났다.

그때 그의 뒤통수를 찌르는 화영령의 음성.

"홍! 가시든 말든 상관없지만, 이것 하나만은 명심하세요. 며칠 뒤

본 단에 도착할 때까지 그의 병세를 호전시켜 놓지 않는다면 당신은 반드시 쫓겨나고 만다는 사실을!"

장 의원은 화영령의 억지에 꿀 먹은 벙어리가 되고 말았다.

'끙… 인력으로 안 되는 일을 나보고 어쩌란 말인가?'

장 의원은 한숨을 내쉬며 선실문을 열었다.

그런데 그때 가망이 없다는 말에 충격을 받았는지, 갑자기 화영령이 울음을 터뜨리며 괴물의 몸을 마구 두들겨 패기 시작했다.

"와앙! 이 바보천치 같은 아저씨야! 제발 정신 좀 차려! 정신을 차려 보란 말이야! 우왕!"

그런데 그때 기적이 일어났다.

챙!

귀를 울리는 낮은 금속음이 그 시작이었다.

장 의원은 뒤통수를 잡아당기는 낯선 금속음에 발길을 멈췄다.

"음? 저게 뭐지?"

무심코 돌아본 장 의원의 눈에 조그만 단환이 들어왔다.

마구잡이로 두들겨 패던 화영령의 손이 괴물의 팔찌를 때리자 그 안에서 나온 것이었다.

"장 의원, 이게 뭐죠? 향긋한 냄새가 나는데?"

"으음……. 단환 종류로 보이는데, 잠깐만 줘보시겠습니까?"

기적은 설아가 준 정표, 눈 내리는 문양의 팔찌에서부터 시작되었다.

번쩍! 꽈르르릉!

지축을 흔드는 우렛소리.

눈이 멀어버릴 것 같은 새하얀 섬광.

"으하하하하! 잘 가거라!"

짜자자자작!

가슴을 진탕시키는 광소성과 함께 온몸이 불덩이로 변한다.

뒤이어,

콰아아! 쿠쿠쿠…….

태산 절벽이라도 허물어 버릴 듯이 밀려오는 거대한 포말.

세상은 암흑 천지로 변하고 의식은 끝없는 나락으로 추락한다.

'여기가 어딜까…….'

둘러봐도 사위는 온통 짙은 어둠에 잠겨 있다.

'나가는 길은 없는 것일까?

안간힘을 써봤지만, 빛은 그 어디에도 보이지 않고 의식은 저 깊은 무저갱에서 힘겹게 꿈틀거릴 뿐이다.

암울한 절망 속에 한없이 느리게 흐르는 시간.

그때 갑자기 끔찍한 통증이 밀려온다.

'끄윽…….'

한없이 뜨거운가 하면 한없이 차가운 상반된 기운이 몸속을 헤집고 들어와 전신을 마구 해체시킨다. 그리고 어디선가 희미한 빛이 천공을 뚫고 들어와 어둠을 쫓아낸다.

"으음……."

낮은 신음 소리와 함께 눈꺼풀이 힘겹게 떨린다.

'이 아저씨는 어떤 사람일까?

화영령은 턱을 괴고 생각에 잠겼다.

장 의원은 괴물이라 부르고 자신은 바보아저씨라 부르는 사내.

그는 온 얼굴에 화인(火印) 같은 상처를 지녔다. 그리고 전신에는 죽음 같은 상처를 주렁주렁 달고 있다.

'악당들의 흉계에 빠진 강호의 영웅일까?'

화영령은 슬쩍 침상 너머를 쳐다봤다.

선실 벽에 기대어 있는 거대한 도!

손바닥만큼 넓은 도신에 황금빛 도파(刀把:손잡이).

옛이야기 책에 나온다는 전설의 신병처럼 고색창연하고 육중해 보이는 도였다.

'틀림없어! 그는 강호에서 이름을 날리던 청년 영웅이었을 거야. 저 도를 보면 알 수 있잖아. 음모에 빠져 멸문을 당한 명문세가의 후손! 죽음의 위기에서 구출을 받다! 그럴듯하잖아?'

화영령이 막 상상의 나래를 펼치려 할 때였다.

"으음……."

괴물에게서 희미한 신음 소리가 흘러나왔다.

"어머, 드디어 깨어났나 봐!"

화영령은 반색한 표정으로 괴물을 쳐다보았다. 그러나 그녀는 곧 실망한 표정을 짓고 말았다.

"에이, 뭐야? 다시 정신을 잃었잖아?"

화영령은 혹시나 싶어 손바닥을 펴 괴물의 눈 위에서 흔들어봤다.

그러나 그는 석상처럼 여전히 표정의 변화가 없다.

"쳇, 마음에 안 들어……."

화영령은 입술을 삐죽 내밀며 투덜거렸다.

그러나 내심으로는 이만하기 다행이라는 생각이 들었다.

얼마 전까지만 해도 나무토막 같았던 사람이다.

그러나 팔찌 속에서 나온 단환을 먹이자마자 달라졌다.

거무죽죽하던 얼굴에 화색이 감돌기 시작했고, 실낱같던 맥도 힘차게 뛰기 시작한 것이다.

그 모습을 본 장 의원이 감탄 어린 목소리로 말했다.

"아! 희대의 영약이었군요. 이제 한시름 놓으셔도 될 것 같습니다. 맥이 뛰기 시작했으니 수일 내에 깨어날 것 같습니다."

화영령은 그 말을 듣고부터 밤새 침상을 지켜왔다. 그리고 장 의원의 예상처럼 드디어 그에게서 의식을 찾으려는 징후가 나타난 것이다.

"후훗, 바보아저씨. 빨리 일어나야 돼요. 그래서 나랑 함께… 함께……."

화영령은 말하다 말고 시무룩한 표정이 되었다.

그가 깨어나도 함께할 수 있는 건 아무것도 없다.

자신은 혼자 일어서지도 못하는 다리 병신이었으니. 더구나 남과는 말도 제대로 나누지 못하는 성격이었으니.

"칫, 바보!"

화영령은 갑자기 짜증이 치밀어 곽무한의 가슴을 후려치고 말았다.

그때였다. 갑자기 그가 눈을 번쩍 떴다.

"꺄악!"

화영령은 외마디 비명을 지르며 엉겁결에 뒤로 물러나고 말았다. 그 때문에 하마터면 의자에서 굴러 떨어질 뻔했다.

그러나 화영령은 곧 조심스런 눈빛으로 괴물을 훔쳐봤다.

"으음… 미루…… 미루니?"

처음엔 괴물의 입에서 미약한 음성이 흘러나왔다. 그러나 그는 곧 몸을 벌떡 일으키더니 격동에 찬 표정으로 다가와 '어어?' 거릴 순간에 화영령의 뺨을 감싸 버렸다.

"미루! 네가…… 네가 살아 있었구나!"

"까아악!"

화영령은 괴인의 행동에 놀라 재차 비명을 질렀다. 그리고는 후다닥 의자를 뒤로 물렀다. 그 직후 호위 무사들이 우르르 달려왔고, 선실 안은 순식간에 난장판으로 변하고 말았다.

그러나 괴인은 호위 무사들에게 깔린 상태에서도 여전히 화영령을 보며 소리를 질렀다.

"미루야! 나야, 네 오라버니야!"

마치 피가 끓는 듯한 음성이었다.

화영령은 그 애절한 목소리에 콧날이 시큰했다. 그리고 호위 무사들에게 눌려 있는 그를 보자 가슴속에서 뭔가가 울컥 치밀어 올랐다. 그래서 화영령은 호위 무사들을 보며 빽 소리를 질렀다.

"모두 손을 멈춰요! 그는 아직 환자예요! 어서 그에게서 떨어지지 못해요?"

화영령은 고함으로도 성이 차지 않아 직접 의자 바퀴를 굴려 호위 무사들의 손을 밀쳐 버렸다.

장 의원이 나타난 것은 바로 이때였다.

"아니, 무슨 소란입니까? 엇? 드디어 정신을 차린 모양이군요?"

"정신만 차린 게 아냐. 말도 했어. 정말이야!"

화영령은 장 의원을 보며 환하게 웃어 보였다.

"미루? 미루가… 아니라고?"

곽무한이 더듬거리는 목소리로 다시 물었다.

화영령은 답답하다는 표정으로 소리쳤다.

"아냐! 난 영령이야, 화영령!"

"화… 영… 령?"

"그래, 이 바보 같은 아저씨야."

"바보?"

곽무한은 멍한 표정으로 화영령을 쳐다봤다. 그러다가 어느 순간 그의 눈에 기광이 감돌기 시작했다.

"그럼 그대는… 그대는……."

다시 더듬거리는 목소리.

그러나 이번에는 묘한 감정이 묻어 있었다.

화영령은 순간적으로 가슴이 두근거렸다.

"쳇, 뭐야? 눈빛이 이상하잖아?"

화영령은 낯선 감정에 당황해 곽무한을 와락 밀쳐 버렸다. 그리고는 의자를 획 돌려 뒤로 물러났다. 그러자 잠자코 있던 장 의원이 앞으로 나서며 곽무한의 맥을 만졌다. 그리고는 화영령에게 다가가 귀엣말로 소곤거렸다.

"휴우… 아가씨, 이 사람은 지금 기억 상실 상태인 것 같습니다."

"아……."

화영령은 장 의원의 귀엣말에 곽무한을 다시 한 번 쳐다봤다.

초점 잃은 멍한 눈빛.

기억과 얼굴을 잃어버린 가엾은 사내.

화영령은 그런 곽무한을 보며 안쓰러운 눈빛을 보냈다.

열두 살 꼬맹이의 풋정은 이렇게 소녀 특유의 동정심으로 시작됐다.

*　　　　*　　　　*

남창.

강남 삼대명루(三大名樓) 중 하나인 등왕각(騰王閣)으로 유명한 도시.

삼화상단은 남창 시내를 가로지르는 공강(贛江)변에 위치해 있었다.

좌측으로는 붉은 기둥 푸른 기와의 등왕각이 보이고, 우측으로는 장강으로 향하는 항구가 보이는, 그야말로 최적의 입지에 세워진 거대한 장원이었다.

햇살이 내리쬐는 오후.

화영령 등이 탄 배는 항구에 도착했다.

이미 연락을 받았는지 항구에는 화려한 팔두마차가 준비되어 있었다.

"단주께서 기다리고 계십니다."

휘하 무인들과 함께 기다리고 있던 총관은 화영령을 보자마자 허리를 숙이며 마차 문을 열어주었다. 그리고 마차 안으로 들어가는 화영령을 보며 허리를 펴던 그는 갑자기 눈살을 찌푸렸다.

멍한 표정으로 마차에 오르려는 곽무한을 본 때문이었다.

"자네는 뭔가?"

"자네?"

좌우를 둘러보던 곽무한이 손가락으로 자기 자신을 가리키며 눈을 동그랗게 떴다.

"그래, 자네. 자네가 뭔데 아가씨와 함께 마차에 오르려고 하는가?"

총관이 눈알을 부라리며 곽무한을 막아서자 뒤에 있던 무인들도 일제히 걸음을 옮겨 곽무한의 앞을 막아섰다.

"어어? 나는… 나는……."

곽무한은 난처한 표정으로 주위를 두리번거렸다. 그때 마차 안에서 뾰족한 목소리가 나왔다.

"그만! 모두 비켜주세요. 그는 나와 함께 탈 거예요."

"아, 그, 그렇습니까?"

총관은 매섭게 눈을 치켜뜨고 있는 화영령을 보고 얼른 자리를 비켜주었다. 그러나 곽무한은 멍한 표정으로 움직이지 않았다.

"나? 나는 뭐지? 내가 뭔데 마차를 타지?"

총관은 곽무한의 넋빠진 목소리를 듣고 어이없다는 표정을 지었다.

그때 화영령의 목소리가 다시 흘러나왔다.

"아저씨! 뭐 해요? 밤새 그러고 있을 거예요?"

"어? 그, 그래."

곽무한은 그제야 허둥거리는 몸짓으로 마차에 올랐다.

"뭐야? 바본가?"

남은 사람들은 멀어져 가는 마차를 보며 모두 고개를 갸웃거렸다.

인공 가산과 연못을 아우른 수려한 전각.

남창의 상권을 한 손에 쥐고 있는 삼화상단의 단주 집무실이었다.

햇살이 길게 그림자를 늘어뜨리는 오후.

갑자기 창문 너머로 쨍! 하는 목소리가 흘러나왔다.

"아니에요! 이 아저씨는 절대 바보가 아니란 말이에요!"

앳된 목소리. 화영령이었다.

화영령의 목소리가 나오고 얼마 지나지 않아 굵직한 중년인의 목소리가 흘러나왔다.

"허허, 내가 실언을 한 모양이구나. 미안하다."

화무진은 씩씩거리는 딸아이를 보며 어색한 표정을 지었다.

그러나 화영령은 화가 풀리지 않았던지 직접 의자 바퀴를 굴려 부친에게 다가가 다시 한 번 소리를 질렀다.

"이 아저씨는 절대 바보가 아니라구요! 그는 강호의 영웅이에요. 저 황금빛 도를 보면 몰라요? 그는 부상을 입어 잠시 기억을 잃고 있을 뿐이라구요!"

"허허허, 그렇구나. 이 아비가 실수를 했구나. 강호의 영웅도 몰라보고 내가 결례를 했어. 근래 들어 네 걱정을 하느라 이 아비의 눈이 먼 모양이구나. 내 정중히 사과를 할 테니 그만 화를 풀려무나."

화무진은 곽무한을 가리키며 소리치는 딸아이의 말에 너털웃음을 터뜨렸다. 그리고는 슬쩍 고개를 돌려 곽무한에게 포권을 해 보였다.

"소협, 죄송하오. 초면에 결례를 했소이다."

"예? 소협? 아, 소협! 네… 저도 결례를……."

곽무한은 몇 번 눈을 껌벅이다가 꾸벅 고개를 숙여 보였다.

그 모습에 화영령이 빽 소리를 질렀다.

"아저씨! 그게 아니잖아! 포권으로 인사하면 같이 포권으로 인사해야지. 그게 강호의 예의잖아!"

"어? 포권. 아! 포권……."

곽무한은 잠깐 머리를 긁적이다가 엉거주춤 포권을 취해 보였다.

화무진은 내심 실소를 지으며 화영령에게 시선을 돌렸다.

"그래. 그를 네 처소 부근에 머물게 해달라고?"

"네, 장 의원과는 이미 이야기가 끝났어요. 이 아저씨의 병을 고치고 말 거예요."

"그래, 그랬구나……."

화무진은 잠시 곤혹스런 표정을 지었다.

아무리 화영령이 어리다 하나, 조혼(早婚) 풍습이 만연한 명문가의 입장에서 봤을 땐 여염집 규수가 아닌가? 그런데 처소 부근에 외간 사내를 머물게 해달라니? 자칫 소문이 잘못 나기라도 하면 망신도 이런 망신이 없다.

"그건 좀… 곤란하지 않을까?"

화무진은 조심스런 표정으로 운을 뗐다.

이때까지 자폐증에 빠져 있던 딸아이였다. 그런 딸아이가 저 괴한 때문에 다시 말문을 여니, 이런 상황에서 자칫 심기를 잘못 건드렸다간 다시 말문을 닫아버리지 않을까 염려해서였다.

"아빠!"

역시 우려할 만한 상황이었다.

빽 소리 지르는 딸아이의 눈빛이 심상찮게 변해갔다.

"어이쿠! 아니다. 아비의 말이 또 헛나왔구나. 내 말은, 그러니까 그가 강호의 영웅이니, 에… 또, 너를 지켜줄 수도 있겠고… 그러니까 아예 난화소축(蘭花小築) 안에다가 그의 처소를……."

"와! 그게 낫겠네요."

말이 채 끝나기도 전에 딸아이의 얼굴이 활짝 개었다.

'떠그랄!'

화무진은 얼굴을 와락 일그러뜨리며 자기 스스로에게 욕을 퍼붓고 말았다. 딸아이의 눈치를 살피며 말하느라 정말 헛말이 나오고 말았다.

딸아이를 위해 공들여 만든 난화소축에 괴한의 거처를 마련해 주겠다고 말해 버리다니? 혹을 떼려다가 오히려 혹을 붙인 격이 되고 말았다. 화무진은 희희낙락한 표정으로 방을 나서는 딸아이와 곽무한을 보며 긴 한숨을 내쉬었다. 그러다가 문득 시선을 천장으로 향했다.

"묵검(默劍)! 게 있느냐?"

화무진이 소리치자마자 천장에서 한 사람이 불쑥 뛰어내렸다.

"부르셨습니까, 단주님."

오체투지하며 엎드린 사내.

그는 검은 경장에 검은 두건, 검마저도 검은색으로 맞춘 자로, 유리알처럼 투명한 눈빛이 여간 인상적이지 않았다.

"어찌 보았느냐?"

화무진은 사내를 내려다보며 물었다.

흑의사내는 무표정한 눈빛으로 대답했다.

"우리와 같은 부류입니다. 그러나 이미 폐인이 된 상태입니다."

"음… 과연 그렇게 보이지?"

"그렇습니다."

화무진은 잠시 수염을 만지며 생각에 잠겼다.

딸아이는 아직 모르고 있는 사실이지만, 자신은 이곳 삼화상단의 단주일 뿐만 아니라 남창에서 제일가는 무력 집단의 우두머리다. 그러니 그의 눈을 피할 무인이 과연 몇이나 되랴?

화무진은 이미 곽무한이 내실로 들어설 때부터 그의 기도를 훑었다.

화무진이 보기에 흉측한 몰골의 괴한, 곽무한은 절대 강호의 영웅이나 정파의 협객이 될 수 없었다. 굳이 자신의 수신호위인 묵검의 말을 빌리지 않더라도 그에게는 겪어본 자만이 알 수 있는 진한 피 냄새가 흐르고 있었으니까.

"폐인이라… 폐인."

화무진은 곽무한의 모습을 다시 떠올려 보았다.

칠 척에 달하는 떡 벌어진 체구와 외가공부를 극성으로 연마한 것 같은 근육. 거기다가 군은살이 두툼히 박힌 손과 오 척에 달하는 도.

화무진은 몇 번 더 수염을 만지작거리다가 흑의사내를 돌아봤다.

"그를 어디서 발견했는지, 그의 정체가 뭔지 자세히 한번 알아봐."

"존명!"

묵검이라 불린 사내는 나타날 때와 마찬가지로 바람처럼 사라졌다.

"폐인이 되었다지만 보통 다듬어진 몸이 아냐… 별문제가 없다면 딸아이의 수신호위로는 딱이겠군. 더구나 그자로 인해 딸아이가 웃음을 되찾고 있으니……."

화무진은 혼잣말을 중얼거리며 의자 깊숙이 몸을 묻었다.

상단에는 금방 곽무한에 대한 소문이 돌았다.

"바보래."

"정확히는 기억 상실증이라던데?"

"끔찍한 일을 겪어 그렇게 되고 말았다더군."

사람들은 호기심에 틈틈이 난화소축을 훔쳐봤다.

그러나 난화소축의 문은 굳게 닫힌 채 열릴 줄을 몰랐다.

장 의원과 화영령은 상단 내에 소문이 돌든 말든 곽무한의 치료에

열중했다.

장 의원이 침을 쓰면 화영령은 약을 달였고, 장 의원이 뜸을 뜨면 화영령은 곽무한의 머리맡에서 땀을 닦아주었다. 하녀들을 시켜도 충분한 일이었지만 화영령은 불편한 몸으로 지극 정성을 다했다.

그러나 두 사람이 그렇게 공을 들여도 곽무한의 상태는 여전했다.

"이게 뭔가?"

"팔찌."

"누가 준 건가?"

"으으으… 누구였지? 누가 줬더라?"

장 의원의 질문에 머리카락을 쥐어뜯으며 고통스러워하는 곽무한.

그 모습이 보기 안쓰러워 화영령이 나선다.

"칼이 너무 멋있네요."

"어, 그래. 멋있군."

"아저씨 것이잖아요."

"그, 그런가?"

"저 칼을 어디서 얻었죠?"

"으음… 기억이 안 나."

"그럼 아저씨 이름은 뭐예요?"

"내 이름? 내 이름? 으으……."

항상 이런 식이었다.

사물이나 현상에 대한 기억에는 아무런 문제가 없었으나 자기 자신에 대한 부분은 거의 기억을 하지 못했다. 억지로라도 기억을 상기시키려 하면 머리를 쥐어뜯으며 고통스러워했다.

결국 한 달 뒤, 장 의원이 손을 들고 말았다.

"휴우… 아가씨. 도저히 안 되겠습니다."

"가망이… 없나요?"

"예, 어떤 계기가 주어지지 않는 한 현재로는 방법이 없습니다."

"어떤 계기라구요?"

화영령이 고개를 치켜들며 물었다. 가망이 없다는 말에 풀이 죽어 있다가 뭔가 희망의 끈이라도 발견한 것 같은 모습이었다.

"그렇습니다. 과거의 기억과 관련된 어떤 물건이나, 아니면 과거의 사건과 관련된 어떤 일들이나… 뭔가 그에게 강렬한 자극이 주어진다 면 잃어버린 기억을 떠올릴 수도 있습니다."

"그래요? 그럼 우리가 그의 물건들을 내보였을 때는 왜 아무런 기억 도 떠올리지 못하지요?"

화영령이 고개를 갸웃하며 물었다.

"글쎄요. 아직 그 물건들과 연관된 기억을 떠올리지 못해서 그렇겠 지요."

"그럼 시간이 흐르면 기억을 떠올릴 수도 있나요?"

화영령이 눈을 빛내며 물었다. 그러나 장 의원은 고개를 설레설레 내저었다.

"글쎄요, 시간이 흘러 기억을 떠올리기만 한다면 아마 그럴지도… 그러나 그 시간이 얼마나 걸릴지 모르니 그게 문제지요."

화영령은 한참 생각에 잠겼다가 다시 눈을 빛내며 물었다.

"그럼… 일부러 충격을 주면?"

"허허허. 그가 어떤 기억을 갖고 있는 줄 알고 충격을 준답니까?"

"그건 걱정 말고 가능성이 있나 없나 그것만 말씀해 보세요."

화영령은 곽무한이 맨 처음 정신을 차렸을 때를 떠올렸다.

그가 애타게 부르던 이름, 미루.

거기에 무슨 단서가 있지 않나 싶어 물어본 것이었다.

그러나 실망스럽게도 장 의원은 다시 고개를 내저었다.

"아가씨가 무슨 방법을 생각하시는지는 몰라도 본인이 자연스럽게 기억을 되찾는 것이 가장 좋은 방법입니다. 자칫 충격을 잘못 주게 되면 오히려 최근의 기억까지도 잃어버리게 되니……."

"헉! 그래요?"

그렇게 되어선 안 될 일이다.

그로 인해 겨우 삶에 활력을 찾고 있는 자신인데, 그가 자신을 기억하지 못한다면 얼마나 슬플 것인가?

결국 화영령은 자신이 미루라는 여자인 척 연기를 해서 그에게 충격을 주려던 생각을 접고 말았다.

"그럼. 그가 기억을 되찾을 때까지 기다리죠 뭐. 그건 그렇고……."

화영령이 다시 눈을 반짝였다.

"아무래도 바보아저씨의 이름을 지어줘야겠어요."

"이름… 요?"

"네. 다른 사람들 앞에서도 바보아저씨, 이렇게 부를 수는 없잖아요."

"그, 그건 그렇지요."

하긴 장 의원 자신도 마땅한 호칭이 없어 괴물이라 부르는 판이다.

만약 단주가 와서 그에 대해 묻기라도 한다면 뭐라고 불러야 할 것인가?

"흠… 이름을 뭐로 하지?"

화영령은 눈동자를 굴리며 생각에 잠겼다.

장 의원은 피식 실소를 지으며 말했다.

"뭐, 대충 지어주면 되지 않을까요?"

"말도 안 돼요! 그는 강호의 영웅이라니까요!"

'니미… 영웅은 무슨?'

장 의원은 내심 콧방귀를 뀌었다. 그러나 그런 생각을 말로 내뱉었다간 그야말로 난리가 날 것이다. 그래서 장 의원은 슬그머니 자리에서 일어났다.

"그럼 아가씨가 멋진 이름으로 지어주세요. 전 이만……."

화영령은 장 의원이 나가고도 한참 동안 생각에 골몰했다. 그러다가 어느 순간 활짝 웃으며 급히 의자 바퀴를 굴렸다.

"이봐요, 아저씨! 바보아저씨!"

화영령이 향한 곳은 곽무한의 숙소.

그간의 치료 과정을 말해 주듯 매캐한 한약 냄새가 배어 있는 검박한 방이었다.

"무슨 일이지?"

곽무한은 멍하니 창밖을 보고 있다가 다급한 화영령의 목소리에 고개를 돌렸다.

"후훗. 아저씨, 제가 아저씨 이름을 지었어요."

"이름?"

곽무한은 살짝 인상을 찡그렸다. 그러나 화영령은 곽무한의 표정에는 아랑곳없이 환한 표정으로 재잘거렸다.

"제가요, 한참을 생각해 봤거든요. 그러다가 문득 멋진 이름이 생각난 거예요. 아마 아저씨도 마음에 드실걸요?"

"그러니? 그 멋진 이름이라는 게 뭔데?"

그간 들인 공이 있어선지, 최근의 곽무한은 맨 처음 발견할 당시에 비해 말투나 행동에 있어서 현저한 발전을 보이고 있었다.

즉, 처음의 그 어눌하고 답답해 보이던 말투가 조금씩 빨라지고 있었고, 특히 그동안 알게 모르게 주눅 들어 보이던 행동도 자신이 처한 상황을 이해하고 나서부터는 점점 자연스러워지고 있었다.

그런 이유 때문인지 가끔씩 곽무한의 눈에서는 맑은 정광이 흘러나오기도 했다. 그럴 때면 화영령은 자기도 모르게 고개를 숙이고 말았다.

뭔가 거대한 기운이 자신을 누르는 기분이 들어서였다.

오늘도 그랬다.

비록 짓뭉개지다시피 한 얼굴이었지만, 깊게 가라앉은 그의 눈빛을 대하자 절로 가슴이 떨려오고 숨이 가빠왔다.

'아마 이런 걸 보고 사람들이 영웅의 기상이라고 하나 봐.'

화영령은 잠깐 얼굴을 붉혔다가 심호흡으로 숨을 골랐다.

"귀를 열고 잘 들어보세요. 제가 지은 아저씨 이름은요……."

화영령은 빠른 어조로 말을 이어나가다가 극적인 느낌을 주려고 일부러 한 박자를 끊었다. 그리고는 손가락으로 곽무한의 팔찌를 가리키며 말을 이었다.

"저 팔찌 덕분에 아저씨가 살아나셨기 때문에 설문환(雪紋環)! 그게 바로 제가 지은 아저씨 이름이에요."

"설… 문… 환?"

곽무한은 영문을 모르겠다는 표정으로 반문을 했다. 그러자 화영령이 배시시 웃으며 설명을 했다.

"팔찌에 눈 내리는 그림이 그려져 있잖아요. 그래서 눈 설, 문양 문,

그리고 팔찌이니 당연히 환. 합쳐서 설문환. 어때요?"

"눈 내리는 그림의 팔찌? 그게 내 이름이야?"

곽무한은 어이없다는 표정을 지었다.

그러나 화영령이 보기에 과히 기분 나빠하는 것은 아닌 것 같았다.

저 바보아저씨가 알 듯 말 듯한 표정으로 연신 팔찌를 어루만지는 걸 보니.

좌우간, 그날부터 곽무한은 설문환으로 불리게 됐다.

제63장
설문환

설문환

"호호호!"

짤랑이는 웃음소리가 봄 햇살을 뒤흔든다.

담장 너머로까지 울려 퍼지는 웃음소리의 주인공은 다름 아닌 화영령.

화영령은 정원 가득 피어난 꽃망울을 보고 숨이 넘어갈 듯 웃고 있었다. 그런 그녀의 뒤에는 싱그러운 미소를 짓고 있는 곽무한이 있었고.

때는 바야흐로 꽃잎 만발한 계절.

두 사람이 함께 정원을 거니는 모습은 마치 한 폭의 그림 같았다.

그 모습이 정겨워 보였던지 하녀들은 저희끼리 수군거렸다.

"아유, 아가씨가 정말 많이 변하셨네."

곽무한이 난화소축에 머문 지도 어언 두 달.

그 시간 동안 화영령은 정말 많이 변했다.

그녀는 마치 피어나는 봄꽃처럼, 얼굴에는 환한 빛이 났고, 입가에는 언제나 웃음이 떠나지 않았다.

그 모든 게 곽무한 덕분이었다.

그녀의 마음속에 곽무한에 대한 연정이 있다 보니 그와 함께 있는 시간이 날마다 기쁘고 즐거웠다. 그러다 보니 최근 들어서는 봄나들이를 즐길 정도로 마음에 여유가 생겼고, 또 그렇게 마음속에 행복이 가득하다 보니 깡말랐던 얼굴에도 살이 올라 그동안 자폐증에 의해 가려졌던 그녀의 미모가 빛을 발했다. 곽무한과 함께하면서 화영령은 나뭇잎만 굴러도 까르르 웃는 소녀 특유의 성정과 밝음을 회복한 것이다.

"다행이군, 정말 다행이야……."

따스한 봄바람.

까르르 웃는 딸아이와 그 뒤에서 의자를 밀어주는 곽무한.

화무진은 그런 두 사람을 보며 빙그레 미소를 지었다.

자신이 딸아이의 간청을 받아들이길 정말 잘했다는 생각이 들었다. 물론 그 결정에는 곽무한을 발견한 곳이 한중 부근이고, 또 그 주변에서 일어난 사건이라고 해봐야 사천무림맹에서 이름 없는 수채 하나를 몰살시킨 것뿐이라 별다른 문제가 없을 것 같다는 묵검의 보고도 한몫을 했다.

그러나 기뻐하는 사람이 있으면 화내는 사람도 있는 게 인생사인가?

난화소축이 내려다보이는 삼층 전각.

그 창문 틈에서 두 사람을 내려다보며 투덜거리는 청년이 있었다.

"제기랄! 이러다가 닭 쫓던 개 지붕 쳐다보는 꼴이 되는 건 아닌지 모르겠네. 그것도 저 바보 같은 머저리에게 병신 계집을 빼앗기는 꼴을 말이야."

정원을 거니는 두 사람을 보며 질투의 눈길을 보내고 있는 사람은 구당(具儻)이란 자로, 삼화상단에서 수로당(水路堂) 부당주 직을 맡고 있는 자였다.

수로당은 말 그대로 상단 내의 화물 중 수로를 통한 물품 운송을 담당하고 있는 곳. 그러니 수로당 부당주 직은 상단 내에서도 핵심 요직이었다. 그의 부친이자 상단의 오대행수(五大行首) 중 한 사람인 구양장(具陽長)이 강서 최대의 수채인 파양채의 채주와 의형제지간을 맺고 있어서 젊은 나이에 그런 요직을 차지할 수 있었다.

그런데 그가 화를 내는 이유는 뭘까?

그건 다름 아닌 삼화상단의 후계 구도 때문이었다.

알다시피 화무진에게는 아들이 없었다. 그러니 그의 사후(死後)에는 화영령이 삼화상단을 이어받게 되어 있었다.

문제는 바로 거기에 있었다.

쉬쉬하면서도 공공연한 비밀이 된 사실.

누구든지 그녀와 결혼을 하기만 하면 그가 바로 삼화상단의 차기 단주가 된다는 사실이었다.

야심 있는 사람이라면 그 달콤한 꿀단지를 놓칠 이유가 없다. 더구나 하반신 불구에다가 자폐증을 가진 화영령이라, 웬만한 집안에서는 매파를 보내지도 않으니.

결국엔 그녀의 가치를 아는 사람들 간의 싸움이다.

구당과 그의 부친인 구양장은 화영령의 가치를 충분히 알고 있었다.

그리고 구당은 야심이 차고도 넘치는 청년이었다.

그런데 지금 돌아가는 상황을 보아하니 심상치 않아 보였다.

이때까지는 화영령이 어리기도 하고, 자기와 같은 생각을 가지고 있을 경쟁자들을 신경 쓰느라 탐색전만 벌이고 있던 참이었는데, 굴러들어 온 돌이 박힌 돌을 빼낸다고, 곽무한과 화영령의 모습을 보니 지금이 바로 그 짝이다.

"일이 그렇게 돌아가도록 놔둘 순 없지."

구당은 문득 창에서 시선을 떼며 음흉한 미소를 지었다.

듣기로 설문환이란 자는 바보라 들었다. 거기다가 허우대는 멀쩡해 보이지만 닭 모가지 비틀 힘도 없는 폐인이라고 들었다. 그러니 그를 처리할 방법은 무척 많았다.

"휘하 무인들을 이용할까? 아니면 내가 직접 나서는 게 좋을까?"

구당은 뭐가 더 통쾌할까를 생각하다가 짐짓 이맛살을 찌푸렸다.

"젠장! 병신 계집 하나 거느리는 것도 힘들군."

저깟 병신 계집 하나 차지하려고 머리까지 굴려야 하는 현실이 구당은 마뜩찮았다.

곽무한은 잔뜩 인상을 찌푸리고 있었다.

화영령이 건네준 백색 무복 때문이었다.

눈처럼 새하얀 무복.

화영령의 성화 때문에 입기는 입었지만, 왠지 모르게 가슴이 먹먹해지는 기분이었다.

정확히 기억할 수는 없지만, 예전에도 한번 이런 기분을 느껴본 적이 있는 것 같았다.

뭐라 설명할 수 없는 짙은 어둠과 공포. 그리고 애간장을 쥐어짜는 비명 소리……

그 때문이었을까?

곽무한은 입었던 무복을 벗으며 자신의 심정을 내뱉고 말았다.

"영령. 성의는 고맙지만, 너무 섬뜩한 색이라서 내키지가 않는데……."

그러나 바로 그 순간 화영령의 표정이 창백하게 변해 버렸다.

"뭐, 뭐라구요?"

그녀는 전혀 예상 밖의 말이라는 듯 한동안 곽무한을 쳐다보며 입술을 떨었다. 그러다가 한참 뒤에 눈물을 글썽이며 소리쳤다.

"세상에 어쩜 그런 말할 수가? 내가 얼마나 고민하면서 고른 옷감인데? 내가 싫으면 싫다고 말하지 어떻게 옷을 핑계로 그런 말을 할 수가 있어요? 와아앙!"

"엇? 그, 그게 아니고……."

곽무한이 당황한 표정으로 화영령을 소매를 잡을 땐 이미 늦어버렸다.

그녀는 눈물을 뿌리며 의자를 뒤로 돌려 버렸다.

"영령! 영령!"

곽무한이 뒤늦게 소리쳤지만, 화영령은 마음에 상처를 입은 듯 뒤도 돌아보지 않고 사라졌다.

"이런! 내가 너무 경솔했구나……."

곽무한은 씁쓸한 표정을 지으며 손에 들린 무복을 쳐다봤다. 그러나 다시 봐도 섬뜩한 기분이 들기는 마찬가지다.

"이 일을 어쩐다?"

곽무한은 지금 상황이 무척 곤혹스러웠다.

뒤늦게 안 사실이지만, 그녀는 유난히 여린 마음을 지니고 있었다.

그 때문에 남들의 말에 더 상처를 받고 아파하는 성격이었다. 그녀의 자폐증은 하반신 불구라는 이유도 있었지만, 그런 성격 때문에 더 깊어진 감도 없지 않아 있었다.

그런 그녀가 다행히 자신과는 마음이 맞아 이제 겨우 불구라는 사실을 잊고 예전의 성격을 회복해 가는 중이었는데, 어이없게도 자신이 거기에다가 찬물을 끼얹어 버리다니?

"좋은 방법이 없을까?"

곽무한은 방 안을 오가며 생각을 쥐어짜봤다.

겪어봤듯이 그녀는 한참 감수성이 예민한 나이다. 지금 당장 달래주지 않으면 홧김에 무슨 일을 저지를지 몰랐다. 그만큼 상처받기 쉬운 아이였다.

"열두 살이라… 열두 살……."

문득 화영령의 나이가 떠올랐다.

"보자… 그 나이면 한참 감수성이 예민할 나이이기도 하지만 호기심 역시 왕성할 나이겠지?"

그녀의 나이를 떠올리다 보니 그럴듯한 생각이 떠올랐다. 뭔가 호기심을 자극하면 될 것 같았다.

"그래! 바로 그거야!"

곽무한은 창문 너머로 보이는 화려한 누각을 바라보며 눈을 반짝 빛냈다.

*   *   *

등왕각.

푸른 기와, 붉은 기둥을 안고 하늘로 날아오를 듯 화려한 누각.

당대의 시인 왕발(王勃)이 주렴 사이로 보이는 서산(西山)의 빗발과 단청 고운 기둥에 걸리는 구름을 보며 뒤집힌 세월을 노래하던 곳.

곽무한과 화영령은 바로 그 등왕각을 오르고 있었다.

"칫, 겨우 이런 걸로 제 마음이 풀릴 것이라고 생각하면 오산이에요."

화영령은 자기가 앉은 바퀴의자를 들고 계단을 오르느라 땀을 뻘뻘 흘리는 곽무한을 내려보며 새침한 표정을 지었다. 그러나 내뱉는 말과는 달리 그녀의 얼굴에는 홍분이 가득했다.

난생처음 가져 보는 외출, 그것도 다정한 연인들이 서로의 애정을 확인하기 위해 손을 잡고 오른다는 등왕각이 아닌가?

옛날이야기 책으로만 전해 듣던 꿈같은 일이 지금 자신에게 벌어지고 있다고 생각하니 가슴이 설렌 것이다.

한 층, 한 층.

계단을 오를 때마다 들려오는 그의 숨소리.

화영령은 가슴이 온통 녹아버리는 기분이었다.

달아오르는 뺨, 두근거리는 가슴.

화영령은 혹시 자신의 감정을 들켰나 싶어 슬쩍 눈을 돌려봤다.

그러나 그는 연신 구슬땀을 흘리며 앞만 바라보고 걸을 뿐.

화영령은 속이 상했다.

'쳇, 목석 같아. 분위기도 모르고…….'

화영령은 한동안 새침한 표정으로 있다가 두근거리는 가슴을 진정시키기 위해 말문을 열었다.

"아저씨, 이 이야기 알아요?"

"무슨 이야기?"

휙 돌아오는 시선.

포근하고 정겨운 눈빛.

화영령은 떨리는 가슴을 진정시키며 노래하듯 말했다.

"시래풍송등왕각(時來風送騰王閣)이요, 운퇴뢰굉천복비(運退雷轟薦福碑)란 구절에서 유래된 이야기요."

"아! 알아!"

"어, 알아요?"

"음. 흐릿하게 기억이 나네. 언제 어디서 읽었는지는 모르겠지만… 때가 도래하면 바람이 등왕각으로 보내주지만 운이 따르지 않으면 천복비에도 벼락이 떨어진다는 이야기 아냐?"

곽무한이 웃으며 대답하자 화영령이 놀랐다는 표정으로 다시 물었다.

"맞아요. 아저씨는 어떻게 생각해요? 왕발 어르신은 이곳 등왕각의 낙성식에 참석해 시를 지으려고 하룻밤 사이에 칠백 리를 달려와 결국 등왕각서를 지음으로 그 이름을 천하에 떨쳤지만, 반면 어떤 문객은 탁본을 뜨기 위해 갖은 고생을 하며 달려와 봐도, 이미 폭풍우와 벼락에 비석이 깨어져 버려 허탈하게 돌아갔잖아요?"

"글쎄……. 그건 본분을 잊지 않고 최선을 다하는 사람만이 하늘이 주는 기회를 잡을 수 있다는 이야기가 아닐까?"

"와아! 정답이에요, 정답!"

화영령은 눈을 동그랗게 뜨며 외쳤다. 그리고는 새삼스럽다는 눈빛으로 곽무한을 쳐다보며 환히 웃었다.

지금 화영령이 말한 등왕각의 고사는 웬만한 학식이 없으면 알 수 없는 이야기였다.

당시 고사 속의 왕발은 열네 살의 소년으로, 꿈에 등왕각에 가서 서문을 지으라는 노인의 말을 듣고 상식적으로는 도저히 갈 수 없는 거리임에도 불구하고 배에 올라, 때마침 불어온 순풍으로 인해 시문을 지어 크게 명성을 얻은 반면, 이야기 속의 문객은 누가 천복비의 탁본을 떠주면 거금을 주겠다는 말을 듣고 돈 욕심으로 등왕각으로 향하다가 갖은 고생만 하고 결국에는 아무런 소득도 없이 되돌아갔다는 이야기였다. 결국 이 고사가 말하고자 하는 바는 곽무한이 말한 대로 사람이 자기 본분을 지키며 최선을 다하면 하늘이 감복해 기적을 내린다는 뜻.

보통 강호의 영웅들은 학문에 무지하기 마련인데, 자신의 영웅은 학문에도 일가견이 있는 것 같아 화영령은 기분이 좋아진 것이다.

"그럼 우리는 이렇게 힘들게 올라가고 있는데 하늘은 과연 우리에게 어떻게 나올까요?"

"글쎄? 영령이가 워낙 예쁘니 뭔가 좋은 것을 주지 않을까?"

"어마!"

화영령은 뺨을 붉혔다.

난생처음으로 듣는 이야기, 그것도 자신이 짝사랑하고 있는 사람에게 예쁘다는 소릴 들으니 하늘로 붕 날아오르는 것 같은 기분이 들어서였다.

그러나 이때,

"호호호! 주제에……."

어디선가 비웃음 소리가 들려왔다.

화영령이 홱 눈을 돌려보니 난간에서 자신들을 쳐다보고 있는 일남 일녀가 있었다.

둘 다 갓 스물이 되었을까 말까 한 나이였는데, 남자는 은빛 무복을 차려입은 영준한 미청년이었고, 여자는 연보랏빛 화려한 경장에 눈꼬리가 살짝 올라간 소녀였다.

그들 둘 다 강호인인 듯, 등 뒤에 검을 메고 있었다. 그리고 신분 또한 범상치 않은 듯 호위 무사들을 거느리고 있었다.

방금 전의 비웃음 소리는 연보랏빛 경장의 소녀에게서 나왔다.

"이봐요! 당신이 뭔데 우리 이야기를 듣고 웃음을 터뜨리는 거죠?"

화영령은 기분이 상해 그녀를 보며 빽 소리를 질렀다. 그러자 그녀의 눈꼬리가 획 하늘로 치솟았다.

"뭐라고? 당신? 요 쥐방울만한 계집애가?"

"뭐, 뭐라고? 쥐방울?"

화영령의 표정이 창백하게 변했다. 그때 연이어 화영령의 가슴에 불을 지르는 음성.

"어어, 란 매. 참아. 저런 병신들과 말상대 할 필요가 뭐 있어?"

목소리의 주인공은 란 매라는 소녀 옆에 있던 미청년이었다.

그는 소녀의 어깨를 다독이며 비웃음 띤 얼굴로 자신들을 보고 있었다.

화영령은 사내의 말에 엄청난 충격을 받았다.

"이봐요, 당신들! 당장 사과하지 못해요? 병신이라니? 나보고 병신이라니!"

화영령은 분을 못 이겼는지 눈에 눈물을 줄줄 흘리며 소리쳤다.

분노하기는 곽무한 역시 마찬가지였다.

화영령을 달래주려고 나온 나들이 길에 가슴을 후벼 파는 말로 상처를 입히는 작자들이라니?

곽무한은 이글거리는 눈빛으로 두 사람을 노려보았다.

그 눈에 담긴 분노를 읽어서일까? 란 매라 불린 소녀는 찔끔한 표정으로 사내의 옷자락을 잡아당겼다.

"어머? 은 가가. 저 사람 좀 봐요. 우릴 노려보고 있어요."

"호! 주제에 성깔은 있다는 말인데……."

사내는 가소롭다는 표정으로 곽무한의 아래 위를 한 번 훑어보고는 등 뒤를 향해 손가락을 까닥였다.

"자네들이 적당히 손 좀 봐줘."

말을 마친 사내가 소녀의 어깨를 안고 돌아서고 네댓 명의 무사들이 막 앞으로 나서려 할 때, 굳게 닫혀 있던 곽무한의 입술이 열렸다.

"멈춰."

낮게 갈려 나오는 곽무한의 음성.

사내는 우뚝 걸음을 멈췄다.

"멈… 춰?"

"가더라도 내 누이에게 사과를 하고 가."

"사과?"

피식 웃으며 돌아서는 사내의 눈에 살기가 일렁거렸다.

"란 매가 옆에 있어서 적당히 손만 봐주려 했더니… 이봐들. 사정 봐주지 말고 저놈을 조져 버려. 아예 저 계집처럼 앉은뱅이로 만들어 버리면 더 좋고!"

"존명!"

사내의 말이 떨어지기 무섭게 호위 무사들이 다가왔다.

화영령은 기세등등하게 다가오는 흑의의 무인들을 보자 더럭 겁이 났다. 그래서 곽무한의 옷소매를 잡아당기며 떨리는 목소리로 말했다.

"아, 아저씨! 우리 그냥 가요……."

그러나 곽무한을 만류하는 순간, 화영령은 갑자기 손끝이 허전해지는 것을 느꼈다. 곽무한의 몸이 어느새 탄환처럼 튀어나가고 있었던 것이다.

"아저씨! 안 돼요!"

화영령이 뒤늦게 소리를 쳤지만 곽무한은 이미 호위 무사들 앞에 이르러 주먹을 날리고 있었다.

"어쭈? 제법?"

가장 먼저 곽무한의 표적이 된 무사는 놀란 표정으로 황급히 거리를 벌렸다. 그러자 곽무한의 주먹이 아슬아슬하게 그의 턱을 스치고 지나갔다.

"어홍, 이놈!"

위험천만한 순간을 겨우 넘긴 호위 무사, 하마터면 무지렁이에게 당할 뻔했다는 수치감에 못 이겨 긴 호통 소리를 내며 곽무한의 옆구리를 향해 칼집을 쑤셔 넣었다. 그러나 바로 그 순간, 그는 머리가 산산이 부서지는 느낌을 받으며 털썩 쓰러지고 말았다. 곽무한의 발이 원을 그리며 날아와 그의 뒤통수를 가격해 버린 때문이었다.

"엇, 저놈 봐라? 보통이 아닌데?"

호위 무사들은 동료가 당하는 모습을 보고 저마다 안색을 달리했다. 그들은 서로 눈빛을 교환하며 세 방향으로 나뉘어 곽무한을 에워쌌다.

곽무한은 자기 스스로에게 놀라고 있었다.

사내의 입에서 다시 한 번 모멸감을 느끼게 만드는 말이 나오자 그 분을 참지 못해 본능적으로 뛰쳐나갔는데, 자기가 무인을 쓰러뜨리다니? 실로 얼떨떨한 기분이었다.

그러나 상황은 지금부터가 시작이었다.

스르릉!

햇빛을 받아 시퍼런 빛을 반사하는 도.

곽무한은 호위 무사들이 병장기를 꺼내 드는 것을 보며 온몸의 신경이 곤두서는 것을 느꼈다.

아차 하는 순간이면 전신이 난자될 판.

그러나 곽무한은 스스로에게 또 한 번 놀라고 말았다. 본능적으로 떠오르는 생각 때문이었다.

'모두 세 놈… 선두에 있는 놈을 이기각(二起脚)으로 처리하고 그 회전력을 빌어 좌우의 두 놈을 단숨에 박살 낸다.'

곽무한은 흠칫한 표정으로 머리를 한 번 흔들었다.

'내가 어떻게 이런 생각을?

그러나 상황은 곽무한이 생각하고 자시고 할 틈을 주지 않았다.

"이놈! 무릎을 내놔라!"

선두에 있던 놈이 벌써 도를 휘두르며 달려오고 있었고, 그 좌우에 있던 놈들은 날개를 벌리듯 자신의 측면을 향해 날아오고 있었다.

"까아악!"

그 상황을 본 화영령이 두 눈을 가리며 비명을 지르는 순간, 곽무한의 눈이 번쩍 빛났다. 그와 동시에 곽무한의 허벅지가 터질 듯 팽창하며 힘차게 땅을 박찼다.

"타합!"

마치 호랑이가 먹이를 향해 돌진하듯 거침없는 기세.

파아아아!

바람이 속도에 못 이겨 옷자락을 떠는 순간,

"우와아아!"

곽무한의 입에서 다시 한 번 기합성이 터져 나왔다. 그와 동시에 곽무한의 신형이 팽이처럼 회전하더니 그 속에서 두 개의 발그림자가 튀어나와 선두에서 달려오던 무인의 옆구리를 강하게 가격해 버렸다.

콰콰콰쾅!

"커허억!"

선두의 무인이 옆구리를 감싸 쥐며 쿠당탕 넘어지는 순간, 곽무한의 신형이 다시 움직였다.

파파파파쾅!

허공을 향해 번개처럼 날아가는 발그림자.

"커흑!"

"아흑!"

막 아래로 도를 내리긋던 두 놈은 그 자세 그대로 속절없는 비명을 토해내며 힘없이 바닥으로 나뒹굴었다.

"저, 저, 저놈이?"

사내는 자기도 모르게 눈을 부릅떴다.

애초, 자신이 직접 나서려다가 이미 폐인처럼 보이는 자라 굳이 손을 더럽힐 필요가 없겠다 싶어 수하들에게 맡기고, 자신은 나름대로 관전의 묘미를 만끽하려 했는데 오히려 눈 깜빡할 사이에 수하들이 쓰러지고 말다니?

사내는 충격과 경악으로 인해 한동안 멍한 표정으로 서 있었다.

그때였다. 등 뒤에서 귀에 익은 목소리가 들려왔다.

"나름대로 한 수를 지닌 자였군요."

사내는 그제야 정신을 차리고 등 뒤를 돌아봤다.

"제가 조금 늦어 도련님으로 하여금 저런 불상사를 겪게 만들었습니다. 용서를……."

사내의 등 뒤에는 두 자루 단창을 메고 있는 세 가닥 수염의 중년인이 깊숙이 허리를 숙이고 있었다.

"아! 막 단주."

중년인이 나타나자 사내는 환한 표정이 되었다.

사내뿐만 아니었다. 사내를 호위하고 있던 자들도 모두 밝은 표정으로 중년인을 향해 포권을 취해 보였다.

"단주님을 뵈오!"

낮고 조용한 목소리 속에 절도와 공경이 담겼다.

중년인은 담담한 표정으로 호위 무사들의 인사를 받아넘겼다. 그리고는 잠깐 칼날 같은 눈빛을 곽무한에게 보내고는 천천히 사내 쪽으로 고개를 돌렸다.

"저자… 아이들로는 쉽지 않을 것 같습니다. 제가 나서야겠습니다."

"단주가 직접?"

"저자의 눈을 보시지요."

중년인은 턱짓으로 곽무한을 가리켰다.

"으음……."

사내는 곧 기다란 침음성을 흘렸다.

두 다리를 지면에 박은 채 태산처럼 서 있는 흉측한 몰골의 사내.

그는 수하들이 떨어뜨린 도를 손에 쥐고 있었는데, 다른 손으로 그 칼날을 어루만지며 기이한 눈빛을 보내고 있었다. 그러다가 우연히 자신과 눈이 마주쳤는데, 그 눈빛이 어찌나 오싹하던지 순간적으로 가슴이 철렁했다.

"설마… 강호의 숨은 고수?"

"훗, 그 정도까지는 아닙니다. 극도로 단련된 자이기는 하나 기가 약합니다."

중년인은 짧은 웃음을 지어 보이고는 성큼성큼 누각 아래로 향했다.

우우우웅!

곽무한은 중년인이 다가오자 알 수 없는 기파가 밀려오는 것을 느꼈다.

'고수!'

왜 그런 생각이 들었는지는 몰랐다.

그러나 뇌리 한 켠에서 연신 위험하다는 신호가 울렸다.

곽무한은 천천히 도를 중단전으로 세웠다. 그러자 중년인이 걸음을 멈췄다. 순간적으로 그의 눈빛이 차갑게 가라앉는 듯했다.

느린 그림처럼 중년인의 입이 천천히 열렸다.

"나는 동정호에 숟가락을 걸고 있는 막시덕(莫始德)이라 한다. 강호의 친구들은 날더러 쌍창무적(雙槍無敵)이라 부르고, 동정호 인근의 친구들은 백경단주라 부르지."

"헉! 백경단주?"

중년인의 소개가 나오자마자 주변에서 숨죽인 신음성들이 흘러나왔다. 그들은 호기심 어린 표정으로 구경하던 상춘객(賞春客)들이었다.

백경단이라면 강호 최대의 수채인 동정수채, 그중에서도 최고의 정예들로 이루어진 호위 무사들을 지칭하는 이름이 아닌가?

그러니 단순한 호위 무사들과의 시비 정도로 생각하고 있던 상춘객들이 기겁성을 터뜨릴 수밖에 없었다.

그러나 곽무한은 그가 누구건 신경도 쓰지 않았다.

"물러서! 난 저놈에게 볼일이 있다. 비키지 않으면 벤다!"

막시덕은 기가 막혔다. 주제를 알고 물러나기를 바랐는데 오히려 기가 살다니?

"훗, 날 베겠다고? 좋아, 좋아. 아주 자극적인 말이군. 자네가 마지막으로 남길 이름은?"

웃고 있던 막시덕의 눈이 한차례 번쩍 빛을 뿜었다.

"굳이 알고 싶다면… 설문환. 그게 내 이름이다."

곽무한은 짧게 대답하며 도를 빗겨 세웠다.

"설… 문… 환? 전혀 들어본 적 없는 이름이군."

막시덕은 혼잣말을 중얼거리며 가볍게 창을 꺼냈다. 그리고 창을 겨누는 순간 그의 눈빛은 무심히 가라앉아 마치 시체를 보는 듯한 눈빛으로 곽무한의 인중(人中) 부위를 향했다.

마주 선 두 사람.

그들 사이에는 바람 한 점 불지 않았다. 그런데도 두 사람의 옷자락은 거세게 펄럭였다.

기와 기가 부딪힌 까닭이었다.

두 사람의 대치는 예상보다 오래갔다.

그 바람에 주변 사람들의 표정이 시시각각 변해갔다.

화영령은 처음부터 끝까지 초조와 긴장이 가득한 표정으로 곽무한을 쳐다보고 있었고, 호위 무사들에게 둘러싸인 사내, 동정수채의 후계자인 은화준은 처음엔 느긋한 표정이었다가 시간이 갈수록 조금씩 표정이 굳어갔다.

'별것 아니라더니, 막 단주가 저렇게 신경을 곤두세울 정도의 고수였단 말인가?'

은화준의 생각은 정확히 맞아떨어졌다.

보통, 고수들의 승부는 일반적인 무인들과는 다르게 단 일 합으로 끝나는 경우가 많다. 그 이유는 티끌 같은 실수 하나로도 목숨이 왔다 갔다 하기 때문이다. 그래서 고수들 간의 대결에는 유난히도 피를 말리는 신경전이 오고 간다.

지금 곽무한과 맞선 막시덕이 바로 그런 상태였다.

처음엔 분명 별것 아닌 놈이었다. 아니, 지금도 그렇다.

놈에게선 무인 특유의 기세, 전신을 압박해 오는 기파가 전혀 느껴지지 않았다. 그 말은 즉, 놈의 공력이 자기보다 훨씬 아래라는 뜻이었다.

그러나 그럼에도 불구하고 막시덕은 손끝 하나 까닥할 수가 없었다.

그 이유는 바로 놈의 눈빛 때문이었다.

자신을 점점 압박해 들어오는 눈빛.

하얀 눈빛이라고 표현하면 그나마 사실에 가까울까?

놈의 눈빛은 마치 유부에서 흘러나오는 것처럼 끈적끈적하고 사이했다.

막시덕은 알고 있었다.

저런 눈빛은 죽음을 경험해 본 자만이 낼 수 있는 눈빛이란 걸.

그것도 한두 번 정도의 경험이 아니라 몸에 밸 정도로 엄청난 경험을 거쳐야 가질 수 있는 눈빛이란 걸.

거기다가 놈은, 네가 어떤 방법으로 공격해 오더라도 단칼에 베어버릴 수 있다는 자신감까지 그 눈빛에 담고 있었다.

그래서 두려웠다.

만에 하나, 놈이 정말 저 눈빛처럼 자신을 베어온다면?

그건 정말이지 생각도 하기 싫은 끔찍한 일이었다.

막시덕이 공격을 감행하지 못하고 있는 이유는 바로 그 때문이었다.

반면, 곽무한은 알 수 없는 흥분에 휩싸여 있었다.

등줄기를 타고 오르는 전율.

가슴으로 전해오는 긴장감.

짜릿했다.

갑자기 살아 있다는 느낌이 파도처럼 밀려왔다.

분명 무공을 익힌 기억이 없는데도 이런 감흥이 들다니?

더구나 뇌리에서 울려오는 이 기이한 목소리.

"도는 용맹쾌속함을 위주로 하며 맹호의 기세로 쪼개고, 자르고, 찌른다. 그래서 옛 사람들은 도를 다룸에 있어……."

아득한 과거에 한 번 들어본 듯한 목소리였다.

그 소리 따라 흐릿한 영상이 떠오르고 있었다.

이글거리는 태양 아래 우뚝 선 거인.

그리고 그 거인을 올려다보고 있는 자신.

그러나 안타깝게도 거인의 모습은 명확하지 않았다.

'누굴까?'

곽무한은 순간적으로 상념에 빠져들었다.

그 순간,

"끼야아압!"

콰쾅!

귀를 찢는 호통 소리와 함께 엄청난 진동음이 들려왔다.

곽무한은 그 소리에 놀라 퍼뜩 정신을 차렸다.

꿈일까 현실일까?

중년인의 얼굴이 크게 확대되어 왔다. 그와 동시에 섬뜩한 은빛 창날이 벼락같이 날아들고 있었다.

'아차!'

곽무한은 순간적으로 한발 늦었다는 생각이 들었다. 그래서 전력을 다해 신형을 틀었다.

그러나,

피유웃!

날카로운 파공음과 함께 어깨에 극렬한 통증이 느껴졌다.

"으음……."

곽무한은 신음을 흘리며 뒤로 물러났다. 그러나 기다렸다는 듯 불쑥! 옆구리 근처에서 튀어 오르는 창날.

피하고 자시고 할 겨를조차 없다.

"이익!"

곽무한의 눈에 순간적으로 핏발이 섰다. 그와 동시에 직도단천. 벼락처럼 뿌려진 도세.

그러나 창날을 튕겨내는 순간, 손목에서 시큰한 통증이 전해져 왔다. 뒤이어 옆구리에서 느껴지는 화끈한 통증.

"크윽!"

마치 인두에 지져진 것 같았다. 그러나 다행히도 치명적인 상처는 피했다. 그러나 그게 끝이 아니었다.

피피피핏!

번쩍이는 창날이 수십, 수백 개의 환영을 이루며 정신없이 날아들고 있었다.

곽무한은 아득한 표정이 되어 도파(刀把)를 불끈 쥐었다.

"헐헐. 과연 쌍창무적이라 칭할 만하군!"

구경꾼들 중에서 누군가가 늙수그레한 목소리로 말했다.

낮은 음성이었지만, 귀가 짜르르한 것이 보통 공력이 아니다.

'음? 누구?'

은화준은 불길한 예감이 들어 자기도 모르게 고개를 돌렸다. 그러나 워낙 많은 사람이 구경하고 있어 누가 말했는지 찾기란 힘들어 보였다.

'으음… 누굴까?'

은화준이 고민하는 순간,

카카캉!

갑자기 귀를 짜르르 울리는 마찰음이 들려왔다.

은화준은 급히 전장으로 고개를 돌렸다.

카캉! 카카캉!

계속해서 이어지는 마찰음.

진원지는 막시덕이었다.

그의 창이 수레바퀴처럼 회전하며 곽무한을 핍박하고 있는 중이었다.

"후훗, 드디어 끝낼 모양이군."

이미 곽무한의 전신은 선혈이 낭자한 상태.

은화준은 전장을 보며 안심한 표정을 지었다.

막시덕 역시 마찬가지였다.

그는 정신없이 공격을 퍼붓다가 어느 순간, 오만한 미소를 지으며 뒤로 물러났다.

"후후후. 놈! 잘 보았느냐? 조금 전의 초식이 바로 쌍창회전참(雙槍回轉斬)이란 초식이다. 그리고 이 초식이 바로 쌍창무적참(雙槍無敵斬)이다!"

막시덕은 말을 맺음과 동시에 창을 정면으로 찔러 넣었다.

"하하하! 잘 가거……?"

막 곽무한의 마지막 숨통을 끊으려던 막시덕은 순간적으로 손을 멈췄다.

죽음을 목전에 두고도 곽무한이 멍한 눈빛을 하고 있어서였다.

곽무한은 그 위급한 순간에도 상념에 빠져 있었다.

막시덕이 '잘 보았느냐'고 할 때 환상처럼 떠오른 영상. 거기에 빠져 있는 것이었다.

"보았느냐?"

이명처럼 메아리로 와 닿는 목소리.

그와 동시에 밤하늘을 환히 비추는 사내 하나.

그는 엄숙한 얼굴로 도를 세워 들고 있었다. 그리고 어느 순간, 혼백을 뒤흔드는 기합성으로 날아오른 그는 밤하늘을 온통 새하얀 섬광으로 물들여 놓았다. 그리고 거짓말처럼 눈앞에 나타난 그가 자신을 보며 묻는다.

"보았느냐?"

"예… 봤습니다."

곽무한은 멍한 표정으로 고개를 끄덕였다.

막시덕은 기가 막혔다.

저승사자가 바로 코앞에 있는데 얼빠진 표정으로 고개를 끄덕이고 있다니?

'아예 넋이 나간 모양이군.'

막시덕은 찜찜한 기분을 털어내며 창을 잡은 손에 다시 힘을 가했다.

그런데 그때부터였다.

입과 코로 피를 줄줄 흘리던 곽무한이 갑자기 변했다. 눈에서 서릿발 같은 광채가 폭사되더니 번개같이 도를 움직여 창날을 튕겨냈다. 그리고는 미끄럼을 타듯 순간적으로 물러나, 도극을 세워 허공에 원을 그리기 시작했다. 그리고 차갑게 내뱉는 말.

"기세로 천하를 담으니, 이를 일컬어 혼원세라 한다!"

"뭐, 뭐야?"

막시덕이 당황하는 순간, 곽무한의 신형이 눈 깜짝할 사이에 허공으로 치솟았다. 그와 동시에 하늘에서 들려오는 호통 소리.

"파도는 거침없이 파랑을 가른다! 파―랑―세(波浪勢)!"

쐐애액!

호통 소리가 끝나자마자 날아오는 섬뜩한 도세.

막시덕은 대기를 울리는 파공음에 섬뜩한 기분이 들었다. 그래서 맞고함을 지르며 전력으로 창을 날렸다.

"단―창―파―혈(丹槍破血)?"

패애액!

소용돌이처럼 날아가는 창날.

벼락처럼 내리찍는 칼날.

'누가 먼저일까?'

은화준은 침을 꼴깍 삼켰다.

조금 전만 해도 쓰러지기 일보 직전의 폐인이었다.

그런데 저런 위력이라니?

은화준이 생각하기에 저 폐인은 지금 생사를 도외시하고 최후의 기력을 짜낸 것 같아 보였다. 그래서 자기도 모르게 긴장이 된 것이다.

그런데 은화준이 침을 삼키는 순간 등 뒤에서 누군가의 탄성 소리가 흘러나왔다.

"아! 저 초식은?"

예의 그 늙수그레한 음성이었다.

은화준은 빠르게 고개를 돌렸다.

이번에는 곧바로 찾을 수 있었다.

눈처럼 하얀 백발에 하얀 수염을 배꼽 아래까지 늘어뜨린 대춧빛 안색의 노인이 격동 어린 표정으로 군중들을 뚫고 나아오고 있었기 때문이다.

"누, 누구?"

예상외의 모습이라, 은화준이 놀란 목소리로 중얼거리는 순간,

땡그랑!

바닥으로 뭔가 떨어지는 소리가 들려왔다. 그와 동시에 중인들 사이에서 일제히 탄성이 터져 나왔다.

"아……"

"저런!"

은화준은 그 소리에 고개를 돌렸다가 깜짝 놀라 버렸다.

도저히 믿지 못할 광경이었다.

수채 내에서 열 손가락 안에 드는 고수인 백경단주가 가슴에 선혈이 낭자한 채 비틀거리고 있는 게 아닌가?

"놈은?"

은화준은 불길한 예감에 빠르게 곽무한을 찾았다.

다행히 그도 무사하지 못했다.

기파를 감당하지 못했던 듯 시커먼 피를 토하며 바닥에 엎드려 있었다.

그렇다면 결과는 양패구상?

은화준은 자리에서 벌떡 일어났다.

"단주! 지금이오!"

먼저 움직이는 자가 이긴다.

은화준은 그런 생각이 들어 휘청거리고 있는 막시덕을 다그쳤다.

반면, 노인은 곽무한을 보며 탄식을 흘렸다.

"제대로 된 초식이었는데 기가 약했도다……."

그러나 중인들의 염원을 외면하지 못해서일까?

두 사람은 비틀거리며 다시 자세를 잡았다.

곽무한은 끝이 부러져 나간 도를.

막시덕은 남은 단창 한 자루를.

피가 줄줄 흐르는 가운데 서로를 노려보던 두 사람.

거의 동시에 기합성을 토해냈다.

"타핫!"

"우와악!"

카카킹!

불똥이 튀고 먹먹한 금속성이 울렸다.

"아……."

누각 아래의 두 사람.

그들의 병기는 상대의 급소 앞에서 멈춰 있었다.

곽무한의 도는 창날 아래로 비껴 막시덕의 목을 겨누고 있었고, 막시덕은 곽무한의 심장을 겨눈 것과 동시에 다른 한 손으로 곽무한의 칼날을 쥐고 있었다.

뚝뚝, 바닥으로 흘러내리는 피.

누구라도 움직이는 순간 둘 다 죽고 만다.

짧은 정적이 흘렀다. 그리고 서로를 노려보던 두 사람의 눈이 어느 순간 번쩍 빛났다. 그와 동시에 두 사람의 손이 서로를 향해 번개같이 움직였다.

양패구상의 수!

"까아악!"

화영령은 비명을 지르며 얼굴을 감싸 쥐었다.

"아! 안 돼!"

은화준은 자기도 모르게 경악성을 토했다.

중인들은 눈을 질끈 감으며 숨을 멈췄다.

바로 그때,

휘리리링!

기이한 음향과 함께 뭔가가 벼락처럼 날았다.

뒤이어,

카카킹!

땡그랑.

두 사람 사이에서 강한 금속성이 울리나 싶더니 뭔가 후두둑 바닥으로 떨어졌다.

산산이 부서진 도와 창, 그리고 선명한 빛을 발하는 구릿빛 동전 하나였다.

"아! 누가?"

중인들은 의외의 상황에 놀라 주위를 두리번거렸다. 그러나 그때 노인은 이미 허깨비처럼 날아 전장에 서 있었다.

"이제 그만! 시비에는 나서고 싶지 않으나, 더 이상의 대결은 서로에게 무의미할 뿐이다."

형형한 정광을 토하며 두 사람을 노려보는 노인.

그 기세 때문일까? 아니면 이미 탈진한 때문일까?

털썩!

두 사람은 허물어지듯 바닥에 쓰러지고 말았다.

은화준은 와락 인상을 구겼다.

막시덕이 어이없이 쓰러진 상황.

지금 이대로 물러난다면 강호에 온갖 소문이 떠돌리라. 동정수채의 후계자가 웬 파락호에게 망신을 당했다고.

'그럴 순 없지……'

은화준은 비록 눈앞의 노인이 찜찜했지만, 수하들을 돌아보며 빠르게 명을 내렸다.

"모두 뭣들 하나! 저놈을 어서 처치해 버려!"

"존명!"

수하들이 우루루 몰려갔다.

그때였다.

"갈! 모두 물렀거라!"

노인이 휙 고개를 돌리며 천둥 같은 고함을 쳤다.

"으힉!"

"헉!"

그 소리에 놀랐던지 수하들이 일제히 굳어버렸다.

은화준은 다시 한 번 호통을 쳤다.

"모두 뭣들 하는 게야? 어서 놈을 처치하라니깐!"

바로 그 순간 노인의 눈빛이 은화준을 향했다.

"허헉!"

마치 심장을 관통하는 듯한 눈빛이었다.

은화준은 자기도 모르게 나무토막처럼 굳어버렸다.

그러나 노인의 시선이 자기 쪽으로 돌아서서 일까?

굳어 있던 수하들이 노인 곁을 슬금슬금 지나가려 했다.

그때,

"어리석은 것들……."

중얼거리는 목소리와 함께 노인의 손이 기이하게 움직였다.

퍼퍼펑!

"으악!"

"커헉!"

노인의 가벼운 손짓에 수하들이 추풍낙엽처럼 날아갔다.

은화준은 그 광경을 보고 사색이 되어 이를 딱딱 떨었다.

형형한 눈빛으로 장내를 둘러본 노인.

천천히 걸음을 옮겨 곽무한을 어깨에 짊어졌다.

"가자! 네게 몇 가지 물어볼 것이 있다."

그때 화영령이 의자를 굴리며 소리쳤다.

"할아버지! 저도 데려가 주세요!"

노인은 힐끗 화영령을 쳐다봤다. 그리고는 홀연 신법을 펼쳐 화영령의 손을 잡더니 순식간에 아득한 허공으로 날아올랐다. 뒤이어 일진광풍이 부나싶더니 노인의 모습은 흔적조차 없이 사라져 버렸다.

"으으… 도대체 저 노인이 누구기에?"

은화준은 한동안 허공을 쳐다봤다. 그러다가 어느 순간 이를 으드득 갈았다.

"좋아, 당신이 누구든 상관없어. 설문환! 네놈이 감히 내게 살기를 뿜었겠다. 두고 봐!"

한참 후, 은화준은 란 매라 불린 여인과 함께 등왕각을 떠났다.

노인의 장력에 맞고 쓰러졌던 놈들은 뒤늦게 정신을 차려 허둥지둥 은화준의 뒤를 따랐다.

그때 그들의 뒷모습을 보며 새파란 눈길을 보내는 소녀가 있었다.

그녀는 붉은 기둥 뒤에 몸을 숨기고 있던 묘령의 소녀였다.

"흥! 천박한 계집과 놀아나더니 그것 쌤통이다."

질투 어린 눈빛으로 은화준을 노려보는 소녀.

바로 민강수채의 딸인 호혜린이었다.

"드디어 오라버니를 찾았어. 흥! 꼬리를 잡았으니 언니에게 알려 도와달라고 해야지."

호혜린은 한동안 은화준과 그 곁의 소녀를 노려보다가 빠르게 계단 아래로 사라졌다.

제64장
기억의 시작

기억의 시작

공강변 기슭에 세워진 허름한 사당.

빛바랜 문틈 사이로 세 사람의 모습이 보였다.

그들은 곽무한과 화영령, 그리고 노인이었다.

곽무한은 정신을 잃었는지 바닥에 누워 있고 화영령은 그 옆에서 훌쩍거리며 울고 있었다. 노인은 곽무한을 내려다보며 뭔가를 곰곰이 생각하고 있다가 문득 화영령을 돌아보며 물었다.

"그러니까 네 말은 우연히 그곳을 지나가다가 이 아이를 구했으며, 지금 이 아이는 전혀 과거를 기억하지 못하고 있다는 말이냐?"

"훌쩍. 네……."

"휴우… 세상에 어찌 이런 일이 있을 수가? 그렇다면 이 아이는 단순한 근력의 힘만으로 일류고수를 상대했다는 말인가? 도저히 믿을 수가 없구나……."

노인은 곽무한을 쳐다보며 고개를 설레설레 흔들었다. 그리고는 한동안 입을 다물고 신중한 표정으로 수염을 매만지더니 이윽고 긴 탄식성을 내뱉으며 슬쩍 손바닥을 뒤집었다. 그러자 죽은 듯 누워 있던 곽무한의 몸이 노인의 손짓에 따라 천천히 뒤집어졌다.

화영령은 깜짝 놀라 눈을 동그랗게 떴다.

그러나 그보다 놀라운 일이 생겼다.

곽무한의 몸이 완전히 뒤집힌 걸 확인한 노인이 가부좌를 틀고 앉았는데, 갑자기 그의 전신이 찬란한 후광으로 뒤덮이는 게 아닌가?

"맙소사……."

화영령은 자기도 모르게 중얼거리다가 급히 두 손으로 입을 막았다.

왠지 소리를 지르면 안 될 것 같은 기분이 들어서였다.

화영령이 입을 막고 있는 사이에도 놀라운 일은 계속되었다.

찬란한 후광에 뒤덮여 있던 노인. 갑자기 그의 몸이 허공으로 두둥실 떠오르는가 싶더니 정수리 위에 세 송이 연꽃이 맺혔다.

강호인들이 흔히 꿈의 경지라고 표현하는 삼화취정(三華聚頂)의 현상이었다. 오기조원(五氣朝元)을 뛰어넘어 반박귀진(返璞歸眞)에 도달하기 직전의 경지, 즉 내공이 극에 도달하면 나타나는 현상이었다.

그러나 그런 사실을 알 길 없는 화영령은 그저 놀란 눈빛으로 숨만 멈추고 있었다.

그렇게 얼마나 지났을까?

세 송이 연꽃이 사르르 노인의 콧속으로 들어가고, 노인의 눈이 번쩍 뜨였다. 그와 동시에 노인의 손이 곽무한의 전신요혈을 번개같이 두드려 나갔다. 뒤이어 노인은 두 손바닥을 곽무한의 명문혈에 갖다대고 구슬 같은 땀을 흘리기 시작했다.

일각, 이각, 삼각…….

시간이 속절없이 흘렀다.

한참 후, 노인의 눈썹이 씰룩이는가 싶더니 긴 탄식성과 함께 노인의 손이 곽무한에게서 떨어져 나왔다.

"휴우… 세상에 어찌 이런 놈이 다 있단 말인가? 세상의 영약이란 영약은 몽땅 제놈 혼자 다 처먹었구나. 그러나 애석토다. 골수에 극한 독물이 있어 그놈을 태우는 데 반 이상을 소진하고 말았구나. 그렇지만 않았더라면 천하제일인도 꿈만이 아니었겠거늘……."

노인은 경탄과 안타까움이 범벅된 눈으로 곽무한을 내려보다가 슬쩍 손가락을 튕겼다. 그러자 곽무한의 몸이 한차례 꿈틀거리는가 싶더니 두 눈이 번쩍 뜨였다.

"아! 아저씨, 정신이 들어요?"

화영령이 물었다.

곽무한은 몇 번 눈꺼풀을 깜빡이다가 겨우 정신을 차린 듯 화영령을 쳐다봤다.

"으음……. 여기가 어디지?"

그러나 화영령의 대답보다 노인의 질문이 먼저였다.

"너는 누구냐? 어찌하여 폭풍멸절도법을 아느냐?"

"예?"

곽무한은 난데없는 노인의 목소리에 의아한 표정으로 고개를 돌렸다.

"실례지만 뉘신지……."

"내가 누군지는 나중에 알게 될 테니, 먼저 내 질문에 대답부터 하거라."

마치 불벼락 같은 목소리였다.

곽무한은 어이가 없어 화영령에게 눈빛으로 물었다.

화영령은 고개를 잘래잘래 흔듦으로 자기도 모르겠다는 표정을 해 보였다.

"갈! 네가 누구며, 도법을 누구에게 배웠냐니깐?"

다시 호통을 지르는 노인의 눈에는 초절정고수에게서나 나온다는 신광(神光)이 이글거리고 있었다. 그러나 노기는 서렸으되 왠지 모르게 광명정대해 보이는 눈빛.

곽무한은 그 눈빛을 보고 필시 무슨 곡절이 있을 것이라 생각해 몸을 일으켰다. 연로한 노인이 묻는 말에 누워서 대답할 수는 없었기에.

그러나 곽무한은 몸을 일으키다가 깜짝 놀라고 말았다.

몸이 마치 깃털처럼 가볍게 느껴질 뿐만 아니라 알 수 없는 기운이 용솟음치고 있는 게 아닌가?

"내가 조금 손을 봤으니 의아해할 필요 없다. 그보다 먼저 내 질문에 대답부터 하거라."

눈치를 알아차렸는지 노인이 말했다.

"아!"

곽무한은 그제야 현실로 돌아왔다.

자신이 등왕각에서의 치열한 혈투를 벌였고, 뭔가에 강한 충격을 받아 정신을 잃었다는 생각까지.

그런데 지금 자신이 있는 곳은 낯설기 짝이 없는 허름한 사당. 거기다가 화영령까지 무사한 걸 보니 필시 노인이 육신의 도움을 준 뿐만 아니라 목숨까지 구원해 주었으리라.

그렇게 생각하고 나니 노인의 목소리가 친근하게 느껴져 공손히 읍을 하며 말했다.

"제 이름은 설문환이라 하옵고, 제가 그 도법을 배운 것은……."

그러나 여기서 딱 막혀 버렸다.

마치 안개가 낀 듯 머리 속이 뒤죽박죽이었다.

"배운 것은? 누구냐? 누구에게 배웠느냐?"

"그게… 그게……."

그때였다.

"갈!"

갑자기 노인에게서 천 개의 범종이 울리는 듯한 호통 소리가 나왔다.

그 소리를 듣자마자 곽무한은 마치 뇌전을 맞은 듯 부르르 떨었다.

"그는… 그는… 짙은 눈썹, 아저씨, 아! 과 아저씨……."

"과 아저씨? 과자안 말이더냐?"

더듬거리는 곽무한의 말에 노인의 안색이 창백해졌다.

노인은 한참 멍하니 있다가 곽무한의 눈자위가 서서히 까뒤집어지는 것을 보고 다급히 물었다. 음공의 위력으로 일시간 과거를 떠올린 곽무한, 그러나 그 충격으로 인해 다시 의식을 잃고 있다는 것을 알아차린 것이다.

"그는, 그는 어찌 되었느냐? 그는 지금 어디에 있느냐?"

"과 아저씨는… 과 아저씨는… 저를 위해 대신… 대신… 끄아아악!"

곽무한은 그 말을 끝으로 거품을 물며 까무러쳤다.

"아아! 그랬구나… 그랬었구나……."

노인은 망연자실한 표정으로 눈물을 주르륵 흘렸다.

과자안.

그는 노인의 가슴에 평생의 한으로 남아 있는 제자였다.

강호의 무인들이 아무리 자신을 사해어옹이라 떠받들어도 노인의 가슴엔 늘 황량한 바람이 불었다.

그 이유는 다름 아닌 과자안 때문이었다.

눈에 넣어도 아프지 않던 제자.

제자는 착하고 성실했다. 그리고 그는 손녀딸 아이와 사랑을 가꾸며 입속의 혀처럼, 눈 안의 눈동자처럼 자신의 마음을 헤아렸고 자신의 기대에 부응했다.

노인은 제자의 성장하는 모습을 보며 날마다 행복에 겨웠다.

그러나 좋은 일에는 항상 마가 끼기 마련인가?

그의 성장은 빨라도 너무 빨랐다.

스무 살도 채 되지 않아 이미 사해신성이란 별호가 붙었다.

그리고 그때부터 시작된 제자의 강호행.

'그때 말렸어야 했어……'

그러나 혈기방장하여 강호로 나서겠다는 걸 어찌 말릴 수 있으랴?

그리고 뒤늦게 들려온 풍문.

제자가 무당파의 일대 제자를 해하고 수적과 호형호제 하며 돌아다닌다는 소문……

노인은 억장이 무너지는 심정으로 제자를 찾았다.

그러나 그는 자신의 가슴에 못을 박고 떠났다.

"다 제 잘못입니다."

한마디. 그 한마디를 끝으로 그는 눈물을 뿌리며 떠나갔다.

'놈… 차라리 그때 변명이라도 했었으면…….'

그러나 노인의 가슴도 그때는 너무 강퍅했었다.

눈물을 흘리며 떠나가는 제자를 붙잡아 자초지종을 묻는 대신, 그저 언젠가는 제 죄를 뉘우치고 돌아오겠거니 생각하며 냉정한 눈으로 그를 노려보기만 했었으니.

제자에 대한 소문이 오해였다는 것은 세월이 한참 흐른 뒤에야 알게 되었다.

제자가 먼저 무당파에 시비를 건 것이 아니라 무당파의 제자가 먼저 구대문파의 이름을 들먹이며 시비를 걸었고, 또 수적과 호형호제 한 것은 그에게 구명지은을 입은 때문이었다는 사실을.

그러나 그때는 이미 되돌리기엔 너무 늦어버렸다.

그때 제자는 이미 금사강에서 악명을 날리던 오호 중 하나였으니.

'그때 잡을 것을… 그때 자초지종을 물어볼 것을…….'

그게 노인의 가슴에 박힌 한이 되어 오늘날까지 왔다. 그리고 지금, 제자는 이름 없는 곳에서 쓸쓸히 죽어갔고, 그가 남긴 흔적이라고는 오직 눈앞에 있는 이 아이뿐이다.

'그래도… 가르침은 잊지 않았구나. 제대로… 아주 제대로 가르쳤어…….'

노인은 문득 등왕각에서 자신의 무공으로 싸우던 곽무한을 떠올리며 한줄기 눈물을 흘렸다.

'사부, 제가 가르쳤습니다. 하하하하.'

눈물방울 속에서 제자가 웃고 있었다.

노인은 천천히 눈물을 닦았다. 그리고 혼절해 있는 곽무한을 물끄러미 내려다봤다.

'어찌할꼬…….'

제자가 가르친 아이다.

웬만하면 문하로 받아들이는 것이 정석일 터.

그러나 문제가 있었다.

곽무한의 몸에 나 있는 상처를 보자니 고민이 된 것이다.

보통 사람이라면 죽어도 몇 번이나 죽었을 끔찍한 상처들.

문제는 그 상처들 중에서 명문정파의 흔적이 꽤 된다는 점이었다. 그것도 가장 최근에 입은 치명적인 상처들 중에서.

비록 정파와 사파를 따지지 않는 사해어옹이었지만, 강호에서는 정파 명숙으로 떠받듦을 받는 입장.

그런데 후인으로 받아들일 아이가 명문정파에서 단전을 파괴시키는 독수까지 쓸 정도의 신분이라면 향후에 문제가 될 소지가 다분했다.

특히 그의 손목에 남아 있는 희미한 호랑이 문신을 보니 그런 우려는 더욱 깊어졌다. 저 문신은 바로 제자 놈이 철없이 날뛰던 시절, 그 수적패의 흔적이 분명했다. 그러니 놈의 신분은 불을 보듯 뻔하다.

사해어옹은 문득 화영령을 돌아봤다.

"분명 이 아이가 기억을 잃었다고 했느냐?"

"예……."

"으음… 그렇단 말이지……."

사해어옹은 복잡한 눈빛으로 다시 한 번 곽무한을 내려다봤다.

"저어… 혹시 아저씨가 기억을 되찾지 못할까 봐 그러시는 거예요? 그래서 걱정이 되시는 거예요?"

"음?"

사해어옹은 화영령의 걱정스런 눈빛을 보고 잠시 대답을 미뤘다. 그라나 두 눈을 말똥말똥 뜨고 자신의 대답만 기다리는 화영령을 보고는 더 이상 미룰 수 없어 천천히 입을 열었다.

"보아하니 걱정이 되는 모양이구나. 염려 말아라. 상태를 보니 더디긴 하지만 호전되고 있는 중이다. 게다가 심지가 굳은 녀석이라 시간이 흐르면 능히 예전의 기억을 되찾을 수 있을 게다."

"아……."

화영령은 아쉬운 탄성을 흘렸다.

노인의 대답을 듣자 왠지 허전한 기분이 든 것이다.

'만약 그가 정신을 차리고 나서 나를 몰라보면 어쩌지?'

그런 생각을 하니 화영령은 자기도 모르게 울적한 기분이 들었다. 그래서 어두운 표정으로 고개를 푹 숙이고 말았다.

'내가 뭘 잘못 말한 게 있나?'

사해어옹은 화영령이 고개를 숙이는 것을 보고 자기가 대답한 말을 곰곰이 떠올려 봤다. 그러다가 든 생각.

'그래. 눈빛이 맑고 고집이 있어 보이는 놈이지…….'

그러고 보니 과자안의 어린 시절과 똑같은 눈빛이다.

사해어옹은 마음이 흔들리는 것을 느꼈다.

놈의 신분 때문에 제자가 남긴 마지막 흔적을 외면할 수 없다는 생각이 들기도 했거니와, 작금의 강호 상황이 뇌리에 떠오른 때문이기도 했다.

그동안 암중으로 세력을 확장한 안휘의 초거대 세력.

이제는 흑룡방(黑龍幇)이란 이름을 내걸고 공공연히 장강의 물길을 장악하려 하고 있었다.

사해어옹이 이곳 강서 땅으로 온 이유도 바로 그 때문.

'그래, 차라리 이럴 때 그들과 맞설 수 있는 수적패가 하나쯤 있으면 도움이 되었으면 되었지 해가 되진 않으리라.'

사해어옹은 결국 곽무한을 받아들이기로 결심했다.

"이제 그만 정신을 차리거라!"

낮은 사자후로 곽무한을 깨운 사해어옹은 이것저것 궁금한 것을 물어봤다. 그러나 몇 가지를 물어봐도 제대로 기억하는 게 없었다.

"휴우… 그럼 좋다. 네가 왜 그런 상태에 빠졌는지 모르겠다니 그 부분에 대해서는 더 이상 묻지 않으마. 대신, 이건 알고 있도록 해라. 지금 네 단전은 다시 복구된 상태다. 그리고 네 몸에 있던 독물도 이미 사라졌으며, 네게는 아직도 깨우지 못한 엄청난 공력이 잠들어 있다. 그러니 네 노력 여하에 따라 앞으로 네가 잃어버렸던 무공뿐만 아니라 그 이상을 되찾을 수도 있다."

"이 모든 게 다 어르신의 도움 덕분입니다. 베풀어주신 은혜는 백골난망, 평생토록 간직하겠습니다."

곽무한이 황급히 고개를 숙이자 사해어옹은 고개를 가로저었다.

"아니, 아니다. 내가 해준 것은 잠들어 있던 기운을 깨워준 것뿐이다. 그러니 그 부분에 대해서는 그리 고마워할 필요가 없다. 다만, 네가 반드시 알아야 할 것은 내가 왜 네 목숨을 구해줬냐 하는 것이다."

"예?"

"놀랄 필요는 없다. 아까 묻다가 만 이야기의 계속이니. 자, 지금부터 내가 몇 가지 질문을 할 테니 잘 생각해 보고 대답하거라."

"예."

사해어옹은 곽무한의 눈을 정면으로 바라보며 신중히 물었다.

"네가 조금 전에 동정수채의 아이와 싸울 때 쓴 도법이 바로 내가 창안한 폭풍멸절도법이다. 묻겠다. 과거에 넌 어디까지 가보았느냐?"

"예?"

"어떤 초식까지 배웠느냐는 말이다."

"아……"

곽무한은 기억을 더듬어봤다.

그러나 아무리 애를 써봐도 오리무중, 도무지 기억이 나질 않았다.

"저어… 기억이 잘……."

"음… 좋다. 그럼 생각나는 대로만이라도 펼쳐 보아라."

사해어옹은 다시 한 번 사자후를 질러 대답을 들어볼까 하다가 자꾸 뇌리에 충격을 주면 좋지 않을 것 같아 곽무한의 시무를 보고 판단하기로 했다.

그러나 상황은 난감하게 돌아갔다.

기본 자세조차 기억하지 못하는 듯 곽무한은 엉거주춤한 자세로 서 있기만 했다.

결국 갑갑증이 치민 사해어옹은 자리에서 벌떡 일어났다.

"자! 이게 바로 기본 기수식이다. 혼원세라고 하지. 기세로 천하를 담는다는 뜻이 담겨……."

사해어옹은 직접 자세를 취해 보이며 설명을 해주려고 했다. 그러나 그가 막 기본 자세를 취하는 순간, 곽무한의 표정이 벼락 맞은 사람처럼 변하더니 어느 순간부터 뭐에 홀린 사람처럼 도를 움직이기 시작했다

"기세로 천하를 담으니 이를 일컬어 혼원세라 한다!"

스읏!

"파도는 거침없이 파랑을 일으킨다. 이를 파랑세라 한다!"

파팟!

"파랑이 열 겹, 스무 겹으로 몰아치니 이를 첩첩세라 한다!"

파파팡!

"엇? 역시!"

곽무한에게서 본격적으로 폭풍멸절도법이 풀려 나오자 사해어옹은 만족한 표정으로 고개를 끄덕였다. 과자안이 제자 하나는 무척 잘 가르쳤구나 싶어 뭉클한 기분이 든 것이다.

그러나 사해어옹은 이때까지만 해도 뒤에 벌어질 일은 꿈에도 상상치 못했다.

"첩첩이 쌓인 물결로 벽을 쌓으니 천하에 뚫을 자 없으리. 도벽세!"

파파파팡!

"하늘을 뒤덮는 성난 물결. 노도세!"

파파파파팡!

곽무한의 도법은 첩첩세 이후부터 점점 빨라지기 시작했다. 그러다가 노도세에 이르러서부터는 기세가 파도처럼 일어나기 시작했다.

"오오!"

사해어옹은 놀란 표정으로 곽무한을 쳐다봤다. 그러나 그는 곧 경악으로 눈을 부릅뜨기 시작했다.

"뇌전폭풍세!"

쿠콰콰콰콰콰!

이때부터였다.

부러진 반 토막의 도, 그 도가 내뿜는 기파에 못 이겨 사당문이 풍비박산되어 날아갔다.

"아아! 내공을 폭발시키는 경지까지?"

그러나 놀라기는 아직 일렀다.

"대─해─멸─절!"

<u>고오오오오오!</u>

콰콰콰콰콰쾅!

곽무한에서서 대해멸절이 펼쳐진 순간이 그 정점이었다.

곽무한이 도를 치켜 세우자마자 주변에서 기이한 압력이 형성되었고, 그가 도를 휘두르는 순간에는 사당 지붕이 산산이 터져 나가고 사방에 미친 듯한 회오리바람이 불었다. 그 여파가 어찌나 대단했던지 화영령의 몸이 태풍에 휘말린 것처럼 휘청거렸고, 주변 기물은 정신없이 회오리바람에 빨려 올라갔다.

"그만! 이제 그만!"

결국 기절초풍할 정도로 놀란 사해어옹, 자기도 모르게 고함을 지르고 말았다.

대해멸절세만 해도 저 정돈데, 마지막 초식인 폭풍멸절세까지 펼쳤다간 주변이 완전 초토화될 것 같아서였다.

그러나 사해어옹은 아차, 하는 표정으로 퍼뜩 입을 막았다.

대해멸절세부터는 기를 다루는 초식이다. 따라서 고도의 정신 집중을 필요로 하는 초식이었다. 그런데 자신이 내공을 실어 고함을 지르고 말다니!

그러나 곽무한은 멀쩡했다.

자신의 우려를 비웃기라도 하듯 말짱한 표정으로 지면에 내려서고 있었다.

"괘, 괜찮으냐?"

스스로 생각해 봐도 우스운 질문이었다.

괜찮으니 저렇게 표표히 내려서는 게 아닌가?

무려 삼 장!

내공 하나 움직이지 못하던 놈이 기혈을 틔워줬다고 순식간에 삼 장여 높이까지 솟아오르다니? 그것도 다섯 치에 달하는 하얀 도기까지 일렁이며.

"아, 아저씨. 마치 천신 같았어요!"

하긴, 사해어옹보다 더 놀란 사람은 화영령이었을 것이다.

그녀는 눈이 튀어나올 정도가 되어 곽무한을 정신없이 올려다보고 있었다.

먼지가 가라앉고 나자 사해어옹은 여차저차 사당 지붕을 짜 맞췄다.

물론 얼기설기 엮어 햇빛만 가린 상태로.

대충 주변이 정리되었다 싶자 사해어옹은 곽무한에게 잠시 전의 상황에 대해 찬찬히 물어봤다. 그리고 그는 곧 뜨악한 표정을 지을 수 밖에 없었다.

"그, 그럼 운기조차 기억나지 않는 상태에서 본능적으로 초식을 펼쳤단 말이냐?"

"예……."

"맙소사! 극성! 극성까지 익혔었구나!"

사해어옹은 더 이상 놀랄 힘이 없었다.

"휴……. 세상에 어찌 이런 일이? 평생을 참오한 도법이거늘 어찌 일순간에 몽땅 익혀 버리고 만단 말인가?"

도저히 믿기질 않아 곽무한을 보고 또 보고, 몇 번이고 반복했지만,

이미 눈으로 보고 귀로 들은 바이다. 믿지 않으려야 믿지 않을 도리가 없다. 결국 사해어옹은 넋 나간 표정이 되고 말았다.

곽무한은 사해어옹이 왜 저런 표정을 짓는지 몰라 그저 죄지은 사람처럼 고개만 푹 숙이고 있었다.

"그래, 좋다. 네가 극성까지 익혔다 치자. 법문은? 법문은 기억나는 게 없느냐?"

"법… 문이오?"

또다시 돌아오는 멀뚱한 표정.

사해어옹은 갑갑증이 치밀었다.

그러나 기억을 잃어버렸다는 놈을 상대로 울화를 터뜨릴 순 없는 노릇.

사해어옹은 들끓는 심화를 애써 삭이며 다시 물었다.

"요령 말이다, 요령. 기를 운기하는 요령. 이 초식에서 저 초식으로 넘어갈 때 기를 보다 효과적으로 운용하는 요령. 예를 들어 상대의 공격이 들어올 때 같은 초식이라도 어떤 자세, 어느 정도의 호흡으로 펼쳐야 보다 빠르고 효과적으로 대응할 수 있느냐 하는 등의 요령 말이다."

"모르… 겠습니다."

결국 사해어옹은 폭발하고 말았다.

"에잇, 빌어먹을 놈! 당장 도를 쥐고 일어나 보거라!"

"예?"

"자! 간닷!"

"헉?"

"까아악! 할아버지!"

화영령의 비명 속에 한바탕 칼바람이 불었다.

콰아아아아!

쿠쿠쿠쿠쿠!

번쩍이는 칼빛.

용틀임치는 기파.

수를 헤아릴 수 없는 현란한 잔영들이 부딪쳤다 떨어졌다를 반복한 가운데 두 사람의 비무가 끝이 났다.

"허허허……. 이런 날강도가 있나? 이런 빌어먹을 일이 있나?"

비무 결과, 사해어옹은 허탈한 표정으로 웃었다.

물론 사해어옹이 비무에서 질 리가 없다.

문제는 비무의 승패가 아니었다.

더 이상 곽무한에게 가르칠 게 없다는 게 문제였다. 그리고 그것보다 더 큰 문제는, 이제 갓 스물 정도로 보이는 놈이, 기억 상실 상태임에도 자신과 거의 대등하게 백여 초를 나누었다는 점이다. 그것도 다른 사람이 아닌, 강호십대고수 중의 한 사람인 자신과 말이다.

"이게… 이게 정녕 있을 수 있는 일이란 말인가?"

사해어옹은 망연자실한 표정으로 고개를 설레설레 내저었다.

곽무한은 여전히 영문을 몰라 고개만 푹 숙이고 있었다.

화영령 역시 영문을 몰랐다. 그러나 그녀는 몽롱한 표정으로 곽무한을 쳐다봤다.

천지가 뒤바뀌고 천신이 노니는 듯한 비무를 보고 나니 이젠 곽무한이 마음속 정인 정도가 아니라 거의 우상 수준으로 변해 버린 것이다. 그리고 그런 그들 뒤로는 기둥과 서까래조차 완전히 부서져 이제는 완전 폐허로 변해 버린 사당의 잔해만 아스라이 펼쳐져 있었다.

그런데 뭔가 이상한 점이 있었다.

예전 곽무한의 무위는 이 정도까지는 아니었다.

비록 절정의 끝에 다다라 있었다고는 하지만, 강호의 초절정고수들 중에서 열 손가락 안에 든다는 사해어옹을 상대로 백 초를 겨룰 정도까지는 되지 않았던 것이다.

그럼 곽무한의 무공이 갑자기 높아진 이유는 과연 뭘까?

그건 바로 설아가 준 신단의 효능과 망각의 기억 때문이었다.

설아가 준 신단은 곽무한의 공력만 높여준 게 아니라 이제껏 곽무한을 억제하고 있던 혈음고를 완전히 태워 버림으로써, 그동안 곽무한이 늘 신경을 곤두세우곤 하던 심신의 압제를 벗어나게 만들었다. 그게 첫 번째 이유였다.

두 번째는 이유는 무념무상무욕이었다.

기억 상실로 인해 본의 아니게 느끼게 된 무념무상무욕.

모든 걸 잊어버렸으니 집착이 있을 리 없고, 집착이 없으니 형(形)이나 초식에 구애를 받지 않는다. 그러니 예전에 이미 육근의 기초를 다진 곽무한, 마음에 장애까지 벗어버리게 되자 육감이 극도로 발달해, 그저 느끼는 대로 기를 움직이다 보니 그 단계가 자연스레 높아진 것이다.

물론 굳이 하나를 더 들자면 곽무한의 무의식을 온통 짓밟아놓은, 아니, 곽무한의 영혼까지 송두리째 뒤흔들어 버린 죽음의 경험도 알게 모르게 작용했다고 볼 수 있으리라.

좌우간, 사해어옹은 불신의 표정으로 곽무한을 쳐다보고 있었고, 곽무한은 눈 둘 곳을 몰라 하며 연신 어깨만 움츠리고 있었다.

따스한 봄날의 끝. 작열하는 여름의 초입.

공강변 기슭의 어느 허름한 사당에서 벌어진 일이었다.

곽무한과 화영령은 저녁 무렵에야 상단으로 돌아왔다.

하루 동안의 긴 외출.

상단에서는 이미 난리가 나 있었다.

몸도 불편한 화영령, 거기다가 남창에서 제일가는 상단의 후계자가 연락도 없이 늦으니, 혹시라도 불미스러운 일이 생긴 게 아닌가 싶어 사방으로 사람을 풀고 난리도 아니었던 것이다.

덕분에 곽무한은 한바탕 혼이 났다. 그러나 이미 곽무한에게 눈이 돌아가 버린 화영령의 변명과 당분간 외출을 금지하겠다는 약속으로 겨우 모든 일이 무마되었다.

곽무한은 숙소로 돌아와 침상에 누워 생각에 잠겼다.

사해어옹과의 만남.

곽무한은 아직도 그를 만났다는 사실이 실감나지 않았다. 더구나 그가 자신에게 아홉 번의 절을 받아내고서야 떠났다는 사실도 믿기지가 않았다.

강호십대고수의 전인.

그것도 당대에서 배분이 높기로 세 손가락 안에 드는 사해어옹의 전인이 되다니?

"그런데 내가 익힌 무공이 그분의 제자에게 배운 것이라면서 왜 나를 사손(師孫)이 아닌 제자로 삼았을까?"

문득 그런 생각이 들었다.

그러나 사해어옹이 자신을 과자안 대신으로 여기며 그를 추억하기 위함이라는 걸 알 리 없는 곽무한은 몇 번 고개를 갸웃거리다가 이내 생각하기를 포기하고 말았다. 왜냐하면 지금의 곽무한으로서는 사해어옹의 제자, 자신이 과 아저씨라고 기억하는 사람은 그저 흐릿한 기억 속의 한 사람일 뿐이었으니.

물론 그를 떠올리면 가슴 한구석이 저려오면서 눈물이 울컥 치솟아 뭔가 이상하다는 느낌이 들긴 했지만, 지금으로서는 그저 그뿐이었다.

곽무한은 계속 침상을 뒹굴며 생각을 이어나가다가 문득 눈을 빛내며 자리에서 일어났다.

"그때 배운 심법 이름이 천근월굴공(天根月窟功)이라 했던가? 그걸 계속 익히면 언젠가는 잃어버린 기억을 되찾을지도 모른다고?"

곽무한은 사해어옹이 해준 말을 떠올리며 생각에 잠겼다.

자신은 그때 정신을 잃어버려 잘 기억이 나진 않았지만, 사해어옹의 말에 따르면 분명 자신이 과거의 기억을 떠올렸다고 했다. 비록 일순간에 불과했지만.

사해어옹은 그 원인을 천근월굴공에서 비롯된 신광과 정신을 깨우는 사자후, 그리고 과거의 기억이 내재된 도법 이름이 뇌리에 어떤 자극을 주어 일순간이나마 기억을 되돌려 준 때문일 거라고 했다. 그러면서 곽무한에게 다시 한 번 내공심법을 암기토록 했다.

태극에서 시작하여 음양으로 나누고, 그 원리 하에서 정(精), 기(氣), 신(神)을 합일, 원(元)을 이루고 난 이후에 음양오행과 조화를 이루어 백맥을 유통시키고 육신통을 이루어 종국에는 견성득도(見性得道)하여 삼라만상과 하나가 되는 것.

사해어옹이 전해준 구결은 예전에 과자안이 알려준 것보다 훨씬 상세하고 정확했다. 그러나 곽무한의 기억에 과거의 운기법은 남아 있질 않으니 그저 그런가 보다 생각할 뿐이었다.

"제기랄, 과거의 기억 중 일정 부분이 생각났다면 자연스럽게 그 뒤의 일도 기억나면 좀 좋아? 천근월굴공이라… 그걸 계속 수련하다 보면 결국엔 극의를 깨달아 잃어버린 기억뿐만 아니라 삼라만상이 돌아가는 이치까지 알게 된다고 했겠다?"

곽무한은 훌쩍 침상에서 뛰어내렸다.

가볍고 경쾌한 몸놀림.

곽무한은 활력 넘치는 몸이 왠지 낯설었다.

"내 몸이 갑자기 변해 버린 것일까? 아니면 원래부터 이랬던 걸 이제야 되찾은 것일까?"

그러나 기억을 되찾기 전까진 알 수 없는 노릇.

"웃차! 노사부의 말대로 일단 심법에 몰두하자. 그러면 잃어버린 많은 것들을 되찾게 될지도……."

곽무한은 그날부터 운기에 돌입했다.

그러나 시간이 흐를수록 곽무한은 심법이 왠지 거슬린다는 느낌을 받았다.

"이게 아닌데… 이것 말고도 다른 경로가 있을 듯한데……."

문득 노사부가 말해 준 반본환원(返本還源)이란 말이 떠올랐다.

"모든 심법은 종국에 가면 하나로 귀결된다. 즉, 근원으로 돌아간다는 말이다. 근원. 멋진 말이 아니냐? 강은 흐름 따라 흐르고 꽃은 계절 따라 피고. 심법도 마찬가지다. 고요한 마음으로 나를 보고 외물(外物)을 본다. 그러면 자연스레 외물과 하나가 되어 천지 자연과 동화를 이룬다."

곽무한은 자연스럽다는 말과 천지 자연과 동화를 이룬다는 말에서 뭔가 떠오를 듯 말 듯했다.

'뭘까? 아주 오래전에 이런 느낌을 받은 것 같았는데… 자연스레 동화를 이룬다… 자연스레……'

지금 곽무한의 뇌리에 맴돌고 있는 것은 뇌정신공이었다.

음도 아니고 양도 아닌, 그 모두를 포함하면서 동시에 거기서 벗어난 중(中)의 심법.

무위자연의 술(術)이자 도가의 술(術)이며, 천지 자연과 녹아드는 초절정의 경지, 우화등선을 바라보는 절대의 신공.

과거에 뇌정도법과 폭풍멸절도법을 합치기 위해 부단히 고민했던 그 뇌정신공이 어렴풋이 떠오른 것이다.

"아! 답답해라! 떠오를 듯 말 듯 간질간질하기만 하니 미치고 환장하겠네. 후아, 후아. 참자! 열받더라도 조금만 참아보자. 시간이 흐르면, 좀 더 심법에 익숙해지면 그때는 왜 이런 느낌이 들었는지 이유를 알게 되겠지."

결국 곽무한은 심화를 삭이며 운기에 몰두했다.

하루, 이틀, 사흘…….

과거의 그 어느 때처럼 곽무한은 또다시 자신과의 싸움을 시작했다.

제65장
암계

암계

강서 중서부 지방의 요지인 길안(吉安).

폭염이 내리쬐는 오후.

은발 은염의 노인이 길안 시내가 내려다보이는 언덕 위, 거대한 산장 입구에 나타났다.

"휴우, 실로 오랜만에 와보는군."

노인은 산장 입구를 바라보며 흐뭇한 미소를 지었다.

만발한 꽃과 무성한 나뭇가지를 늘어뜨린 삼 장 넓이의 입구.

현판에 쓰인 주사 빛 글씨가 폭염에도 아랑곳없이 기염을 토한다.

백마산장(白魔山莊).

당금 강호에서 극악하기로 세 손가락 안에 드는 곳.

사파에서도 치를 떠는 이 무시무시한 곳을 코앞에 두고도 노인은 연신 반가운 표정을 짓고 있었다.

산장 입구를 지키던 무인들은 노인의 모습에 이채를 발했다.

일견하기로도 보통 비범한 신태가 아니었기 때문이다.

입구 좌측에 서 있던 형형한 눈빛의 무인이 슬쩍 동료들을 돌아보고는 한 발짝 앞으로 나섰다.

"노인께서는 잠시 걸음을 멈추시길. 여기는 천하제일 백마산장이오. 용무가 없다면 돌아가시길 권해드리오!"

그는 노인에게 정중히 포권을 취해 보였다. 반면 뒤쪽에 있던 무인들은 저마다 병장기에 손을 대며 안광을 돋웠다.

여차하면 용서치 않겠다는 눈빛들.

"과연 백마산장이로고."

노인은 가벼운 경탄을 보내며 부드러운 어조로 입을 열었다.

"아직도 톱날이나 만지작거리는 늙은이에게 홍택호에서 세월을 낚는 늙은 어부가 찾아왔다고 전하게."

노인의 말을 듣자마자 무인들의 눈길이 달라졌다.

그중 책임자쯤으로 보이는 중년인이 달려나오더니 깊숙한 포권을 보내며 조심스런 표정으로 물었다.

"방금 뭐라고 하셨는지요? 분명 홍택호에서 세월을 낚는 분이라 하셨습니까?"

"헐헐, 아시겠는가?"

"알고말고요. 사해에 웅풍을 드날리시는 고인을 어찌 몰라보겠습니까? 뵙게 되어 삼생의 영광입니다."

중년인은 노인에게 깊숙이 허리를 숙여 보이고는 얼른 고개를 돌렸다.

"급히 기별을 넣어라. 사해어옹 육(陸) 대협께서 본 장을 방문하셨다고!"

정적에 잠겨 있던 백마산장이 갑자기 소란스러워졌다. 그리고 잠시 후, 위맹한 눈빛의 노인이 날듯이 뛰어왔다.

"이놈, 육가야! 아직도 살아 있었구나. 하하하하!"

그가 사해어옹과 얼싸안고 가가대소를 터뜨리는 사이, 뒤이어 강팍한 장년인이 달려 나왔다. 그는 사해어옹을 보자마자 공손히 예를 취했다.

"소질이 육 숙부를 뵈옵니다."

"어이쿠! 내일 모레면 송장이 될 늙은이를 이리도 반겨주다니? 그래, 장주께서도 그동안 별래무양하셨는가?"

사해어옹은 짐짓 놀라는 표정으로 장년인을 보며 미소를 지었다. 그러자 그때까지도 포옹을 풀지 않고 있던 위맹한 눈빛의 노인이 사해어옹의 어깨를 후려치며 핀잔을 주었다.

"이런 빌어먹을 놈! 지금부터가 새로운 청춘의 시작인데 송장이라니? 어린 것들 앞에서 그 무슨 망발이란 말이냐!"

"허허허. 그런가? 지금부터가 청춘의 시작이었던가?"

"당연하지, 이 친구야. 나이가 들더니 기백조차 잃어버렸느냐!"

두 사람이 서로를 보며 정담을 나누는 사이, 장주라 불린 장년인이 안채를 가리키며 말했다.

"자, 자! 밖에서 이러실 게 아니라 안으로 드시지요. 무려 십오 년 만의 방문이 아닙니까?"

"그런가? 세월이 벌써 그만큼 되었는가?"

"그렇군, 세월이 벌써 그렇게 되었어. 자, 자, 성(星)아 말대로 안으로 가서 이야기하자구."

감개 어린 표정이 오가고, 세 사람은 안으로 향했다.

"으으으. 태상장주께서 직접 나오시다니?"

"태상장주님뿐인가? 폐관수련 중이시던 장주께서도 직접 나오시다니. 오금이 떨려 죽는 줄 알았네그려."

입구를 지키던 무인들은 그제야 오금을 폈다.

일마(一魔) 쌍검(雙劍) 삼봉(三峯) 사절(四絶).

세인들이 기억하기 쉽게 구분한 당금 강호의 십대고수.

그중, 협봉(俠峯)이라 불리는 사해어옹 육지명과 괴봉(魁峯)이라 불리는 탈명괴검(奪命魁劍) 나소추(那疏雛), 그리고 부친의 위명만 아니었으면 십대고수에 들어도 벌써 들었을 백마산장의 장주, 광풍검(狂風劍) 나곡성(那曲星).

함께 있다는 사실 자체만으로도 강호를 놀라게 할 초절정고수들.

그들의 대화는 가벼운 정담으로 시작해 시간이 흐를수록 무겁고 심각한 이야기로 넘어갔다.

"…그러니까 자네 말은 흑룡방인가 뭔가 하는 암중 세력 때문에 난다 긴다 하는 노물들이 모여 함께 머리를 맞대야 한다는 건가?"

탈명괴검 나소추가 못마땅하다는 눈빛으로 묻자 사해어옹이 신중한 표정으로 고개를 끄덕였다.

"그렇다네. 그들은 결코 간과할 세력이 아닐세."

"간과할 세력이 아니다?"

"석년의 철마성은 저리 가라 할 정도라네."

"뭣이라? 철마성?"

탈명괴검 나소추가 깜짝 놀라 소리쳤다.

철마성!

지금은 비록 사라지고 없다지만, 불과 오십 년 전까지만 해도 강호를 한 손에 쥐고 흔들던 마도 제일 세력이다.

그 무시무시한 이름과 듣도 보도 못한 세력이 서로 비견될 정도라니?

"내가 자네를 찾아온 이유도 바로 그 때문일세. 그들은 석년의 철마성과 달리 정파, 사파를 가리지 않고 마구 공격하고 있다네."

"그렇다면… 정말 자네 말대로라면 보통 심각한 문제가 아니로군. 그런데 나는 왜 그런 소문을 듣지 못했을까?"

한동안 침음성을 흘리던 탈명괴검이 문득 아들을 돌아보며 물었다.

"성아야, 너는 어찌 생각하느냐?"

두 사람이 대화를 나누는 동안 침묵만 지키고 있던 광풍검 나곡성.

부친의 질문을 받자 사해어옹을 올려다보며 물었다.

"숙부님의 염려는 잘 알겠습니다. 그런데 왜 하필 이곳입니까?"

나곡성의 돌연한 질문에 나소추 역시 의문이라는 표정으로 사해어옹을 쳐다봤다. 왜냐하면 사해어옹이 강호명숙들의 모임을 이곳에서 하자고 했기 때문이다.

두 사람의 눈빛을 받은 사해어옹은 가볍게 대답했다.

"이곳이 그들의 이목을 피할 수 있는 곳이어서 그렇다네."

"겨우 놈들의 이목 따위를 피하기 위해 백마산장을 이용한다?"

나소추가 잔뜩 불만 어린 표정을 지었다.

"허허허. 이 사람, 농담 한마디 했다고 삐치기는. 아마 조카가 내 속내를 잘 알 것이야."

사해어옹은 너털웃음으로 나소추의 시선을 피했다.

"으음… 정파와 사파가 힘을 합쳐 놈들의 도발에 대비하자는 숙부님의 뜻은 잘 알겠는데… 과연 정파 쪽에서 어찌 생각할지……."

나곡성은 부친의 눈빛이 자신을 향하자 어쩔 수 없다는 표정으로 대답했다. 그러자 사해어옹이 얼른 그 말을 받았다.

"허허허, 감히 어느 누가 천하의 백마산장을 무시한단 말인가?"

"제 말은 그게 아니고……."

"염려 마시게. 이미 사태가 심상치 않게 돌아가, 사천에서는 벌써 무림맹까지 만들어진 상황이네. 그러니 애가 타는 쪽은 놈들과 지근거리에 있는 하남, 호북, 강서 지역의 문파들이지. 이미 그들 중 일부가 괴멸되기 시작했으니… 그리고 그들이 무슨 트집을 잡는다 해도 자네 부친과 내가 있는데 무슨 걱정인가? 자네도 알다시피 자네 부친은 호북의 명문인 표가장(表家莊)과 가까운 사이고, 나는 천하제일의 방파인 개방과 가까운 사이가 아닌가?"

"옳거니! 이 친구와 나, 그리고 절세독안(絶世獨眼) 표가 늙은이와 호호신타(好好紳駝) 초(楚) 늙은이만 있으면 세상에 두려울 게 없지. 아무렴."

듣고 있던 나소추가 옳다구나 끼어들었다.

나곡성은 속내도 모르고 끼어드는 부친을 보며 나직이 한숨을 내쉬었다.

"휴… 아버님. 제 말은 굳이 저희까지 나설 필요가 있나 하는 것입니다. 당금 강호에는 천외천(天外天)이 있지 않습니까?"

"천외천? 호영신검과 철담마후 말이냐? 그들은 이미 강호의 시비에 나서지 않은 지 오래됐다."

"하지만 아버님, 얼마 전만 해도 철담마후에 의해 사천당가에서 한바탕 소란이……."

나곡성이 막 반박을 해나갈 때였다.

똑똑.

"외조부님, 연아입니다."

문 두드리는 소리와 함께 소녀의 청아한 음성이 들려왔다.

"음? 때마침 연아가 등장했군요."

나곡성이 빙긋 웃으며 부친을 쳐다봤다.

"헐헐, 그렇구나. 저 아이에게 물어보는 게 제일 확실하겠지?"

나소추 역시 미소를 지으며 맞장구를 치자 사해어옹은 고개를 갸웃하며 물었다.

"연아? 연아가 누군데 천외천의 일을 안단 말인가?"

"경아의 딸이라네. 아마 자네가 그 아일 보는 건 처음일걸?"

"경아의 딸? 동정수채로 시집간 그 경아 말인가? 허허, 벌써 세월이 그렇게 흘렀군."

사해어옹이 천장을 올려다보며 아련한 표정을 짓는 사이, 가냘픈 몸매의 소녀가 쟁반을 받쳐 들고 사뿐사뿐 걸어왔다.

맑고 큰 눈에 하얀 피부.

콧등에 내려앉은 매력 점이 유난히도 눈길을 끄는 소녀.

그녀는 올해 스물둘로, 성숙한 티가 물씬 풍기는 은화연이었다.

사부를 찾아 무이산에 들렀다가 허탕을 치고, 집으로 돌아가던 길에 외조부 댁에 인사도 드릴 겸 머물고 있던 참이었다.

"이 아이가 바로 연아라네. 연아야, 이분께 인사를 드리거라. 강호에서 사해어옹이라 불리는 노협객이시란다. 내 둘도 없는 친구지."

"은화연이라 하옵니다. 평소 흠모하던 어르신을 뵙게 되어 무한의 영광이옵니다."

"이런이런… 협객은 무슨 협객. 경아의 여식이라고 했느냐? 허허. 그 사이에 경아가 아주 꽃 같은 딸을 두었구나. 만나서 반갑다."

"하하하, 이 늙은이야. 아까 연아가 어떻게 천외천의 일을 아느냐고 물었지? 이 기회에 알아두라고. 우리 연아가 바로 철담마후의 제자라네."

"뭐라? 이 아이가 철담마후의 제자?"

사해어옹은 어찌나 놀랐던지 하마터면 찻잔을 떨어뜨릴 뻔했다.

"갑자기 소녀의 사부님은 왜?"

은화연은 좌중의 눈길이 자신을 향하자 몸둘 바를 몰라 뺨만 붉히고 서 있었다. 그때 중조부인 나소추가 질문을 던져 왔다.

"연아야, 마침 네가 왔으니 이 할아비가 하나만 물어보자. 네 사부께서는 최근의 강호에 대해 어찌 생각하시느냐?"

은화연은 갑자기 사부에 대한 질문을 받자 당황했다. 그러나 곧 안색을 회복하며 조심스레 대답했다.

"사부께서는 선학 같으신 분이라 세상일에 관심을 끊은 지 오래되셨습니다. 그리고 저 역시 그분을 뵌 지 한참 되었습니다."

"거 봐라. 내 말이 맞지 않느냐?"

은화연의 대답에 나소추는 득의한 표정을 지으며 아들을 쳐다봤다.

나곡성은 잠깐 인상을 찌푸렸다가 은근한 목소리로 은화연에게 물었다.

"연아야, 그럼 일전에 네 사부께서 사천당가를 방문하신 일은 어찌 된 것이냐?"

은화연은 흠칫하는 표정을 지었다가 이내 공손한 목소리로 대답했다.

"그건… 제 의동생 문제로 인해 부득이하게 나서신 것이랍니다. 할아버지께서도 보셨던 그 아이요. 저와 함께 이곳에 온 린아, 그 아이가 납치를 당했기 때문에……."

"납치? 사천당가에서 네 의동생을?"

"…예. 그러나 이젠 다 끝난 일이옵니다."

"흠… 그런 사연이 있었구나. 알았다. 네 대답이 많은 도움이 되었다. 우린 지금부터 중한 이야기를 해야 하니 너는 이만 물러가도 좋다."

"예……."

은화연이 읍을 하며 물러나는 동안 세 사람은 침묵을 지켰다.

"어떠냐? 결국 우리가 나서야 하지 않겠느냐?"

잠시 시간이 흐른 후 나소추가 다시 입을 열었다.

비록 아들이긴 하지만 장주 신분이라 조심스레 묻는 말이었다.

나곡성은 길게 한숨을 내쉬며 고개를 끄덕였다.

"할 수 없군요. 어르신들께서 하명을 주시면 각 문파에 배첩을 띄우겠습니다."

"고마우이, 정말 고마우이. 강호를 위해 큰 용단을 내리셨네."

"하명은 무슨… 그냥 알아서 하면 될 것을. 자, 자. 이 문제는 이제 성아에게 맡기고 우린 술이나 한잔하세나."

사례어옹은 노안을 붉히며 치하를 보냈고, 나소추는 사해어옹을 잡아당기며 얼른 술을 마시러 가자고 성화를 부렸다.

실제로는 정사 중간의 문파지만, 일 처리가 차갑고 손속이 잔혹하여 사파로 취급되는 백마산장. 잠자는 호랑이처럼 강서 땅에 웅크리고 있던 백마산장이 드디어 기지개를 켜기 시작했다.

그들의 움직임이 향후 강호의 정세에 어떤 영향을 미칠 것인지, 결과는 두고 볼 일이었다.

외조부의 처소에서 물러난 은화연은 주방에 들러 몇 가지 당부를 하고 방으로 돌아왔다.

막 방문을 열고 들어서는데 익숙한 목소리가 들려왔다.

"언니, 이제 왔어?"

며칠 전 외출하고 오겠다며 나간 호혜린이 땀에 흠뻑 젖어 돌아와 있었다.

"어머, 언제 왔니? 며칠 걸린다더니 어떻게 벌써 왔어?"

"언니, 지금 내가 언제 돌아왔느냐가 중요한 게 아냐. 찾았어. 옥풍랑 오라버니를 드디어 찾았단 말이야."

"어머, 그래? 어디 있더니?"

"흥, 예상대로야. 파양수채에서 귀빈 대우를 받으며 지내고 계시더군. 그것도 불여우 같은 년에게 혹해서 말이야."

"파양수채는 알겠는데 불여우라니?"

은화연이 묻자 호혜린이 앙칼진 목소리로 대답했다.

"파양채주의 딸년이야. 그년이 옥풍랑 오라버니를 꼬셨나 봐. 그런데 그년 때문에 오라버니가 망신을 당했지 뭐야."

"망신? 뭔 망신?"

호혜린은 잠깐 입술에 침을 바르고 빠른 어조로 말을 이어나갔다.

"사건의 발단은 이래. 옥풍랑 오라버니를 꼬드겨 산책에 나선 그 불여우가 등왕각에서 어떤 파락호와 하반신이 불구인 꼬마 계집애를 놀렸지 뭐야. 그래서 시비가 붙었는데 그년 때문에 같이 있던 오라버니까지 휩쓸리게 된 거야. 그런데 있지? 그 파락호, 뭐라고 설명할까? 칠 척 체구를 지닌 괴물이었는데, 아, 괴물이란 얼굴이 그렇다는 거야. 화상을 입었는지 짓뭉개진 얼굴이더라. 좌우간 알고 보니 그 파락호가 엄청난 고수였던 거야. 하마터면 옥풍랑 오라버니가 비명횡사할 뻔했지 뭐야."

"비, 비명횡사?"

"응, 그러나 걱정 마. 위기의 순간, 근사한 수염의 할아버지가 나타나 그를 데리고 사라졌어. 그러나 덕분에 오라버니만 톡톡히 망신을 당했지 뭐야. 백경단주가 중인환시리에 완전 박살이 나고 만 거야. 그게다 그 불여우 같은 년이 주둥이를 함부로 놀려서 그렇게 된 거라구."

"어머! 백경단주가 당했어?"

은화연이 깜짝 놀라 물었다.

"그렇다니깐. 오라버니가 씩씩거리며 파양수채로 가는 걸 보고 돌아오는 길이야."

"음… 그래? 그렇다면 그 파락호란 사람… 네가 보기에 어디 쪽 사람 같디?"

은화연의 물음은 혹시 그가 명문정파의 인물이 아닌가, 해서였다.

그렇지 않다면 동정수채 내에서 손꼽히는 고수인 백경단주가 일패도지할 이유가 없다. 또한 아무리 고수가 강가의 모래알처럼 많은 강호라지만, 동정수채의 이름을 듣고도 맞서 싸울 무인은 그리 흔치 않았다.

"글쎄… 보기엔 호위 무사 같았는데, 곰곰이 생각해 보니 그게 아닐수도 있겠단 생각이 드네. 아! 진짜 아닐 수도 있겠다. 그 꼬맹이가 그에게 아저씨라 불렀으니. 혹시 명문세가의 인물이 아닐까? 에이, 헷갈리네. 그 꼬마 계집애의 옷차림을 보면 분명 보통 신분은 아닌 것 같은데 그의 옷차림을 생각하면 또 그저 그런 신분인 것도 같고……."

"음……."

곰곰이 생각하던 은화연이 다시 물었다.

"그럼 앞으로 일이 어떻게 될 것 같니?"

"어떻게 되긴 뭐가 어떻게 돼? 보나마나 파양수채에서 나서겠지. 가뜩이나 귀빈 대우를 받는 오라버니인 데다가 그 불여우 같은 년도 함께 망신을 당했으니 그 파락호를 찾아 복수를 하려고 하겠지."

"복수?"

"음, 그럴 것 같아. 그리고 설령 파양수채에서 나서지 않더라도 오라버니가 못 참을 것 같던데?"

"음……."

생각해 보니 그럴 것 같았다.

집안에서 오냐 오냐 떠받듦만 받으며 지내던 아이다.

그런 아이가 사람들이 보는 앞에서 망신을 당했으니 그 마음이 오죽할까? 더구나 수채에 있을 때도 유독 자존심을 내세우던 철부지가 아니던가?

"화준이가 파양수채에 머문다고?"

"응, 그 불여우랑 함께."

"좋아! 나랑 같이 파양수채로 가자. 그 애를 만나 괜한 짓 말고 얼른 집으로 돌아가라고 해야겠다."

"와아! 정말? 그럼, 언니. 가서 그 불여우도 혼을 내주자."

"후훗, 그건 상황을 봐가며……."

"이잉! 상황 볼 게 뭐 있어? 내가 다 말해 줬잖아."

"그래도……."

대화 끝에 두 사람은 내일쯤 파양수채로 향하기로 했다. 물론 어른들껜 알리지 않고.

＊　　　　＊　　　　＊

파양수채.

강서 북부의 거대한 호수인 파양호에 똬리를 틀고 있는 수채다.

면적만 무려 만 이천 리가 넘는 파양호이다 보니 주요 지류만도 네 개.

따라서 파양수채는 공강채(贛江寨), 수수채(修水寨), 무하채(撫河寨), 창강채(昌江寨) 등 네 개의 휘하 수채를 거느리고 있었다.

손톱 같은 달이 애써 낮의 열기를 식히려는 밤.

팔뚝만한 황촉불이 나비 모양의 촛대에 꽂혀 눈물방울을 뚝뚝 떨어뜨리는 밀실.

철사수염에 호목을 지닌 초로인이 밀실 중앙의 태사의에 앉아 있고 그 맞은편 탁자에 두 명의 중년인이 앉아 있었다.

초로인의 정체는 파양수채의 채주인 일수유영(一水遊泳) 동천립(董天立).

동천립은 수하들을 내려다보며 입을 열었다.

"그의 정체를 알아냈다고 했나?"

"예, 그렇습니다."

"그 아이에게도 알려줬다고?"

"예, 석 부채주께서 만나고 계십니다."

"음… 가뜩이나 골치 아픈 판에 이런 엉뚱한 일이 터지다니……."

"죄, 죄송합니다. 속하들이 미처 거기까진 생각하지 못했습니다."

동천립이 와락 눈살을 찌푸리자 왼쪽에 앉아 있던 배불뚝이가 고개를 숙였다.

"됐어, 조금 경솔했지만 이미 벌어진 일이니 어쩌겠나. 문제는 그놈을 어떻게 처리하느냐는데……."

동천립은 손바닥으로 팔걸이를 툭툭 치며 생각에 잠겼다.

그가 이 늦은 시간에 회의실에 앉아 고민을 하고 있는 이유는 잠시 전에 올라온 보고 때문이었다.

장차 자신의 사위가 될지도 모르는 동정수채의 후계자에게 망신을 안긴 파락호, 그자의 정체를 알아냈다는 보고.

그런데 그 보고가 오히려 그에게 고민을 안긴 것이다.

'하필이면 그놈이 의제가 있는 삼화상단의 호위 무사라니? 그것도 단주란 작자가 천금처럼 끼고 돈다는 병신 계집의 호위 무사……'

놈이 단순한 무인 같았으면 단박에 잡아와 족칠 수 있었지만, 삼화상단 소속, 그것도 단주 딸의 호위 무사라니 동천립은 고민이 된 것이다.

삼화상단에는 자신의 의제가 대행수(大行首)로 있다. 그러니 일을 그렇게 처리하면 의제를 볼 낯이 없어진다. 더구나 삼화상단은 자신들의 주요 거래처 중 하나가 아닌가? 그것도 정체를 알 수 없는 고수들까지 끼고 있는 위험한 거래처.

그래서 이러지도 못하고 저러지도 못해 고민만 하고 있는 것이다.

그때였다. 오른쪽 탁자에서 잠자코 앉아 있던 광대뼈가 주저주저한 표정으로 말했다.

"저어… 채주. 이러면 어떨까요? 어차피 이러저러한 이유로 놈을 예전 방식대로 처리하기 어려우니, 차라리 조금 체면이 서지 않더라도 의제 분께 부탁을 해보시면……"

"의제에게 부탁을?"

"예, 어떤 이유를 들어도 좋으니 놈을 그곳에서 좀 쫓아내 달라고… 그러면 그때 가서 우리가 알아서 처리하겠다고……"

"흠, 쫓아내기만 해달라… 그것 괜찮은 방법 같은데?"

동천립은 솔깃한 표정을 짓다가 고개를 끄덕였다.

"좋아! 그렇게 하기로 하지. 대신, 지금 당장 옥풍랑에게 사람을 보내 조금만 참으라고 해. 며칠만 참으면 놈을 푹 절인 상태로 코앞에 던져 주겠다고 전하란 말이야."

"알겠습니다, 그렇게 전하겠습니다."

"그리고 의제에게도 전해. 놈은 한 수를 갖고 있는 놈이니까 괜한 짓 말고 그냥 쫓아내 주기만 하면 된다고."

"알겠습니다."

수하들이 모두 사라지자 동천립은 길게 하품을 하며 기지개를 켰다.

"후아, 이제야 란아에게 할 말이 생겼군. 오늘은 편히 잠자리에 들 수 있겠어."

동천립은 날마다 처소에 찾아와 놈을 찾아내 달라고 생떼를 써대던 딸아이의 얼굴을 떠올리며 뿌듯한 미소를 지었다.

＊　　　　　＊　　　　　＊

구당은 아침부터 기분이 나빴다.

설문환이라 불리는 바보 때문이었다.

구당은 예전부터 습관이 하나 있었다.

그 습관이란 출근길이면 꼭 상단 내에 있는 인공 가산에 들렀다가 집무실로 간다는 것이었다.

상단 내에서도 후원 가장 깊숙한 곳에 만들어진 인공 가산은 말이 인공 가산이지, 무려 오백 평에 이르는 어마어마한 규모라 웬만한 마을의 작은 동산 같은 크기였다.

구당은 아침마다 그곳에 올라 삼화상단을 내려다보며 내일의 꿈을 키워가고 있는 중이었다.

그런데 오늘 아침에 보니 설문환이란 놈이 떠억하니 자신의 자리에 서 있는 게 아닌가? 인공 가산의 정상에 말이다.

게다가 놈은 무슨 칼춤이라도 추는지 목도를 태양에 겨눈 채 흐느적거리고 있었다.

"이런 천한 놈. 감히 여기가 어디라고?"

호통을 쳐 겨우 놈을 쫓아냈지만, 스치며 본 놈의 눈빛이 왠지 섬뜩해 보였다.

"구당아, 구당아. 겨우 저런 바보의 눈빛에 가슴이 오그라들었더냐? 죽어라, 죽어. 그리 간담이 약해서야 어느 천년에 천하제일의 상인이 되겠느냐?"

구당은 스스로가 못마땅해 몇 번 자기 뺨을 후려쳤다.

그런데 그때 부친에게서 호출이 왔다.

구당은 급한 일을 대충 마무리 짓고 부친을 찾았다.

"무슨 일이기에 업무 시간에……."

부친은 대답 대신 서찰을 불쑥 내밀었다.

"읽어보고 어찌하면 좋을지 생각해 보거라."

구당이 보니 파양수채에서 온 서찰이었다.

구당은 서찰을 읽자마자 피식 실소를 지었다.

"그 바보에게 한 수는 무슨 한 수 랍니까? 그냥 평소 하시던 대로 알아서 처리하시면 될 일을……."

그러나 의외로 부친은 심각한 표정으로 고개를 저었다.

"아직 네가 잘 몰라서 그러는 모양인데, 그는 정말 한 수를 지닌 녀석이다. 듣자 하니 동정수채의 백경단 단주와 양패구상을 이루었다는구나."

"예에? 백경단주와 양패구상을요?"

구당은 솔직히 믿기지가 않았다.

그러나 명색이 삼화상단의 오대행수 중 한 사람인 부친이다. 거기다가 남창 제일의 무력 집단, 사갈보다 악랄하다는 염상들의 비밀 결사인 암암밀염회(暗暗密鹽會)의 오대당주 중 한 사람이기도 하니, 뺐으면 뺐지 없는 말을 더 보탤 양반이 아니다.

"으음… 그렇다면 그냥 휘하 무인들을 시켜서 될 일이 아니군요."

"그래서 너를 부른 것이다. 한번 곰곰이 생각해 보거라."

그 말을 끝으로 부친이 돌아섰다.

구당은 말없는 축객령에 고개를 숙이다가 퍼뜩 한 가지 생각이 떠올라 급히 부친을 돌아봤다.

"아버님, 간단한 방법이 있습니다."

"간단한 방법?"

구당의 설명은 길지 않았다.

구양장은 아들의 설명을 다 듣고 난 뒤 고개를 끄덕였다.

"그렇구나, 그렇게 간단한 방법이 있었구나."

"예, 그런데 문제는 아버님과 제가 직접 움직여야 한다는 점입니다. 그래야 그놈과 영령 아가씨가 속아 넘어갈 테니."

구당의 말에 구양장이 가볍게 미소를 지었다.

"형님의 일인데 그 정도야 감수해야지."

"그럼 그렇게 알고 준비하겠습니다."

"그러려무나."

부자간의 대화는 짧게 끝났다.

구양장은 돌아가는 아들의 뒷등을 보며 잠시 생각에 잠겼다.

"흠… 나중에 단주께서 이 일을 아시면 어떻게 나오려나?"

그러나 곰곰이 생각해 보니 조금 불쾌해하기는 해도 별다른 책임 추궁은 않으리라 싶었다. 일전에 단주도 그놈을 보는 화영령의 눈빛이 심상치 않아 고민하던 기색이었으니.

"문제는 내가 아니라 아들놈인데……."

나중에 화영령이 이 사실을 알면 아들의 얼굴을 다시는 보지 않으려고 할 것이다. 그러면 화영령과의 혼사에 차질이 생긴다.

"그러나 각본대로만 잘하면 뒤에 탄로날 일은 없겠지? 아직 세상물정 모르는 어린아이니까 말이야……."

구양장은 잠깐 혼잣말을 중얼거리고는 지필묵을 준비했다.

파양채에 아들과 짠 계획을 설명하려 함이었다.

*　　　　*　　　　*

등왕각에서 돌아온 이후부터 곽무한은 빠르게 변해갔다.

날마다 심법을 참오하고 도법을 수련한 때문인지 항상 밝고 온화한 표정에 매사에 적극적인 성격으로 변해갔다. 거기에 더하여 눈에는 항상 맑은 정광이 감돌고 있어 괴물 같은 얼굴이 많이 상쇄되어 보였다.

그 때문인지 상단 내에는 곽무한에게 호감을 갖는 사람도 조금씩 생겨났다. 물론 그들 대부분은 난화소축에서 일하는 하인들이거나, 그렇지 않으면 오가면서 곽무한을 알게 된 말단 직원들이 다였다.

그러나 처음에는 괴물이라며 모두가 경원시하던 곽무한이고 보면 사람의 마음을 움직이는 것은 외모가 아닌 모양이었다.

"하하하, 설씨. 오늘도 칼춤을 추러 가는 게요?"

오늘도 왕씨라는 노인이 등짐을 지고 가다가 목도를 들고 나서는 곽무한을 보며 인사를 건네왔다.

"예. 그런데 어르신께서 들고 가시는 건 뭡니까?"

"아, 이거? 하하. 뭐 별다를 게 있겠나? 평소처럼 다구(茶具)를 옮기는 중일세."

"창고로 가는 것이죠? 이리 줘보세요. 제가 들어드리지요."

"허허, 이러려고 부른 게 아닌데."

"괜찮습니다. 시간 남고 힘도 남아돌아서 그러는걸요."

곽무한은 빙긋 웃음으로 등짐을 받아 들고는 휘적휘적 창고로 향했다.

"정말 힘 하나는 장사야, 장사."

왕 노인은 감탄 어린 눈길로 곽무한의 뒤를 따랐다.

"엿차! 여기 내려놓으면 되지요?"

"고마우이, 내 저녁에 술이나 한 병 두겠네. 선반 위를 살펴보게."

곽무한은 왕 노인에게 눈웃음을 지어 보이고는 후원으로 향했다.

울창한 수림과 여기저기 세워진 정원석으로 인해 인적이 드문 곳.

곽무한은 주변을 한 번 더 확인을 하고는 천천히 목도를 세웠다.

슷.

목도를 세우자 단전에서 강대한 기운이 뻗어나왔다.

'진정한 요결은 기의 수발에 있다고 하셨지?'

곽무한은 사해어옹이 전해준 말을 떠올리며 느릿느릿 도를 움직여갔다.

하품이 나올 정도의 느린 움직임.

그러나 곽무한은 그 느린 움직임에 혼신의 힘을 다 쏟는 듯 이마에 구슬땀을 흘렸다.

느낌.

도를 한없이 느리게 움직이면 온몸의 움직임이 느껴져서 좋았다.

시간이 더 흐른다면 보이지 않는 신경 세포의 움직임까지 감지할 수 있을 것 같았다.

'진짜 고수는 마음으로 도를 움직일 수 있다고 하셨다. 그런 까닭으로 초절정의 경지에 이르면 도가 있든 없든 아무런 상관이 없다고 하셨지. 이미 삼라만상이 외물을 대신해 주니······.'

스으읏!

겨우 한 치의 움직임이었는데도 대기가 요동을 친다.

다시 한 번 도를 움직이자 이제는 도가 요동을 친다.

지금 곽무한은 폭풍멸절도법 전체를 하나로 관통하려는 중이었다.

그래서 첫 초식부터 마지막 초식까지를 한없이 느리게 펼치고 있는 것이었다. 각 초식이 지닌 미세한 움직임까지 감지하여 그 움직임들이 진기의 흐름과 어떤 연관이 있는지, 그리고 근육의 움직임과 신경의 움직임이 어떻게 상호 작용을 하는지를 알아내기 위해서였다.

처음엔 지루하고 막막하기만 한 시도였는데, 시간이 흐를수록 점차 그 느낌이 형체를 갖추며 다가왔다.

우우웅!

이제는 발을 내딛는 동작에서조차 대기가 떨어댄다. 기분 좋은 울림이었다.

"후아! 갈수록 시간이 많이 걸리는군. 령아가 걱정하겠어."

근 두 시진에 걸친 수련을 마치니 전신은 이미 땀으로 범벅이다.

곽무한은 이마에 흐르는 땀을 훔치며 하늘을 한 번 쳐다봤다.

이글거리는 태양.

모두들 찌는 듯한 폭염이라는데 곽무한은 전혀 덥다는 느낌이 들지 않았다. 한바탕 땀을 흘리고 나니 오히려 상쾌하다는 느낌만 들었다. 그리고 실제로도 전신에 새로운 활력이 솟았다. 왠지 한발만 구르면 저 하늘 끝까지 날아갈 것 같았다.

'이상하군, 끊임없이 내공을 풀어냈는데 오히려 기력이 증진된 느낌이라니?'

그러나 그 해답은 지금으로서는 알 수 없었다.

곽무한은 지금 예전에 겪었던 연기화신의 경지를 새로이 맛보고 있는 중이었으니. 그것도 예전보다 더 넓고 깊게…….

수련 뒤의 뿌듯함 때문인지 돌아가는 발걸음은 유난히도 경쾌했다.

"오늘은 그동안 마음에만 품고 있던 이야기를 한번 해보자. 령아가 화를 내더라도 꼭 해줘야 할 말이고, 해봐야 할 일이니……."

꼭 해줘야 할 말. 꼭 해봐야 할 일.

그건 바로 화영령 스스로 다시 일어서겠다는 의지를 갖게 만드는 일이었다. 곽무한이 그런 결심을 가지게 된 것은 장 의원의 말을 듣고 나서부터였다.

"선천적으로 하체가 부실했네. 피가 제대로 통하지 않았지. 그러나 지금 생각해 보니 강호에서 말하는 운기법을 이용하면 가능할 것도 같다네. 기를 이용해 굳어 있는 혈관을 조금씩 살리는 것이지. 그러나 문제는 아가씨께서 치료를 거부하신다는 데 있네. 아예 말도 못 붙이게 하시지……."

운기법.

전신기맥을 타통시키고 혈을 자극하는 운기법.

장 의원의 말대로 한 번쯤 도전해 볼 가치가 있겠다 싶었다. 그래서 오늘은 한 번 말을 꺼내봐야겠다는 생각이 든 것이다.

화영령에게 해줄 말을 떠올리자 갑자기 마음이 바빠졌다.

곽무한은 빠른 걸음으로 난화소축 안으로 들어섰다.

그때였다.

"어서 오시게."

입구 문을 열자마자 의외의 사람이 기다리고 있었다.

가끔씩 난화소축에 들르던 사내. 그리고 며칠 전에는 인공 가산에서 만났던 사내, 구당이었다.

곽무한은 기이한 예감이 들었다.

뭔가 기분 나쁜 일이 벌어지고 있다는 느낌이 든 것이다.

"여긴 어쩐 일로?"

곽무한은 구당에게 인사를 건네는 척하면서 안채를 쳐다봤다.

그러나 난화소축 전체가 텅 비어버린 듯 적막한 느낌이었다.

곽무한은 구당과 함께 강변 선착장에 이르렀다.

삼화상단 근처에 있는 간이 선착장이었다. 상단에서 가벼운 물품을 운반할 때 이용하는 곳이었다.

"영령이가 물놀이를 간 게 확실합니까?"

곽무한은 배에 오르며 미심쩍은 눈길로 다시 한 번 물었다.

"그렇다네, 아침에 인사를 드리러 가니 배를 타고 유람을 하고 싶어 하시더군. 그래서 단주께 허락을 받아 수로당의 배를 내어드렸네. 그런데 가는 도중에도 자꾸 자네를 찾으시는 게 아니겠나? 그래서 자네를 기다린 것일세. 여기서 오십 리 떨어진 경치 좋은 곳에서 기다린다고 하셨네."

실실 웃으며 대답하는 구당.

곽무한은 살짝 미간을 찌푸렸다가 뒤쪽 고물로 가 몸을 기댔다.

촤아악!

배가 물살을 갈랐다.

노를 젓는 사내들은 모두 여섯으로 굴강한 어깨를 지니고 있었다.

'어색한 손놀림. 균형 잡힌 근육… 일반 사공이 아니다.'

곽무한은 잠시 노질을 지켜보다가 구당을 쳐다봤다.

구당은 이상한 표정으로 웃고 있다가 정색을 하며 시선을 피한다.

'기분 나쁜 느낌…….'

그러나 느낌만 가지고 추궁하기가 뭣해 그들이 말하는 장소에까지만 따라가 주기로 했다.

촤촤촤…….

일렁이는 물살.

출렁이는 배.

곽무한은 시선을 넘실거리는 강물로 향했다.

그런데 이상했다.

다가왔다 멀어졌다 반복하는 물살을 보자니 기이한 흥분이 전신으로 번져 왔다.

그리고 언제부터일까?

둥… 둥… 둥…….

귀에 아련한 북소리가 들려오는 것 같았다.

그때부터 심장이 통제를 벗어나 급박히 뛰기 시작했다.

'뭔가? 이건 무슨 현상인가?'

수련 덕분에 항상 고요한 마음 상태를 유지하던 곽무한이다.

이런 일은 처음이었다.

곽무한은 목도를 어루만지며 흥분을 가라앉히려 애썼다.

그때였다.

저 멀리서 세 척의 배가 보였다.

고개를 돌려보니 누군가가 갑판에서 손을 흔들고 있었다.

곽무한은 그 모습을 보고 안도의 한숨을 내쉬었다.

'휴우, 괜한 걱정이었던 모양이군······.'

그런데 바로 그때였다.

"푸하하! 잘 가거라. 이 머저리야."

갑자기 구당과 사내들이 요란한 웃음을 터뜨리며 물속으로 뛰어들었다.

곽무한은 무슨 일인가 싶어 한동안 멍하니 서 있다가 뒤늦게 상황을 알아차렸다.

이느새 코잎까지 다가온 배.

그 배의 앞머리에는 화영령 대신 흉악한 사내가 손을 흔들고 있었다. 그리고 그 외에도 병장기를 든 수십 명의 사내가 비웃음을 흘리며 서 있었다.

보아하니 전형적인 수적들의 모습.

곽무한은 안색을 차갑게 굳혔다.

"역시 예상대로란 말인가?"

곽무한은 흘낏 강물을 쳐다봤다.

구당 등이 강변으로 달아나는 도중에도 가끔씩 히죽히죽 웃는 낯으로 뒤를 돌아보고 있었다.

'좋아, 실컷 웃어봐!'

곽무한은 강물에서 시선을 거둬 목도를 움켜쥐었다.

휙! 휙!

철커덩!

놈들의 배에서 시커먼 갈고리가 날아들었다.

그 충격으로 배가 흔들렸다.

곽무한이 안색을 굳히며 중심을 잡는 사이, 웃통을 벗어젖힌 놈들이 병장기를 휘두르며 훌쩍훌쩍 뛰어내렸다. 그리고 일부는 물속에서 공격하려는 듯 강물로 뛰어들고 있었다.

"오냐, 와라!"

곽무한은 이글거리는 눈빛으로 놈들을 맞았다.

"와하하! 이놈! 목을 내놔라!"

부와앙!

가장 먼저 날아든 것은 톱날처럼 삐죽삐죽한 거치도.

곽무한은 자세를 낮춰 도를 피하고는 목도 끝을 위로 세워 강하게 쑤셔 넣었다.

콰득!

"크아악!"

꾀죄죄한 인상의 수적이 턱에 피를 쏟으며 나동그라졌다.

"다음!"

곽무한은 차가운 눈빛으로 고개를 돌렸다.

"이놈!"

부왕!

두 번째로 날아든 것은 날이 하얗게 선 도끼와 팔뚝만한 굵기의 쇠도리깨.

곽무한은 묘하게 허리를 틀어 두 개의 병장기를 가볍게 흘려 버리고는 빈틈을 향해 빠르게 도를 찔러 넣었다.

풋! 풋!

"커헉!"

"우욱!"

두 놈이 거품을 물며 쓰러졌다.

"다음!"

곽무한의 눈빛이 호통 소리와 어울려 파랗게 빛났다.

눈빛에 어린 살기를 느꼈는지 달려들던 두 놈이 주춤거렸다.

"이제 겁이 난다는 건가?"

곽무한은 오히려 눈을 빛내며 놈들을 향해 몸을 날렸다.

바로 그때,

촤라락!

등 뒤에서 시커먼 쇠사슬이 날아왔다.

"탓!"

곽무한은 번개같이 몸을 떠워 공중제비를 돌았다. 그리고 허공에서 몸을 틀어 도를 지면으로 향한 채 하강했다.

빠카칵!

시뻘건 피분수가 사방으로 튀었다.

쇠사슬을 날리던 놈의 머리가 산산이 박살나고 만 것이다.

그 참혹한 모습에 달려들던 수적들이 멍하니 굳어버렸다.

곽무한은 피비린내가 채 사라지기도 전에 다시 움직였다.

콰드득!

"끄아악!"

섬뜩한 음향과 함께 두 놈이 허리를 움켜쥐며 처절한 비명을 질렀다.

"다음!"

또다시 울려 퍼지는 곽무한의 목소리.

"으으으……."

이제 놈들의 눈빛이 급격히 위축되었다.

'지금은 정신없이 몰아붙여야 할 때!'

본능적으로 그런 생각이 떠올랐다.

"좋아, 오지 않는다면 내가 간다. 타핫!"

"으아아!"

곽무한이 시퍼런 눈빛으로 다가오자 배 안에 남아 있던 놈들은 기겁성을 토하며 정신없이 물속으로 도망쳤다.

"후후, 물속으로 도망가면 봐줄 줄 알았나?"

첨벙!

곽무한은 살기를 띠며 강물 속으로 몸을 날렸다.

설마 하니 곽무한이 물속까지 따라올 줄은 몰랐던 수적들.

처음엔 모두 쾌재를 질렀다. 그러나 곧 그들은 안색이 백지장처럼 변해 덜덜 떨 수밖에 없었다.

세상에 물속에서 자기들보다 더 빠르게 움직이는 놈이라니?

"으아아, 놈을 막아! 암기를 뿌려!"

"으아악!"

"크아악!"

강물에는 금세 피와 비명 소리로 가득 찼다.

시뻘겋게 번지는 핏물.

둥둥 떠다니는 시체들.

츄왁!

그 속에서 곽무한의 얼굴이 불쑥 튀어나왔다.

"일단 이곳은 이 정도로 됐고… 이제 저놈들 차렌가?"

어느새 주변에 있던 놈들을 다 처리한 곽무한, 정신없이 달아나는 놈들을 내버려 둔 채 시선을 돌렸다.

곽무한의 눈길이 향한 곳은 눈앞에 떠 있는 세 척의 배.

그럴 리는 없겠지만 곽무한은 저곳에 화영령이 있나 없나를 확인해야 했다.

"타합!"

곽무한은 강하게 발을 굴러 좌측의 배를 향해 신형을 띄웠다.

파아아!

휘날리는 머리카락과 번쩍이는 눈.

세 치 길이의 목도를 움켜쥔 채 한줄기 긴 선을 그리며 날아오르는 곽무한의 모습은 한 폭의 영웅도 같았다. 그리고 그 영웅도는 곽무한이 갑판에 내려섬과 동시에 몇 폭으로 늘어났다.

콰자자자작!

"크아악!"

"으아악!"

"막아! 놈을 막아!"

요란한 소리를 내며 쓰러지는 돛대와 이리저리 날리는 파편들.

사방으로 튕겨나는 암기들과 피를 뿜으며 쓰러지는 수적들.

곽무한이 배에 오르자마자 늘어난 그림들이었다.

"으으으, 세상에 저런 놈이었다니?"

맞은편 뱃머리에서 그 모습을 쳐다보고 있던 오늘의 책임자, 파양채의 부채주 오동광은 안색이 백지장처럼 변해 버렸다.

놈이 고수라는 말은 채주에게 들어서 알고 있었지만, 설마 저 정도까지일 줄은 몰랐다.

놈이 갑판에 내려서고부터 아수라장이 되어버린 수하의 배.

눈 몇 번 깜빡거릴 순간에 배 한 척을 거의 반파시켜 버린 놈이 벌써 다음 배로 이동하고 있었다. 그리고 놈이 도착하자마자 돛이 부러지고 방향타가 작살나는 등, 아비규환의 도가니로 변해 버린다.

다음은 자기 차례.

상황으로 보아 눈 깜짝할 사이에 닥쳐올 위기였다.

오동광은 급히 수하들을 돌아보며 소리쳤다.

"후퇴! 후퇴하라!"

놈을 사로잡아 오라던 채주의 명 따윈 저 멀리 날려 버렸다.

일단은 내가 살고 봐야 내일이 있고 부귀영화가 있을 것이니.

그러나 오동광은 오늘 상대를 잘못 만났다.

어느새 두 번째 배마저도 작살내 버린 곽무한이 차가운 눈빛으로 노려보고 있었기 때문이다.

"흥! 허락도 없이 가겠다고?"

파파팟!

곽무한의 신형이 다시 바람을 갈랐다.

"흐악! 놈이, 놈이 날아옵니다!"

오동광은 갑자기 들려온 수하의 기겁성에 놀라 화들짝 고개를 돌려 보았다.

고오오오오!

가장 먼저 눈에 들어온 건 번들거리는 놈의 눈빛. 뒤이어 머리 위로 한껏 치켜진 놈의 도가 커다랗게 확대되어 들어왔다.

"으아아아! 모두 피해!"

오동광은 순간적으로 비명을 지르며 정신없이 몸을 굴렸다.

바로 그 순간,

쿠콰콰콰쾅!

굉음과 함께 선실이 산산조각으로 터져 나갔다.

"으아아! 나무칼로 도기라니?"

오동광은 사지를 벌벌 떨었다.

화르르…….

그렇게 표현할 수밖에 없었다.

하얗게 치뜬 눈으로 걸어오고 있는 놈의 도에는 반 장에 달하는 서
기가 어려 있었다. 그리고 놈의 전신에서 뭉클뭉클 피어나는 기운.

막을 수도 없었고 막을 엄두도 나지 않았다.

"으아아! 모두 놈을 막아! 암기, 암기를 있는 대로 뿌려!"

오동광은 정신없이 소리쳤다. 그러나,

슈가각!

한 소리 가슴 철렁한 기음을 끝으로 의식을 잃고 말았다.

스윽.

곽무한은 목도에 묻은 피를 닦으며 강 둔덕을 쳐다봤다.

저쪽 강 둔덕에는 구당이 놀란 표정으로 정신없이 달아나고 있었다.

"무슨 속셈으로 날 속였는지 모르겠지만… 대가를 치러야 할 거야."

곽무한은 차가운 눈빛으로 구당을 노려보다가 첨벙! 강물로 몸을 날
렸다.

제66장
탈태환골

탈태환골

"으아아. 잘못 건드렸어. 정말 잘못 건드렸어!"

구당은 파양채의 배 위로 날아오르는 곽무한을 보고 난 뒤부터 제대로 달릴 수가 없었다.

수하들도 마찬가지였다. 모두 한가락씩 한다는 놈들이었는데도 뛰는 건지 걷는 건지 도무지 알 수가 없을 정도였다.

"헉, 헉. 지금은 상황이 어떻게 돌아가고 있을까?"

구당은 한참 정신없이 뛰다가 자기도 모르게 뒤를 돌아봤다.

그러나 차라리 보지 않는 편이 나을 뻔했다.

촤아아… 털썩!

구당이 고개를 돌리는 순간에는 자욱한 피보라를 뿜으며 부채주가 쓰러지고 있었으니. 그리고 뒤이어 악몽 같은 순간을 맞았다. 곽무한과 정면으로 눈이 마주치고 만 것이다.

"흐익? 놈이, 벌써 놈이 다 처리해 버렸어. 으아아! 모두 속도를 내!"

구당은 사색이 되어 다시 정신없이 달렸다.

자신을 노려보던 곽무한이 물속으로 뛰어드는 것을 본 때문이었다.

그러나 그는 몇 발짝 못 가 다시 눈을 부릅뜨고 말았다.

"으갸갸갸! 버, 벌써?"

도저히 믿을 수 없는 일이었다. 무슨 절세의 신법을 펼친 것도 아니고, 고작 헤엄을 쳐서 따라오는 것인데도 벌써 놈이 강변 가까이에 이른 것이 아닌가?

"으아아! 너흰 여기서 놈을 막아! 내가 응원군을 불러올 때까지만 막고 있어!"

공포에 질린 구당은 말도 안 되는 변명을 주워섬기며 수하들을 내몰았다. 그러나 그런 노력도 상황에 별반 도움은 되지 못했다.

"끄아악!"

"크허헉!"

불과 얼마 가지도 못해 들려온 수하들의 애절한 비명 소리.

"헉! 일합, 단 일합도 못 막다니?"

결국 구당은 제자리에서 얼어버렸다.

수하들을 수숫단 베듯 베어 넘긴 곽무한이 무시무시한 속도로 날아오는 걸 본 때문이었다.

"제발… 제발……."

구당은 사지를 덜덜 떨며 급히 품속을 뒤졌다.

부친에게 신호용 폭죽을 날리려 함이었다.

그러나,

퍼퍼퍽!

"케에엑!"

구당은 눈에 불똥이 튀는 것을 느끼며 바닥에 내팽개쳐지고 말았다.

그리고 뒤를 이어,

콰드득!

"령아는?"

커다란 발이 목을 짓밟더니 섬뜩한 목소리가 귀를 파고들었다.

구당은 숨이 컥컥 막혀오는 통증을 겨우 참으며 안간힘으로 말했다.

"끄으으… 계집은 아버님과… 단주님의 처소에서 저녁 식사를……."

구당은 그 위급한 순간에도 잔머리를 굴렸다.

곽무한을 다시 상단으로 가게 함으로써 시간을 벌기 위함이었다.

그러나 곽무한은 속지 않았다.

"후후. 내가 그리 허술히 보이는 모양이지?"

곽무한은 냉소와 함께 구당의 입에 뭔가를 쿡 집어넣었다.

구당이 미처 터뜨리지 못한 신호용 폭죽이었다.

"쿠우우, 쿠우우!"

구당은 폭죽이 입 안으로 들어오자 사색이 되어 미친 듯이 도리질을 쳤다.

치지직!

"다시 말해 봐. 아니면 터뜨린다."

"쿠으음. 쿠으음……."

구당은 눈앞에서 타오르는 불길을 보고 결국 고개를 끄덕일 수밖에 없었다.

그러나 그는 진실 반 거짓 반을 이야기 했다. 그리고 그 대가로 이가 몽땅 부러지고 말았다.

"다시 한 번 말해 봐!"

"쿠우우… 옹오앙. 옹오앙. 옹오앙!"

구당은 눈물 범벅이 되면서도 연신 동로당(東路堂)을 외쳤다.

동로당이란 부친이 관리하는 암암밀염회의 지부.

딱히 거짓말은 아니어서 구당의 눈빛엔 흔들림이 없었다.

지금 화영령이 있는 곳은 동로당과는 담 하나 사이에 두고 있는 부친의 장원이었으니.

"그래, 동로당이란 말이지? 십자로에 있는 붉은 기와의 대저택?"

"쿠으으, 엥. 엥. 앙응잉앙."

"좋아, 그렇단 말이지?"

곽무한은 한참 구당의 눈을 들여다봤다.

구당은 진짜라는 듯 마주 눈을 치떴다.

구당 딴에는 최후의 패였다.

동로당에는 사천당가에서도 한 수 접어준다는 악귀들, 염효들이 무더기로 머물고 있으니.

결국 눈빛으로는 진실을 판별하기 어려워 곽무한은 구당에게 몇 번 더 주먹질을 날렸다.

"꾸에에엑!"

'크흑흑, 이놈! 내게 저지른 이상으로 네놈도 당할 것이다. ㄲㅇ으.'

구당은 엄습하는 통증에 비명을 지르면서도 나중에 곽무한이 당할 봉변을 상상하며 억지로 참았다.

결국 무지막지한 구타가 그치고 곽무한이 자리를 떴다.

그러나 곽무한은 떠나기 전에 구당에게 선물을 하나 안기고 갔다.

치이익! 퍼퍼퍼펑!

"꾸에에에에에엑!"

곽무한이 떠나고 난 자리.

팔다리가 꺾이고 허리까지 내려앉은 구당이 입에 하얀 화약 연기를 내뿜으며 기절해 있었다.

남창 시내의 번화가 중 하나인 십자로.

그중 전각마다 붉은 기와를 입힌 거대한 저택.

콰자자작!

오후 나절, 아는 사람은 동로당이라 부르는 저택의 입구 문이 산산이 부서져 나갔다.

"감히 어떤 놈이 이곳에서 소란을 피우느냐?"

입구 문이 부서지자마자 전각 이곳저곳에서 흉악한 인상의 사내들이 줄줄이 나타났다.

그들은 저마다 얼굴에 두세 개 이상의 상처를 지닌 자들이었는데, 들고 있는 무기조차 섬뜩하기 짝이 없었다.

기본이 톱날처럼 칼날이 돋은 거치도(鋸齒刀)요, 심하면 수백 개의 바늘이 돋아나 있는 금전자파(金錢刺耙)였다. 심심찮게는 투삭병(投索兵)의 일종인 갈고리 모양에 잠금 장치를 달아 사람의 머리만 전문으로 잘라낸다는 혈적자(血摘子) 따위도 볼 수 있었다.

그러나 곽무한은 그런 것에는 눈도 깜짝 않았다.

"네놈은 누구냐? 이곳이 어딘 줄 알고!"

놈들이 병장기를 흔들며 포위해 들어와도,

"조무래기들은 상대하고 싶지 않다. 구양장을 불러와!"

곽무한은 오히려 서슬 푸른 눈으로 놈들을 윽박질렀다.

그 모습을 보고 염효들이 기가 막히는 건 당연했다.

강호의 뭇 고수들조차 꺼리는 이곳에 와서 목도를 들고 설치는 놈이
라니?

"뭐 이딴 새끼가 다 있어?"

"긴말할 것 없어. 정신 나간 놈이야. 그냥 조져 버려!"

놈들은 흉악히 소리 지르면서도 서로 나서는 걸 미뤘다.

얼빠진 놈 하나를 상대로 공연한 힘을 빼기 싫어서였다.

결국 말단으로 보이는 몇 놈이 모두의 눈짓을 받고 마지못해 나섰
다.

그러나,

쐐애액!

"어이쿠!"

"으아악!"

곽무한의 손에서 일진광풍이 불자마자 그들은 수수깡처럼 쓰러지고
말았다. 그리고 곽무한은 세 놈을 쓰러뜨리고도 손을 멈추지 않았다.
곧바로 몸을 날려 주변에 있는 놈을 덮쳐 갔다.

쐐애액!

카카캉!

"끄아아악!"

놈들의 눈빛이 그제야 변했다.

"보통 놈이 아냐! 모두 공격!"

놈들은 곽무한의 손에 연달아 네 놈이 쓰러지자 일이 심상치 않게
돌아간다는 것을 눈치채고 포위 공격을 시작했다.

그러나 그들이 곽무한의 무위를 눈치챘다고 해서 변하는 건 없었다.

쐐애액!

빠카칵!

"크아악!"

"끄으으……."

곽무한의 신형이 바람을 일으키며 지나갈 때마다 두세 놈이 비명을 지르며 쓰러졌다.

그러나 놈들은 지독했다.

팔다리가 부러진 상태에서도 병장기를 휘둘러왔고, 동료들이 쓰러져 있어도 마구 암기를 던져 왔다.

피피피핏!

쐐쐐쐐쐐!

우박처럼 쏟아지는 암기들.

쏟아지는 암기에도 아랑곳 않고 섬뜩한 병장기를 휘둘러대는 염효들.

"이러다간 끝도 없겠군……."

곽무한은 놈들의 무지막지한 공세에 질려 버렸다.

이렇게 나가다가는 화영령을 찾기도 전에 지쳐 버릴 것 같아 압도적인 무위를 선보여 놈들의 기를 꺾어놓기로 했다.

곽무한은 결심과 동시에 두 발을 넓게 벌리고 섰다. 그리고는 전신 공력을 끌어올려 허공으로 뛰어오르며 힘차게 도를 뿌렸다.

"타아앗! 폭—풍—멸—절!"

고오오오오!

쿠콰콰콰콰쾅!

하늘에서 벽력이 내리친 것 같았다.

사방에 돌개바람이 불고 지면이 움푹 꺼져 버렸다.

"으으으… 고수다! 엄청난 고수야……."

예상이 통했다.

놈들은 마치 폭풍이 휘몰아친 것 같은 위력에 망연자실한 표정을 지었다.

그때였다.

갑자기 담장 너머에서 호통 소리가 터져 나왔다.

"모두들 뭐 하고 있나? 독염(毒鹽)은 뒀다가 찜 쪄 먹으려고 그래?"

날카로운 호통 소리.

동로당 당주인 구양장의 호통 소리였다.

놈들은 그 음성을 듣고 다시 움직이기 시작했다. 저마다 손에 두툼한 장갑을 끼고 마구 독염을 뿌리기 시작한 것이다.

촤라락! 촤라락!

곽무한은 새까맣게 날아오는 소금을 보며 이를 갈았다.

마치 모래알 같이 작은 입자들이라 일일이 쳐내기도 힘들었고, 자칫 몸에 닿기라도 하면 금방 피부가 썩어 들어간다.

곽무한은 어쩔 수 없어 도풍을 일으키며 뒤로 물러났다.

조금 시간이 지나자 주변은 온통 독염 천지로 변해 버렸고, 곽무한은 담장 쪽으로 밀려나고 말았다.

"푸하하, 이놈! 감히 여기가 어디라고 함부로 날뛰느냐!"

구양장이 모습을 드러낸 것은 바로 그때였다.

그는 득의만만한 표정으로 맞은편 담장 위에 서 있었는데 혼절한 화영령을 안고 있었다.

원래 구양장은 단주가 찾는다는 말로 화영령을 속인 후, 집 안에서 휴식을 취하며 구당을 기다리던 중이었다. 그런데 웬 괴물이 동로당에 나타나 난리를 피운다는 말을 듣고 나와 봤다가 그가 곽무한인 것을 보고 깜짝 놀랐었다. 곽무한이 이곳에 나타난 걸 보니 일에 차질이 생겼구나 싶었다. 그래서 구양장은 담장너머로 돌아가는 상황을 지켜보고 있다가 도저히 믿기지 않는 곽무한의 무위를 보고는 안 되겠다 싶어 화영령의 수혈을 짚어 이곳으로 되돌아온 것이다.

"이놈! 무릎을 꿇어라! 그렇지 않으면 아가씨의 목숨은… 흐흐흐."

구양장은 보란 듯이 화영령의 사혈을 움켜쥐며 곽무한을 협박했다.

곽무한은 갑작스런 상황에 놀란 듯 멍한 표정으로 구양장과 화영령을 번갈아 쳐다봤다.

구양장은 곽무한의 표정을 보며 빙글빙글 웃었다.

"후후후, 셋 셀 때까지 무릎을 꿇지 않는다면, 이후의 일은 모두 네 놈이 책임져야 할 것이다."

구양장은 아직도 넋이 나가 있는 곽무한을 보며 다시 한 번 협박했다. 그러나 내심으로는 가슴이 조마조마했다.

아무리 곽무한을 사로잡기 위해서라지만 화영령의 목숨을 담보로 위협하는 너무 위험한 도박이었다. 나중에 단주가 이 사실을 알아차리기라도 한다면 엄청난 문책을 각오해야 했기 때문이다.

더구나 지금 당장만 해도 난감한 입장이었다.

어서 도를 버리고 무릎을 꿇어야 할 놈은 기이한 표정으로 자신을 쳐다보고 있고, 수하들은 모두 알 수 없다는 눈빛으로 자신을 쳐다보고 있다. 하긴 수하들로서는 자신이 왜 단주의 딸을 인질로 잡고 있는지 이해를 할 수 없었을 것이다.

'제기랄! 저 빌어먹을 놈이 왜 저리 멀뚱한 눈으로 쳐다만 보고 있는 거야? 어서 무릎을 꿇어라. 제발…….'

구양장은 애타는 심정을 감추며 숫자를 헤아렸다.

"하나……."

그때였다.

갑자기 돌발 사태가 일어났다.

"아저씨! 무릎을 꿇으면 안 돼요!"

구양장의 품에 안겨 있던 화영령이 깨어났다.

시간이 흐른 탓에 수혈이 풀린 것이다.

사건은 바로 그때부터 시작되었다.

갑자기 곽무한의 눈이 더 이상 커질 수 없을 만큼 커졌다. 그리고는 눈을 시뻘겋게 충혈 시키며 턱을 덜덜 떨기 시작했다.

"장직! 네가… 네가……."

증오와 한이 듬뿍 담긴 목소리.

마치 유부에서 흘러나오는 듯한 목소리였다.

"헉! 저놈이 미쳤나? 갑자기 왜 저래?"

구양장은 예상치 못한 반응에 놀라 화영령의 수혈을 짚을 생각도 못하고 멍하니 곽무한만 쳐다봤다.

그러나 상황은 점점 기이하게 흘러갔다.

"크으으으으! 장직, 이 악마 같은 놈! 매옥에게서 그 더러운 손을 떼라!"

곽무한의 입에서 으스스한 목소리가 흘러나오나 싶더니 그의 옷자락이 터질 듯 부풀어 올랐다. 그와 동시에 머리카락이 일제히 하늘로 치솟는가 싶더니 곽무한 주변으로 폭풍 같은 기세가 일어나기 시작했다.

"죽.인.다. 장.직! 반드시 너를 죽이고야 만다!"

곽무한은 섬뜩한 목소리로 도를 머리 위로 치켜들었다.

눈앞에는 매옥이 떨고 있고 귓전으로는 아기가 앙앙 울고 있다.

놈은 사악한 표정으로 웃고 있고 사방에는 명문정파라는 놈들이 조소 어린 눈으로 구경만 하고 있다.

너무 끔찍하고 처절한 기억이라, 무의식이 자아를 보호하려고 내면 저 깊은 곳으로 묻어버린 그날, 그 원통하고 처절했던 기억이 지금 이 순간 다시 시작되고 있었다.

"으으, 뭐야? 도, 도대체 저놈이 왜 저래?"

구양장은 곽무한의 기세에 가슴이 덜컥 내려앉았다.

저 타오르는 눈빛.

저 으스스한 목소리.

거기다가 저 푹푹 터져 나가는 눈꼬리.

한눈에 보기에도 심상찮았다.

화영령 역시 마찬가지였다. 온몸에 오한이 일었다.

"아, 아저씨… 왜, 왜 그래요?"

화영령은 떨리는 목소리로 곽무한을 불렀다. 그러자 곽무한의 눈빛이 휙! 화영령을 향했다.

"안 돼! 네가 자진(自盡)하는 건 내가 용납할 수 없어. 죽더라도 같이 죽는다. 알겠나, 매옥?"

비장한 목소리였다. 비통한 눈빛이었다.

화영령은 자기도 모르게 가슴이 찡해와 고개를 끄덕이고 말았다.

"그래… 그래야지, 절대 나보다 먼저 죽으면 안 돼!"

곽무한의 눈이 다시 구양장을 향했다.

"장직! 똑똑히 알아둬! 나는, 절대 협박 따위엔 굴하지 않아."

곽무한은 마치 선언하듯 말하며 목도의 끝을 구양장에게로 향했다.

그 순간, 갑자기 목도 끝에서 폭발적인 광채가 쭉 뿜어져 나왔다.

화르르!

마치 시뻘건 용암덩어리가 이글거리는 듯한 광채.

구양장은 심장이 툭 떨어져 버리는 것 같았다.

"헉! 도강(刀罡)! 도강이다!"

주변에서 누군가가 숨 막힌 비명을 터뜨렸지만, 구양장은 얼이 빠져 몸을 피해야 한다는 생각조차 떠올리지 못한 채 그저 사시나무처럼 떨고만 있었다.

그러나 진정한 공포는 그 이후부터 시작되었다.

과거의 기억에 사로잡혀 공력을 극한까지 끌어올린 곽무한.

그가 동귀어진의 각오로 운기를 시작하자 무의식에 잠들어 있던 뇌정신공이 발동되기 시작했다. 천근월굴공으로는 도저히 운기 속도를 감당하기 어려워 무의식이 뇌정신공을 깨운 것이다.

그때부터였다.

고오오오오오!

뇌정신공이 발동되자 이제껏 곽무한의 체내에 잠복해 있던 각종 영약의 기운들이 그 기세에 휘말려 한꺼번에 기맥을 따라 돌기 시작했다.

기맥을 따라 휘돌며 온몸 구석구석에 녹아들기 시작한 영약의 기운들.

그때부터 곽무한의 몸에서 엄청난 변화가 일어나기 시작했다.

뚜두둑, 뚜두둑!

이 소리가 시작이었다. 곽무한의 몸에서 나온 뼈마디 부딪치는 소리.

이 소리가 나오고 난 뒤부터 갑자기 곽무한의 피부가 한 겹 한 겹 허물을 벗기 시작했다. 그와 동시에 머리카락이 우수수 떨어져 나가더니 순식간에 새 머리카락이 돋아나 그 자리를 메웠다. 뒤이어 곽무한의 전신에서 기이한 분비물이 흘러나오더니 곧 그곳에서부터 찬란한 후광이 뿜어져 나왔고, 기이한 공명음과 함께 이마에서도 광채가 번쩍 뿜어져 나왔다. 그리고 찰나의 시간이 지나자 모든 광채가 거짓말처럼 사라지는 대신, 빛으로 된 고리가 곽무한의 머리 위로 떠올랐다.

"허거거거걱!"

구양장은 혼백이 달아났다.

빙 둘러서 있던 염효들도 마찬가지였다.

"으아아아! 타, 탈태환골? 탈태환골이다!"

탈태환골(奪胎換骨).

사람이 세파에 찌든 육신의 허물을 벗고 태어날 때처럼 순수하고 깨끗한 몸으로 변해, 무공을 익히거나 자연의 기운을 받아들이기에 가장 적합한 체질로 바뀌는 것.

지금 곽무한은 태를 벗고 뼈를 바꾼다는 말 그대로 이제까지의 상처투성이 몸을 벗고 강호에 몸을 담은 무인이라면 누구나가 바라마지 않는 꿈의 경지, 탈태환골을 이룬 것이다.

이는 실로 전대미문(前代未聞)의 기사(奇事)였다.

세상에, 선 자세에서 탈태환골이라니?

무림 역사를 뒤져 봐도 전무후무한 일이었다.

"맙소사… 탈태환골이라니? 탈태환골이라니?"

구양장은 충격을 이기지 못해 넋 나간 신음성만 계속 흘렸다.

도강만 해도 모골이 송연할 정도인데, 선 자세에서 탈태환골을 이루는 자였다니?

구양장은 온몸에 힘이 빠져 스르르 주저앉고 말았다.

모두가 경악에 잠겨 말을 잃어버린 순간, 머리 위에 있던 둥근 고리가 스르르 자취를 감추자 곽무한의 눈이 서서히 뜨여졌다. 그 순간 곽무한의 눈에서 뇌전 같은 광채가 번쩍였다가 사라졌다.

곽무한은 천천히 주위를 둘러봤다.

생경한 느낌…….

곽무한의 눈꼬리가 격하게 한 번 떨렸다.

사방을 둘러보는 곽무한의 눈.

마지막으로 구양장 앞에서 멈췄다.

아무 감정도 담기지 않은 무심한 눈길이었다.

묵묵히 구양장을 살피던 곽무한, 순간적으로 손목을 한 번 떨쳤다.

번―쩍!

그게 다였다.

단순히 허공을 격하고 한 번 찌른 것뿐이었다.

그러나 그 동작이 만들어낸 광경은 상상을 초월했다.

"끄아아아아악!"

처절한 비명 소리가 그 시작이었다.

뭔가 빛이 번쩍였다 싶은 순간, 구양장의 팔이 어깨에서 사라져 버렸다.

그리고 그 뒤를 이어,

쿠콰콰콰콰광!

구양장 뒤쪽에 늘어서 있던 전각 수십 채가 폭음 소리를 내며 줄줄이 터져 나가 버렸다.

일도에 이십 장 너머에 있는 사람의 팔을 흔적도 없이 사라지게 만들다니?

그러고도 모자라 그 뒤쪽에 있던 전각들을 순식간에 잿더미로 만들고 말다니?

이 믿지 못할 무공은 뇌정도법의 최후 초식인 수라혈뢰(修羅血雷)였다. 그중에서도 탄강(彈罡)의 수법이 만들어낸 광경이었다.

탄강이란 도강을 넘어 강기를 집약한 도환(刀環), 그 강기의 고리를 탄환처럼 쏘아내는 것으로, 이기어도(以氣馭刀)에 이르기 직전의 경지였다.

그러나 이러한 경지는 웬만한 고수 외에는 알아볼 사람이 없다.

그러니 장내에는 그저 쥐 죽은 듯한 적막만 흘렀다.

구양장은 담장 뒤로 떨어졌는지 보이지도 않았고, 화영령은 까무러친 상태로 바닥에 쓰러져 있었다. 그리고 염효들은 멍한 표정으로 넋을 잃고 서 있을 따름이었다.

곽무한은 다시 한 번 사방을 둘러보았다.

탈태환골을 한 때문인지 화상을 벗고 예전의 외모를 회복한 상태였다. 아니, 예전보다 더 영준해 보이는 얼굴이었다.

짙은 눈썹에 우뚝한 콧날.

정광이 뿜어져 나오는 형형한 눈빛.

곽무한과 눈이 마주친 놈들은 다시 한 번 오줌을 지리고 말았다.

그만큼 오싹한 눈빛이었다.

"후우우……."

한참 후, 곽무한의 입에서 긴 탄식성이 흘러나왔다. 뒤이어 그의 눈에서 한줄기 눈물이 주르르 흘러내렸다.

곽무한은 눈물 어린 눈으로 하늘을 올려다봤다.

다른 하늘, 다른 공기…….

곽무한의 뺨이 푸들푸들 떨렸다.

억겁 같은 안개가 걷힌 것이다.

과거의 기억이 또렷하게 살아난 것이다.

곽무한은 미칠 것 같았다.

견딜 수 없었다.

그저 죽고만 싶었다.

"끄아아아아아아아!"

마침내 곽무한의 입에서 비통한 절규가 터져 나왔다.

우르르르!

전각 지붕이 들썩이고 땅이 흔들렸다.

고함 소리가 메아리를 일으키는 가운데,

"우아아아아아아아아아!"

곽무한의 입에서 다시 한 번 괴성이 터져 나왔다.

그와 동시에,

콰콰콰콰쾅!

목도가 바닥을 뚫고 지면에 틀어박혔다.

쩌저저저적!

기파를 이기지 못한 바닥이 정신없이 갈라져 나갔다.

그리고…….

"매옥… 아들아…….."

마침내 고개를 떨군 곽무한의 입에서 목메인 음성이 나왔다.

염효들은 아무 소리 못하고 숨을 죽이고 있었다.

몇 놈은 슬그머니 병장기를 뒤로 감추기도 했다.

한동안 정적이 흘렀다.

어느 순간 곽무한은 천천히 걸음을 옮겨 화영령을 안아 들었다. 그리고는 염효들 쪽을 쳐다보며 갈라진 목소리로 말했다.

"가도… 되겠나?"

조용히 울려 퍼지는 낮은 목소리.

염효들은 멍한 표정으로 정신없이 고개를 끄덕였다.

파팟!

화영령을 안아 든 곽무한은 곧 환영처럼 사라져 버렸다.

"휴우우우우우!"

"으아아… 내 평생 이런 놀라운 광경을 보게 될 줄이야……."

염효들은 곽무한이 사라지자마자 모두 바닥에 털썩 주저앉았다.

*　　　　　*　　　　　*

화영령은 꿈을 꿨다.

따사로운 햇빛이 비치는 푸른 들판에서 춤을 추고 있는 꿈이었다.

그러다가 문득 맞은편 언덕에 있는 곽무한을 발견하고 웃으며 뛰어가는 꿈이었다.

그러나 갑자기 사방이 어둑해지고, 자신의 발이 썩어 들어갔다.

너무 놀라 겁에 질려 있다가 맞은편 언덕을 바라보니 곽무한이 서서히 등을 돌리고 있었다.

"안 돼! 가지 말아요!"

안간힘으로 고함을 쳤지만 목소리가 입 안에서만 뱅뱅 돌았다. 그리고 갑자기 들판이 갈라지더니 자기 몸이 암흑의 무저갱 속으로 빨려 들어가기 시작했다.

"아아악!"

화영령은 비명을 지르며 잠에서 깨어났다.

"아아……."

악몽이었다. 끔찍한 악몽이었다.

화영령은 안도의 한숨을 내쉬다가 문득 인상을 흐렸다.

꿈속에서 본 썩어가는 다리. 자신의 다리…….

화영령은 천천히 이불을 들춰봤다.

그때였다.

"깨어났니?"

갑자기 누군가의 목소리가 들려왔다.

"까아악!"

화영령은 비명을 지르며 이불을 뒤집어썼다.

"이런… 악몽을 꾼 모양이구나."

목소리가 다시 들려왔다. 정신을 차리고 이불 사이로 빼꼼 눈을 내밀어보니 황촉불 아래 그가 앉아 있었다.

그러나 이상했다.

목소리는 그가 분명한데 얼굴은 그가 아니었다.

황금빛 도를 어루만지고 있는 모습이나 풍기는 분위기를 보면 그 같기도 한데, 자세히 보니 아니었다.

"누, 누구세요?"

겁에 질린 목소리.

곽무한은 쓸쓸한 미소로 대답했다.

"영령, 나다… 아저씨다."

"정말… 아저씨 맞아요?"

동그랗게 뜬 눈에 아직 의아함이 묻어 있었다.

"그동안은 사정이 있어서… 이제 본얼굴을 다시 찾았단다."

"와아! 그게 정말이에요? 정말 이게 본얼굴 맞아요?"

화영령이 그제야 반색하며 웃었다.

그러나 얼굴을 찾았다는 표현보다는 새롭게 탄생했다는 표현이 정확하리라.

짙은 눈썹에 우뚝한 코. 사내다운 매력이 물씬 풍기는 입술.

화상 자국뿐만 아니라 곰보 자국까지 말끔히 사라진 곽무한의 얼굴은 칠 척에 이르는 그의 체구와 어울려 무척 보기가 좋았다.

그 옛날 당군혜가 곽무한에게 용기를 북돋워 주려고 한 말이 현실이 되어버린 것 같았다.

화영령은 한동안 감탄 어린 눈으로 곽무한을 쳐다보다가 고개를 갸웃거렸다. 뭔가 분위기가 이상하다는 생각이 든 것이다.

불그스름한 불빛 아래 그림처럼 앉아 있는 곽무한.

유심히 보니, 그는 눈꼬리를 약간 늘어뜨리고 있었다. 그래선지 눈빛이 무척이나 슬퍼 보였다.

"무슨 일… 있어요?"

화영령은 용기를 내어 물어봤다.

그는 희미하게 웃기만 했다.

화영령은 불안해졌다. 그때 마침 낮의 일이 생각났다.

화영령은 혹시나 그 일 때문인가 싶어 조심스레 물어봤다.

"저어… 그는 어찌 되었나요? 구 대행수님 말이에요."

"그는 두 팔을 잃고 달아났다."

그러나 담담한 표정으로 대답하는 걸 보니 그 일 때문은 아닌 것 같았다.

"어머, 그래요? 아저씨가 하신 것 맞죠? 그렇죠? 와아! 멋있어요. 내 그럴 줄 알았어요!"

화영령은 짐짓 환호성을 질렀다.

그러나 그는 여전히 슬픈 미소만 짓고 있다.

화영령은 더럭 겁이 났다.

"설마… 설마……."

화영령은 쉽게 말을 꺼내지 못했다.

말을 꺼내고 나면 왠지 예감이 현실이 되어버릴 것 같아서였다.

그런데 그가 먼저 입을 열었다.

"령아야… 아저씨가 네게 부탁이 하나 있단다. 들어줄래?"

화영령은 가슴이 쿵 떨어지는 기분이었다.

그는 이때까지 단 한 번도 부탁이란 말을 쓴 적이 없다.

"아, 아저씨?"

"아저씨가… 네 다리를 좀 살펴보고 싶구나. 보고… 치료가 가능한지, 시간이 걸리더라도 완치가 가능한지 보려고 그런단다."

더구나 저렇게 조심스레 말한 적도 처음이었다.

"싫어요!"

화영령은 자기도 놀랄 정도로 빽 소리를 질렀다.

부끄럽다거나 수치스러워서 그런 게 아니었다.

비록 어린 마음이지만, 그가 원한다면 그 이상도 보여줄 수 있었다.

화영령이 소리친 이유는 그토록 염려하던 일이 현실로 다가와서였다.

"아저씨, 떠나시려고… 떠나시려고 그러는 거죠?"

화영령은 울먹이는 목소리로 물었다.

예감은 적중했다.

그는 어두운 표정으로 고개를 끄덕이며 좀 전의 말을 이어나갔다.

"장 의원과 많은 대화를 했었다. 그래서 생각한 것이다. 직접 눈으로 봐야 정확한 상태를 알 수 있겠지만, 내가 가르쳐 주는 내공을 익힌다면 아마도 네 스스로 다시 일어설 수 있을 것 같다. 물론 중간에 포기하지 않는다는 가정 하에서."

"싫어요! 가지 말아요! 아저씨가 떠나면 난 두 번 다시 사람들을 거들떠도 안 볼 거야. 세상 사람 모두를 증오할 거라구. 내공? 그 딴 거 필요 없어요. 부디 떠나지만 말아요. 아니, 떠나지만 않는다고 약속하면 내공인지 뭔지도 익힐게요. 네? 제발……."

화영령이 애원했지만, 곽무한은 슬픈 미소를 지으며 고개를 설레설레 내저었다.

"영령, 아저씨가 언제까지 너와 함께 있으면 좋겠지만… 그럴 수 없단다. 아저씬… 해야 할 일이 있고 찾아야 될 사람이 있단다."

"거짓말! 거짓말! 거짓말이야!"

화영령은 눈물을 흘리며 악을 썼다.

곽무한은 씁쓸한 표정으로 한숨을 내쉬었다.

"후우… 영령. 진짜 사정이 있단다. 아저씬… 수하들의 복수를 해야 하고 잃어버린 아들을 찾아야 해."

"복수? 아… 들?"

아들이란 말에 화영령의 눈이 동그래졌다.

"그래… 그래서 떠나야 하는 거란다. 영령, 그러니……."

"싫어요! 그래도 싫어요! 가지 말아요. 우와아앙!"

화영령은 울면서 떼를 썼다. 그러나 곽무한은 흔들리지 않았다.

"휴우, 정 싫다면… 이걸 두고 가마. 나중에 한번 읽어보려무나. 그리고… 사람은 혼자 서는 법을 배워야 한단다. 그래야 당당하게 세상과 맞설 수 있단다."

곽무한은 화영령의 침상 한쪽에 곱게 접힌 서찰 한 통을 내려놓았다.

몇 가지 당부의 말과 자신이 익힌 내공 구결이 적힌 서찰을……

"일이 끝나면 꼭 한 번 들르도록 하마. 그때는 웃는 얼굴로 만나자꾸나."

곽무한은 그 말을 끝으로 자리에서 일어났다.

화영령의 울음소리가 구슬프게 들려왔지만 뒤돌아보지 않았다.

연못에 달이 떴다.

곽무한은 달빛을 맞으며 연못 뒤편의 전각으로 향했다.

화무진에게 그동안의 신세에 사의(謝意)를 표하기 위해서였다.

그런데 전각 입구에 다다르자 몇 개의 그림자가 앞을 막아왔다.

"지금은 외인을 받지 않으니 물러가라."

허리춤의 병장기를 내비치며 무게를 잡는 복면인들.

곽무한은 살짝 미간을 찌푸리며 말했다.

"난화소축에 머무르던 사람이오. 단주께 하직 인사를 드리려고 하니 잠시만 아뢰어주시오."

"이 밤중에 하직 인사? 갔다가 날이 밝거든 다시 와라."

복면인들은 가볍게 축객령을 내렸다.

곽무한은 내일 다시 오고 싶은 생각이 없었다. 그래서 어렴풋한 미소를 지으며 번개같이 손을 썼다.

"죄송하오. 잠시만 실례하겠소."

털썩… 털썩……

곽무한은 혼절한 복면인들을 뒤로한 채 전각 안으로 들어갔다.

전각 안에도 복면인은 많았다.

"잠시만 실례하겠소."

털썩… 털썩……

곽무한은 좀 전과 같은 과정을 반복하며 집무실 입구에 다다랐다.

그런데 막 문고리를 잡는 순간, 안에서 나직한 대화가 흘러나왔다.

"…그래서 그를 어찌 처리할지 여쭙는 것입니다."

"음… 령아가 한사코 그자를 끼고 도는 게 문제로군. 애초에 좀 더 세심히 알아봤어야 하는데……"

"죄송합니다. 일을 성급히 처리한 속하의 잘못입니다."

"아니, 아니야. 지나간 일을 탓하자는 게 아니야. 그가 그렇게 엄청난 무위의 소유자였다는 걸, 또 그렇게 갑자기 무위를 회복할 줄을 누가 짐작했겠나? 내 말은 그게 아니라……"

흘러나오는 대화 내용으로 미뤄보건대 자기 이야기였다.

곽무한은 어찌할까 하다가 조금만 더 들어보기로 했다.

"문제는 파양채인데… 그 빌어먹을! 구양장 그 한 놈 때문에 이게 무슨 난리란 말인가?"

"그러게 말입니다. 그를 내놓으라니. 그렇지 않으면 우리와 정면대결도 불사하겠다니? 도대체 그가 제정신인지 의심스럽기조차 합니다."

"휴우… 내 말이 그 말일세. 더구나 그야 그렇다 쳐도 그의 말에 놀아나는 파양채주는 또 뭐란 말인가? 겨우 그런 판단력을 지닌 자가 네 개 수채를 거느린 막강수채의 채주라는 사실이 믿기지가 않는군."

"그건 아마도… 흑룡방 때문인 것 같습니다. 그간 들어온 정보를 토대로 판단해 볼 때 여차하면 우리와 싸우는 한이 있더라도 흑룡방을 피해 남하(南下)할 생각인 것 같습니다."

"으음… 정말 이러지도 못하고 저러지도 못하니 골치 아픈 문제로군. 그들과 싸우자니 기껏 다져 놓은 상권이 흔들리겠고, 그렇다고 피하자니 수하들 보기에 모양새가 우습고……."

"저어… 단주님. 속하 생각에는 그들이 원하는 대로 그자를 넘겨주시는 게……."

"무슨 소리! 나더러 기껏 수적 따위에게 머리를 숙이란 말인가?"

"그, 그런 말이 아니오라… 놈들과 정면으로 붙게 되면 결국에는 관이 나서게 될 것이고, 그렇게 되면 저희들의 정체가……."

더 이상 듣지 않아도 일이 어떻게 돌아가는지 알 것 같았다.

아마도 구양장이란 작자가 파양채로 달아나 무슨 말로 채주를 부추긴 모양이었다.

'후후. 제 아들놈 꼴을 본 모양이군.'

그의 심정이 이해됐다. 물론 그렇다고 해서 용납하겠다는 건 아니었다.

'그동안 입은 은혜도 있고 또 내 문제 때문이기도 하니, 손 좀 봐줘야겠군…….'

곽무한은 말없이 집무실을 나왔다.

입에 발린 말보다 직접 파양수채를 침으로 은혜 갚음을 할 생각이었던 것이다. 그러나 만약 누가 곽무한의 이런 생각을 들었다면 틀림없이 정신 나간 놈이라고 손가락질을 했으리라.

생각해 보라.

휘하 수채는 제외하고라도 그 거대한 파양호의 물길을 한 손에 쥐고 흔드는 초거대 수채다. 그런 곳에 단신으로 뛰어들겠다니?

제정신을 가진 사람이라면 도저히 생각할 수 없는 발상이었다.

더구나 곽무한이 서둘러 나오느라 미처 듣지 못한 말이 있으니.

"아무리 놈들이 폭약으로 위협한다손 치더라도 우리가 누군가? 세상 사람들이 덜덜 떠는 암암밀염회가 아닌가?"

"그러나 단주님, 보통 폭약이 아니라 산서 벽력당(霹靂堂)이 자랑한다는 굉천뢰(宏天雷)입니다. 그걸 들고 뛰어든다면 아무리 저희들이라도 피해가……."

두 사람의 대화에서 굉천뢰란 말이 나왔다.

휴대하기 쉽게 사과만한 크기로 만들어진, 위력은 방원 십여 장을 순식간에 초토화시켜 버린다는 바로 그 굉천뢰.

파양수채는 굉천뢰를 앞세워 화무진을 협박하고 있는 중이었다.

곽무한은 지금 그런 곳에 단신으로 뛰어들겠다는 것이다.

파드득!

전서구가 어둠 속으로 날아갔다.

흑의인은 한동안 전서구를 쳐다보다 천천히 돌아섰다.

흑의인의 정체는 다름 아닌 화무진의 심복 묵검.

그는 정신을 혼절했다 깨어난 부하들의 보고를 받고 곽무한의 행적을 추측했다. 그리고는 고심 끝에 파양수채로 전서구를 날린 것이다.

"단주님, 죄송합니다… 그러나 그자 하나 때문에 우리 모두가 고생할 필요는 없지 않습니까?"

묵검은 화무진의 처소를 보며 중얼거렸다.

제67장
경천동지

경천동지

전육(田六)은 사공이다.

그는 남창에서 호구(湖口)까지, 즉 공강에서 장강과 합류하는 파양호의 끝머리까지를 오가는 사공이었다.

그는 그날따라 주루에서 홀로 술잔을 기울이고 있었다.

저녁나절부터 별빛이 흐리고 팔다리가 쑤시는 것을 보니 큰비가 올 조짐이라, 일찌감치 배를 매어놓고 술잔을 기울이고 있는 중이었다.

그런데 자정이 다 되어갈 무렵, 누군가의 음성이 들려왔다.

"전 노인이시죠? 배를 좀 띄우고 싶습니다만……."

낮은 목소리였지만, 기이하게도 가슴을 울리는 목소리였다.

전육은 술잔을 놓고 고개를 돌려봤다.

황금빛 도를 안은 청년이 눈앞에 서 있었다.

'굉장히 빛나는 눈을 가졌구나.'

취한 눈으로 봐도 보통 비범한 인상이 아니다. 거기다가 품에 안고 있는 저 거대한 도를 보자니 절로 위축감이 든다.

전육은 취한 몸을 추스르며 공손한 태도로 말했다.

"어디까지 가시는지는 모르겠지만, 곧 폭우가 쏟아질 게요. 게다가 술까지 마신 상태라 지금으로서는 도저히……."

그때 청년이 빙그레 웃으며 말을 끊었다.

"노는 제가 젓겠습니다. 그리고 삯도 후히 쳐드릴 테니 그저 배만 띄워주시길."

다시 가슴을 울리는 음성.

'누군지 몰라도 정말 기이한 목소리를 가졌구나.'

전육은 더 이상 거절할 방도를 찾지 못하고 그와 함께 주루를 나섰다.

"엿차!"

타라락!

줄을 풀고 닻을 올리자 배가 출렁였다.

"협사 양반, 이리 주시오. 이왕지사 손님이라고 태운 이상, 이 늙은 이가 노를… 어이쿠!"

전육은 말을 꺼냈다가 채 맺지도 못하고 엉덩방아를 찧고 말았다.

촤아악! 촤아악!

사내는 벌써 노를 젓고 있었는데, 그의 팔 힘이 어찌나 대단하던지 배가 빠른 속도로 나아가고 있었기 때문이다.

"보, 보통 실력이 아니시구랴. 언제 물질을 해보셨수?"

전육은 멍한 표정으로 물었다.

사내는 대답 대신 희미한 미소만 지어 보였다.

촤아악! 촤아악!

인적없는 물길.

노 젓는 소리만 밤하늘에 울려 퍼졌다.

"허허. 좋구나, 좋아. 그야말로 쾌속선이 따로 없구나."

전육은 난간을 잡고 바람을 만끽했다.

취기 탓인지 시간이 흐를수록 배가 날고 있다는 느낌이 들었다.

시간이 흘렀다.

배는 벌써 파양호의 입구에 들어서고 있었다.

그때 불어온 바람 한줄기.

휘이잉!

전육은 문득 술이 깨는 느낌이었다.

바람이 달라진 때문이었다.

이전엔 일정하게 스치던 바람이었는데, 지금은 일정한 방향 없이 사방에서 윙윙 불어오는 바람이었다.

가뭇하던 별빛마저 사라지고 없는 밤

전육은 하늘을 한참 동안 쳐다보다가 눈길을 사내에게 돌렸다.

"드디어 비님이 오시려나 보오."

"그렇군요. 이각 정도 후에 비가 올 것 같군요."

사내는 노 젓는 자세 그대로 대답했다.

"역시… 경험이 있으셨구려. 그것도 나 같은 늙은이는 저리 가라 할 정도로."

전육은 감탄사를 발하며 사내의 등을 바라봤다.

근 두 시진 가까이 노를 저었건만, 땀방울 하나 배어 나오지 않은 사내의 등.

"이제 술도 다 깼으니 지금부터는 제가……."

전육이 계면쩍은 심정이 되어 몸을 일으키는데, 저 앞쪽에서 거뭇한 그림자가 다가오는 게 보였다.

전육은 그 그림자의 정체가 뭔지 알고 있었다.

파양호를 한 손에 쥐고 있는 수적패, 파양수채의 배였다.

"어럽쇼? 이 꼭두새벽에 웬 수중대왕들이?"

전육이 의아한 표정을 지을 무렵 사내가 자리에서 일어났다.

"노인장 덕분에 빨리 도착했습니다. 조심해서 돌아가시길."

사내는 은자 하나 내려놓고 풍덩 강물 속으로 뛰어들었다.

"어어? 협사 양반! 그쪽으로 가면 안 되오!"

전육이 다급히 소리쳤지만 한발 늦은 감이 있었다. 왜냐하면 사내는 벌써 수적들의 배 가까이에 다다라 있었으니.

"정말 엄청난 수영 솜씨로구나. 그런데 왜 하필 수중대왕들이 있는 쪽으로 가는 걸까?"

전육은 한동안 고개를 갸웃거리다가 노를 잡았다.

후두둑, 후두둑!

벌써 굵은 빗방울이 뺨을 적셔오고 있었기 때문이다.

"어이쿠! 꼼짝없이 물에 빠진 생쥐 꼴이 되고 말겠구나."

전육은 빠르게 노를 저어 파양호를 벗어났다.

그 바람에 전육은 보지 못했다.

엄청난 굉음과 함께 수적들의 배가 부서져 나가는 장면을.

콰자자작!

곽무한은 침몰하는 배를 보며 만감이 교차했다.

잔거품을 일으키며 물속으로 사라지는 배를 보자니 과거의 혈전들이 눈앞에 떠오른 때문이었다.

곽무한은 잠깐 과거를 회상하다가 물속으로 잠수해 들어갔다.

잠시 후 다시 강물 위로 고개를 내민 곽무한, 그의 팔에는 수적 하나가 축 늘어진 상태로 기절해 있었다.

"본채에 신호를 보내라. 배를 한 척 더 보내달라고 해."

곽무한은 혼절해 있는 수적을 깨워 으름장을 놨다.

놈들의 배를 타고 본채까지 가기 위해서였다.

한참 버티던 수적은 곽무한에게 몇 번 혼찌검을 당하고 난 뒤 퉁퉁 부은 얼굴로 호루라기를 꺼내 들었다.

삐이익!

밤하늘에 울려 퍼지는 호루라기 소리.

향 한 자루 탈 정도의 시간이 흐르자 멀리서 놈들의 배가 나타났다.

서른 명 정도 탈 수 있는 중급(中級)의 배였다.

곽무한은 잡고 있던 수적을 혼절시킨 뒤 다시 물속으로 스며들었다.

"도대체 무슨 일이기에 긴급 신호를 보내는 거야?"

"이놈들, 불러놓고 왜 코빼기도 안 보여?"

배 위에서 웅얼거리는 소리가 들려왔다.

곽무한은 강하게 물살을 박찼다.

"타핫!"

잉어처럼 몸을 틀어 단숨에 갑판 위로 뛰어오른 곽무한, 놈들이 미처 자세를 잡기도 전에 도를 뿌렸다.

"헉? 적이… 크아악!"

"크헉!"

순식간에 몇 놈이 목을 움켜쥐고 쓰러졌다.

"이 배의 책임자가 누구냐?"

곽무한은 양발을 벌리고 서서 수적들을 노려봤다. 그러자 우락부락하게 생긴 덩치 하나가 참마도를 훑으며 나섰다.

"이건 뭐 하는 놈팽이야?"

비웃음을 흘리며 나서던 그는 채 두 걸음도 걷지 못했다.

쉬이잇!

"어이쿠!"

홀연한 바람과 함께 흰 빛이 번쩍이자 외마디 비명을 지르며 갑판에 나동그라지고 만 것이다.

"지금부터 본채로 간다. 모두 노를 들어!"

곽무한은 거구의 목을 밟은 채 수적들에게 명령을 내렸다.

순식간에 우두머리가 제압당하자' 어어?' 하며 당황하던 수적들, 그러나 그들은 곧 노를 거머쥘 수밖에 없었다.

쉬이잇! 꽈르르르릉!

곽무한의 도가 붉은 광채를 뿜는 것을 본 때문이었다.

장정 다섯은 달라붙어야 겨우 들 수 있는 돛을 단숨에 허공으로 날려 버린, 실로 무시무시한 도법이었다.

*   *   *

"흠… 그렇단 말이지?"

잔뜩 찌푸린 음성과 함께 서찰이 힘없이 구겨졌다.

"모두 어찌 생각하나?"

털북숭이 손으로 서찰을 구겨 버린 사내, 동천립이 수하들을 돌아보며 물었다. 그러자 빙 둘러앉아 있던 사내들 중 배불뚝이가 피식 실소를 흘리며 대답했다.

"서찰대로라면 그는 정말 간이 부은 놈이로군요. 감히 이곳에 단신으로 오다니!"

그가 말하자 모두들 동감이라는 듯 고개를 끄덕였다.

그때 양어깨가 썽둥 잘려 나간 초로인이 나섰다. 그는 곽무한을 피해 이곳으로 도망친 구양장이었다.

"믿을 수 없는 이야깁니다. 아무리 정신 나간 놈이기로서니 단신으로 이곳에 뛰어든다니요? 이건 분명히 시간을 끌려는 놈들의 수작입니다."

"시간을 끌어?"

동천립이 서늘한 눈길로 구양장을 쳐다봤다.

구양장은 눈알을 굴리며 말했다.

"그렇습니다. 아마도 놈들이 우리 의도를 눈치채고 거짓 정보를 흘리는 게 틀림없습니다. 그놈 혼자 이곳으로 향하고 있다고 하면 우리 쪽에서 허술하게 나올 줄 알고 총공격을 준비하고 있는 모양입니다. 이럴 때 우린 역으로 나가야 합니다. 밤을 도와 놈들을 공격해야 합니다!"

구양장이 이렇게 열변을 토하는 이유는 화영령 납치 건 때문에 삼화상단에서 자기 기반을 거의 다 잃어버렸기 때문이다. 이왕지사 일이 틀어진 것, 차라리 자기가 알고 있는 정보와 의형의 힘을 합쳐 삼화상단을 무너뜨리자는 생각에서였다.

삼화상단만 무너지고 나면 구양장은 충분히 재기할 자신이 있었다.

부자가 망해도 삼 년은 간다고, 자신에게는 아직까지 대행수 시절에 사귀어놓은 엄청난 인맥이 남아 있었다.

그런데 이상했다.

자신을 바라보는 동천립의 표정이 기괴하게 일그러져 있었다.

"밤을 도와 놈들을 공격해? 지금 이 판국에 삼화상단, 아니, 암암밀염회와 대놓고 싸우잔 말인가?"

구양장은 놀란 눈으로 동천립을 쳐다봤다.

"어차피 그러기로 한 것… 아닙니까?"

"그건……."

동천립은 슬쩍 말을 흐리며 구양장의 시선을 피했다.

"아우가 먼저 준비를 갖추고 난 다음에 할 일이지, 지금 당장은 아냐."

"혀, 형님?"

구양장의 눈이 충격으로 흔들렸다.

구양장의 표정이 눈에 띄게 변하자 동천립은 어색한 표정으로 그를 달랬다.

"아우님, 오해 마시게. 우형의 말은 자네가 하루라도 빨리 일어서기를 바라는 마음에서 한 말일세. 자네가 먼저 수하들을 규합해 그들을 쳐야 나중에 우리가 도와줘도 자네 체면이 설 게 아닌가?"

"그, 그렇군요."

구양장은 그제야 자기 처지를 깨달았다.

지금 자신은 의형에게 있어 단지 삼화상단을 칠 명분 거리밖에 되지 않는다는 사실을.

"그나저나 그들이 정말 우리 의도를 눈치챘다면 골치 아픈 일인걸?"

동천립이 다시 중얼거렸다. 그 순간 구양장의 눈이 다시 희망에 타올랐다.

"분명히 눈치챘을 겁니다. 그들도 머리가 있으니까요. 더구나 염상 집단의 정보력, 잘 아시잖습니까?"

"으음……."

다급한 구양장의 말에 동천립은 나직한 침음성으로 대답했다.

구양장은 애간장이 타 들어가는 것 같아 다시 한 번 말했다.

"형님, 제발 소제 말을 다시 한 번 생각해 보십시오. 제가 아는 화무진, 그자는 충분히 그러고도 남을 위인입니다. 그는 상인이 아니라 염효 집단의 우두머리란 말입니다. 놈들이 몰려오기 시작하면 그때는 이미 늦습니다."

"으음……."

동천립은 가타부타 말이 없이 다시 한 번 침음성만 흘렸다.

동천립이 곽무한을 빌미로 삼화상단에 경고를 보낸 데에는 나름대로 이유가 있었다.

작금의 파양수채는 진퇴양난의 위기를 겪고 있는 중이었다.

그 원인은 채의 위치가 흑룡방의 발호지인 안휘와 맞닿아 있다는 데 기인했다. 파양수채는 최근 들어 강서까지 영역을 확장하려는 흑룡방의 공세와, 그들의 세력 확장을 저지하려는 정파의 압력에 시달리고 있는 중이었다.

동천립은 그 둘 사이에 끼어 존망의 위기를 느끼다가 궁여지책으로 동정수채와 동맹을 맺는 한편, 남창으로 이주할 계획을 세웠다.

그러나 문제는 남창의 터주대감인 삼화상단이었다.

그들이 호랑이나 다름없는 자신들에게 호락호락 자리를 내줄 리가 만무했다.

그러던 차에 마침 명분이 생겼다.

의제가 삼화상단의 무인에게 양팔을 잘리고, 그 아들이 사지가 부러진 불구의 몸이 되어버린 것이다.

물론 삼화상단의 말로는 오갈 데 없는 뜨내기 무사를 받아들인 것이라 했지만 그런 건 아무 상관이 없었다. 일단 명분이 생겼으니 어떤 식으로든 그들을 공격할 빌미가 되었다. 더구나 의제에게는 뭔가 한 수가 있어 보였다. 그래서 승부수를 띄운 것이었는데, 시간이 지나자 이게 아니라 싶었다. 그들의 세력도 세력이었지만, 나름대로 믿고 있던 의제의 힘이 기대 이하였기 때문이다.

애초 동천립이 생각하기로는 그래도 암암밀염회의 오대당주 중 하나이던 의제이니 최소한 자기 휘하는 건사하고 있을 줄 알았다.

그러나 아니었다. 의제가 무능력한 건지, 아니면 화무진이란 작자의 능력이 뛰어난 건지 이름만 당주일 뿐 의제에게는 실권이 거의 없었다.

그게 바로 동천립의 고민이 깊어지는 이유였다.

상황이 예상과는 다르게 돌아가자 일을 너무 성급히 벌였다는 생각이 든 것이다. 아니, 차라리 일을 벌이려면 동정수채의 후계자가 모욕을 당했다며 방방 뛸 때 그때 벌였어야 했다는 후회가 든 것이다. 하필이면 그때 왜 꼴같잖은 의리를 지킨답시고 의제를 배려했는지 지금에 와서는 마냥 후회가 되는 동천립이었다.

물론 그렇다고 해서 암암밀염회가 두렵다는 건 아니었다.

그러나 두렵지 않다는 것과 정면충돌을 한다는 것은 의미가 완전히 달랐다. 지금은 먼저 동정수채와 동맹을 맺기에 주력해야 한다. 그래야 암암밀염회를 치든 말든 방도를 모색할 수 있다.

그런데 이런 판국에 놈들이 정면 공격을 해온다면 눈물을 머금고라도 흑룡방과 싸울 때 쓰려고 아껴뒀던 굉천뢰를 쓸 수밖에 없다.

그러면 결국에는 흑룡방이 노리는 창강채를 내어주게 될 뿐만 아니라, 동정수채와 동맹을 맺을 때도 한 수 꿀리는 입장이 되고 만다.

"젠장! 차라리 이 서찰대로 그놈 혼자서 이곳으로 오면 좋으련만……!"

고민하다 못한 동천립이 머리카락을 쥐어뜯으며 소리칠 무렵,

삐이익!

갑자기 본채 입구에서 비상 신호가 들려왔다.

"이게 무슨 소리야?"

동천립이 먼저 자리를 박찼다.

"혹시 놈들이?"

구양장이 기대 어린 눈으로 뒤따랐다.

"긴급 타종은 아닌데?"

부채주들은 미심쩍은 표정으로 회의실을 나섰다.

그들이 맨 처음 본 것은 한 척의 배였다.

분명 자신들이 아는 배였다.

그러나 그들은 일제히 눈을 부릅떴다.

그 배에서 놀라운 광경을 보게 되어서였다.

콰아아아!

빛이었다.

붉은 빛줄기, 아니, 시뻘건 광채였다.

쏟아져 내리는 빗방울을 뚫고 사방을 환히 밝힌 것은 분명 저 배에

서 나온 시뻘건 광채였다.

"저, 저, 저게 도대체 뭐야?"

부채주 중 누군가가 더듬거리는 목소리로 물었다.

"으으으… 도강! 도강이야!"

부채주 중 누군가가 억눌린 목소리로 대답했다.

"미, 믿을 수가 없어! 나는 내 눈을 믿을 수가 없어!"

동천립이 비명처럼 외쳤다.

그들은 모두 놀랄 만했다.

눈앞에서 화려한 불꽃 축제가 벌어지고 있었으니.

쏟아지는 비바람을 맞으며 뱃머리에 선 곽무한.

그가 정광 어린 눈빛으로 도를 뿌리면,

꽈르르르릉!

쩌저저적!

도가 우렛소리를 동반하며 붉은 광채를 쭉 뻗어낸다. 그러면 곧 앞을 막고 있던 수하들의 뱃머리가 쩍쩍 소리를 내며 터져 나간다.

도저히 막고 자시고 할 엄두조차 나지 않는 엄청난 신위였다.

꽈르르릉!

"으아악!"

"끄아아!"

쏟아지는 폭우도, 몰아치는 바람도 비명 소리를 잠재울 순 없었다.

"후우웁!"

곽무한은 다시 한 번 공력을 끌어올렸다.

고오오오!

폭발할 듯한 진기가 용솟음치며 전신을 휘돈다.

"타하이압!"

잠깐 숨을 참았다가 토해내는 사자후. 그 순간, 폭발할 곳을 찾지 못해 애태우던 진기는 마치 둑을 무너뜨리듯 기맥을 타고 혈뢰도를 빠져나간다.

꽈르르르릉!

곽무한은 수적들의 생리를 잘 알고 있었다.

수적들이 신봉하는 것은 힘이다.

그중에서도 절대적인 힘 앞에서는 아무리 적이라도 엄지를 치켜들며 고개를 숙이고 만다.

지금 곽무한이 전력을 다해 도법을 전개하는 이유는 바로 그 때문이었다.

예전, 가릉채를 단신으로 방문할 때처럼 압도적인 힘을 선보임으로 말단 수적들과의 불필요한 소모전을 피하기 위해서였다.

곽무한의 생각은 맞아떨어졌다.

"으으으! 무신(武神), 무신이다!"

연달아 세 척의 배를 부숴 버리고 나자 놈들이 슬슬 꼬리를 말기 시작했다.

그러나 바로 그때였다.

"누가 감히 허락도 없이 뱃머리를 돌리라고 했나?"

저 멀리서 쩌렁쩌렁한 호통 소리가 나왔다.

안력을 돋워보니 본채 건물 쪽이었다.

호통 소리가 나오고부터 놈들의 움직임이 엉거주춤해졌다.

곽무한을 공격하지도, 그렇다고 달아나지도 못하고 눈치만 보고 있는 것이었다.

곽무한은 그 모습을 보고 오히려 미소를 지었다.

"좋아. 좀 더 확실하게 보여주지."

곽무한은 잠깐 혼잣말을 중얼거리다가 곧 전신공력을 일으켰다. 그리고는 곧바로 신형을 쏘아 올리며 우렁찬 사자후를 토해냈다.

"우우우우우우!"

경천동지!

말 그대로 하늘이 놀라고 땅이 흔들릴 정도의 사자후였다.

그 음파에 못 이겨 강물이 출렁이고 주변 건물들이 흔들거렸다.

한동안 사자후로 모두의 시선을 끌어 모은 곽무한은, 보란 듯 허공에서 몸을 비틀어 천근추의 신법으로 하강을 시작했다.

파아아아아!

풍압에 못 이긴 바람이 옷자락을 찢을 듯했다.

시퍼런 강물이 철벽처럼 다가왔다.

그러나 곽무한은 눈 하나 깜짝하지 않고 강물 속으로 뛰어들었다.

처—엄—벙!

그 순간, 주변에 있던 수적들은 모두 볼 수 있었다.

물살이 얼마나 높이 치솟았는지.

그 위용이 어떠했는지.

그러나 그게 끝이 아니었다.

"아아아아아아!"

물속으로 뛰어들었던 곽무한의 신형이 엄청난 사자후와 함께 다시 물 밖으로 치솟았다. 그와 동시에 또다시 뻗어나오는 불줄기.

꽈르르르릉!

수적들은 이제 완전히 혼이 달아났다.

"으아아아! 수룡신(水龍神)의 환생이다!"

"어이쿠. 다, 달아나자!"

원래 물질하는 사람들은 미신이 많다.

파양수채의 수적들 역시 예외는 아니었다.

수적들이 가장 두려워하는 신은 바로 수룡신이었다.

사람의 몸에 용의 머리를 하고 있고, 입으로 시뻘건 화염을 내뿜으며 물속을 드나들 땐 광풍과 폭우를 동반한다는 계몽신(計蒙神)의 다른 이름이었다.

지금 수적들의 눈에 비친 곽무한의 모습은 수룡신에 다름 아니었다. 더구나 날씨 역시 광풍과 폭우가 불어오기 시작한 때여서, 수적들은 수룡신이 나타났다는 공포에 질려 사방으로 달아나기에 정신이 없었다.

동천립은 그런 수하들의 모습을 보고 분통을 터뜨렸다.

"저런 머저리 같은 것들! 수룡신은 무슨 수룡신이야?"

그러나 겉으로는 코웃음을 쳤지만 속으로는 꺼림칙하기 짝이 없었다.

분명 자기가 듣기로는 놈은 저 정도 무위까지는 아니었다.

동천립은 한동안 저놈을 어찌 처리하면 좋을까 고민에 휩싸였다.

그때 동천립의 귀에 우렁우렁한 목소리가 들려왔다.

"파양수채에서 나를 찾는다고 들었다. 누군가, 나를 찾은 자가? 용기가 있다면 내 앞에 나서라!"

귀를 쩌렁쩌렁 울리는 목소리였다.

동천립은 인상을 찌푸리며 고개를 돌리다가 또 한 번 놀라고 말았다.

어느새 수하들의 배를 차지한 곽무한.

그가 높다란 돛대 끝, 그 위에 팔짱을 끼고 서 있는 게 아닌가?

동천립으로서는 실로 기가 죽을 수밖에 없는 장면이었다.

"끄응. 이런 빌어먹을 일이… 도대체 저런 놈을 왜 건드렸어?"

동천립은 골머리를 싸매고 드러눕고 싶은 심정이었다.

그런데 그때 동천립의 머리를 더 지끈거리게 만드는 사람이 있었다.

"오냐, 이놈! 내가 너를 찾았다. 내가 간다!"

분을 참지 못하는 표정으로 자리를 박차고 일어나는 사람.

그는 옥풍랑 은화준이었다.

아직 혈기를 참지 못하는 나이여서일까?

그는 들끓는 질투심을 억누르지 못했다. 더불어 곽무한에게 수하가 당했다는 수치감도 이기지 못했다. 결정적으로 그는 자존심마저도 죽이지도 못했다.

동천립은 그런 은화준을 보며 머리카락을 쥐어뜯었다.

"어이쿠야! 일이 왜 이렇게 돌아가?"

다행히 딸년이 엉엉 울며 그를 말리고 있다.

'오냐, 잘한다. 네가 내 딸이다.'

지금 은화준이 뛰쳐나가 버리면 동천립으로서는 그야말로 외나무다리의 선택을 할 수밖에 없다. 동정수채와의 동맹을 포기하고 멀거니 구경만 하든지, 아니면 저 무시무시한 괴물과 수채의 명운을 걸고 한판 승부를 벌이든지.

그러나 두 가지 다 마뜩찮은 일이었다. 그냥 잠자코 있다가 오해였다며 그를 무마하는 게 최선의 방법이었다.

동천립은 기대 어린 눈으로 두 사람을 쳐다봤다.

그러나 상황은 결국 외나무다리로 치닫고 말았다.

딸년이 말리자 오히려 승부욕이 치솟았는지, 은화준이 딸의 팔을 매정히 뿌리치며 호기롭게 뛰어나가고 있었다. 그리고 그가 뛰어나가자 백경단 놈들도 비장한 표정으로 그를 따랐다.

"빌어먹을! 결국 끝장을 봐야 하겠구나."

동천립은 한숨을 푹 내쉬며 부채주들을 쳐다봤다.

다들 찔끔한 표정으로 시선을 피하고 있다.

"휴우. 이놈들아! 뭘 망설이는 거야? 벌써 엎질러진 물이야. 여기서 간판을 내릴래?"

명색이 동정수채와 쌍벽을 이루는 파양수채다.

그런 자신들이 기껏 강호 무인 한 사람에게 망신당했다는 소문이 돌면 그야말로 볼장 다 본 것이다. 주변에서 우습게 보고 이놈 저놈 달려들 것이다.

결국 부채주들은 마지못한 표정으로 자리에서 일어났다.

그 모습이 탐탁찮았을까?

동천립은 아예 승부를 걸기로 했다.

"이판사판이다. 굉천뢰도 가져와!"

"괴, 굉천뢰까지요?"

"그래! 안 그러면 저놈을 상대할 수 있을 것 같아? 네가 상대해 볼래?"

동천립은 해연한 표정으로 되묻는 수하에게 신경질적으로 고함을 지르고는 애병을 집어 들었다.

'제기랄! 저놈을 잡는다 쳐도 그 피해가 얼마일지 도무지 짐작조차 가지 않는구나.'

동천립은 문득 서글픈 생각이 들었다.

그러나 어쩔 수 없었다.

이미 수하들이 지켜보고 있는 가운데 손님이랄 수 있는 은화준이 뛰어들었으니 주인 된 입장, 채주 된 입장에서 더 이상 꼬리를 말 수 없었다.

동천립이 이렇게 울며 겨자 먹는 심정으로 채비를 하는 동안, 은화준과 백경단은 저마다 옷자락을 떨치며 날아오르고 있었다.

그중에서도 은화준의 모습은 정말 멋들어져 보였다.

그는 작고 앙증맞은 도를 양손에 나눠 쥐고, 수십 자루의 단검을 허리에 꽂은 채 긴 머리를 휘날리며 나아가고 있었는데, 그 모습이 무척 인상적으로 보였다.

"와아아악! 이노옴!"

더구나 그는 곽무한에 뒤질세라 우렁찬 기합성을 터뜨리며 날아오르고 있었다. 강물 위에 떠 있는 배들을 번갈아 밟아가며 날아오르는 그의 신법은 한 마리 학처럼 우아하기 짝이 없었다.

은화준의 그 멋들어진 모습에 동모란은 이제까지의 염려를 접고 잔뜩 기대 어린 표정을 지었다.

"오라버니, 부디 저 흉한을 물리치시고 무사 귀환하세요."

동모란은 자신을 옛이야기의 여주인공으로 착각하고 있는 게 아닐까? 강적을 향해 뛰어드는 정인을 바라보며 발을 동동 구르는.

그게 아니라면 은화준을 쳐다보는 그녀의 눈이 저렇게 몽롱하게 풀려 있을 이유가 없다.

좌우간, 은화준은 어느새 곽무한이 탄 배에 뛰어오르고 있었다.

백 명에 이르는 그의 수하들도 마찬가지였다.

하얀 무복을 펄럭이며 다가서는 적들.

곽무한은 그들을 내려다보며 냉소를 지었다.

지금 곽무한이 서 있는 곳은 출렁이는 배 위.

더군다나 십 장 높이의 돛대 꼭대기다.

발 구름조차 쉽지 않은 이곳에서 은화준이나 백경단이 단번에 날아 오른다?

어림도 없는 소리였다. 기껏 해봐야 돛대 중간에나 닿을까, 절대 오를 수 없는 높이였다. 그러니 곽무한이 보기에 은화준 일당은 분수도 모르고 설치는 한심스러운 자들로 보였다.

반면, 은화준은 무척 약이 올랐다.

저 위에서 웃고 있는 곽무한의 모습을 보자니 더 더욱 그랬다.

은화준은 이를 악물며 몇 번 더 발을 굴러봤다.

그러나 아무리 애를 써봐도 그가 있는 곳까지 뛰어오르기란 불가능했다.

결국 은화준은 수하들을 돌아보며 신경질적으로 외쳤다.

"돛대를 잘라 버려!"

"존명!"

카카칵! 카카칵!

은화준의 명이 떨어지자 몇 명이 나서며 병장기로 돛대를 찍었다.

은화준과 나머지 백경단들은 병장기를 뽑아 들고 돛대 주변을 에워싸 이제나저제나 곽무한이 떨어져 내리기만을 기다렸다.

"어리석은 자들."

곽무한은 그들에게서 곧 시선을 거뒀다. 그리고는 무심한 눈빛으로 사방을 둘러봤다.

쏟아져 내리는 빗줄기 사이로 서서히 포위망을 이뤄오는 파양수채의 배들이 보였다.

"그래도 다행이군."

곽무한은 혼잣말을 중얼거리며 쏟아지는 빗방울을 움켜쥐었다.

다가오는 저들을 제외한 대부분의 말단 수적들은 저 뒤쪽에 빠져 있는 걸 본 때문이다.

쏴아아아!

빗방울이 손바닥을 아프게 두들겨 왔다.

"폭우인가."

곽무한은 시선을 하늘로 향하며 중얼거렸다.

폭우만 쏟아 붓고 있는 컴컴한 하늘.

곧 천둥번개라도 칠 듯했다.

곽무한의 눈빛은 서서히 충혈되기 시작했다.

과거의 기억이 떠올랐기 때문이다.

"좋아. 덤빌 테면 모두 덤벼봐."

곽무한은 짧게 소리치며 도를 쥐었다.

손마디가 도파를 움켜쥐자 근육이 꿈틀거렸다.

스르릉!

맑은 쇳소리.

곽무한은 짧게 숨을 들이마셨다. 그리고는 기합성도 없이 갑판 아래로 뛰어내렸다.

그 순간,

끼이익! 콰당탕!

돛대가 요란한 소리를 내며 쓰러졌다.

"와아아! 놈을 죽여!"

놈들이 함성을 지르며 달려왔다.

곽무한은 이글거리는 눈빛으로 달려오는 놈들을 쳐다봤다.

"끼야압! 죽어라!"

쉬이익!

광기 어린 목소리와 함께 칼바람이 휙 몰아쳤다.

상하를 합쳐 모두 네 개의 칼날.

곽무한은 가볍게 보법을 밟았다.

스스슷!

허공만 찌르고 돌아가는 칼들.

곽무한은 그 순간을 놓치지 않았다.

츄파앗!

쐐애애액!

혈뢰도가 날자 대기가 울었다.

기합성은 없었다.

그저 곽무한의 허벅지가 쿵! 진각을 밟고, 그의 허리가 탄력적으로 회전했고, 그 회전력에 따라 혈뢰도가 원을 그렸을 뿐이다.

그러나 결과는 참혹했다.

"크아악!"

"끄아악!"

궤적이 스친 곳마다 병장기가 잘려 나가고 몸뚱어리들이 잘려져 나갔다.

그때부터 시작된 곽무한의 귀기 어린 춤사위.

쿠쿵!

타라락!

스스슷!

구르고 튕기고 스치고 현란한 발놀림.

쒸이익!

패애액!

슈가각!

발놀림 따라 찌르고 뿌리고 그어 올려지는 도세.

도가 광채를 뿌릴 때마다 대기가 요동치고 빗방울이 산산이 튄다.

그리고 뒤이어 울려 퍼지는 처절한 메아리.

"끄아악!"

"어헉!"

"커커컥!"

그뿐이 아니었다.

언젠가부터 들려오는 그의 기합 소리.

"끼오오옷!"

고막을 찢고 혼백을 흔들고…….

섬뜩했다. 두려웠다.

"으으으. 이건 도살, 일방적인 도살이야!"

은화준은 비명을 지르며 주춤주춤 뒤로 물러났다.

눈앞에서 쓰러져 가는 수하들.

어떻게 할 방도가 없었다.

놈과 맞서기 위해 자리를 떨칠 때까지만 해도 무한한 호기가 치솟았으나 막상 눈앞에서 맞닥뜨리고 나자 스멀거리는 공포가 엄습해 와 숨조차 쉬기 힘들었다.

그러던 어느 순간,

치리릿!

그의 눈동자가 자신을 향했다.

활활 타오르는 눈동자.

어린 시절, 막연한 상상으로 떨곤 했던 야수의 눈빛이었다.

"으으으……."

은화준은 자기도 모르게 덜덜 떨었다.

마치 거미줄에 걸린 것처럼 온몸에 힘이 빠져 꼼짝달싹도 할 수 없었다.

스으읏!

그리고 운명처럼 다가오는 시뻘건 불줄기.

"으, 으, 으!"

은화준은 억눌린 비명성을 토해내며 털퍼덕 주저앉고 말았다.

그때였다.

"멈춰요!"

기적처럼, 찢어질 듯한 비명 소리가 아련히 들려왔다.

그 바람에 그의 도가 움찔거렸다.

슈아아아악!

아슬아슬하게 스쳐 가는 칼바람.

우수수수…….

사방에 휘날리는 머리카락, 그리고 그 위에 떨어지는 빗방울.

은화준은 멍한 눈빛으로 머리카락을 쳐다봤다.

그때였다.

휘익!

찬바람이 일었다.

은화준은 깜짝 놀라 고개를 들었다.

그때 보았다.

그가 등을 돌리는 모습을.

은화준은 퍼뜩 정신을 차렸다.

마치 찰나간에 얼음물을 뒤집어쓴 것 같았다.

그 순간, 은화준은 모든 사고가 마비되어 버렸다.

그는 아무런 판단도, 생각도 할 겨를 없이 그저 홀린 듯 비도를 뿌렸다. 연이어 허리띠에 있던 비도도 발작적으로 몽땅 뿌려 버렸다.

쐐애애! 쐐쐐쐐!

기음을 일으키며 날아가는 비도.

은화준은 그제야 퍼뜩 정신이 들었다.

'내, 내가 무슨 짓을 한 거지?'

그러나 알 수 없는 흥분이 밀려왔다.

평소 비도술이 성공했을 때의 그 쾌감이었다.

'됐어!'

은화준의 표정에 환희가 물결처럼 번졌다.

그러나 은화준은 곧 눈을 부릅떠야만 했다.

그의 등판이 아주 느린 속도로 회전하고, 자신이 던진 도가 더 느린 속도로 빗겨가거나 동강나 버리고, 그의 눈빛이 천천히 자신에게 돌아오는 것을 본 때문이었다.

그 이후 그의 얼굴에서 하얀 치아가 미소를 그렸고, 뒤이어 그에게서 한 자락 붉은 광채가 피어올랐다.

마치 억겁처럼 느리게 흐르던 시간.

그러나 그때부터는 벼락처럼 빠르게 흘렀다.

쐐애애애액!

뭐라 표현하기 힘든 파공성과 함께 온몸의 피가 머리로 쏠렸다. 그와 동시에 순간적으로 차가운 기운이 어깨를 스쳐 갔다.

"허, 헉!"

은화준은 헛바람 소리를 토해냈다.

사지가 이미 석상처럼 굳어버린 그가 할 수 있는 일이라고는 단지 그것밖에 없었다.

그리고 그 이후 온몸에 힘이 쭈욱 빠져나갔다.

'뭐, 뭐지? 무슨 일이 일어난 거야?'

은화준이 공황 상태에 빠져 있을 무렵,

ㅊㅊㅊㅊㅊㅊㅊ!

예의 그 붉은 도가 섬뜩한 소리를 내며 다시 날아오고 있었다.

"헉!"

목에서 느껴지는 섬뜩한 바람.

은화준은 눈앞이 캄캄해졌다.

이제 끝이구나 하는 그런 아득함이었다.

바로 그때,

"까아악! 제발 멈춰, 이 개자식아아아!"

환각처럼 들렸던 그 음성이 다시 들려왔다.

아까보다 훨씬 또렷한 목소리였다.

악쓰는 목소리.

은화준에게 있어 무척 익숙한 음성이었다.

'누… 나?'

그건 동시에 일어난 일이었다.

쐐애액… 츄릿!

은화준의 목을 단숨에 날려 버릴 것 같던 도가 거짓말처럼 멈추고,

"누나… 꼬르륵!"

은화준이 울먹이는 소리를 내며 혼절한 것은 분명 동시에 일어난 일이었다.

은화연은 사지를 부들부들 떨었다.

충격.

머리 속이 하얗게 빌 정도의 충격이었다.

비록 천방지축 개구진 아이였지만 분명 자신의 동생이었다.

그런데 그의 팔이 눈앞에서 날아오르다니?

그것도 시뻘건 피분수를 콸콸 뿜으며 허공으로 날아오르다니?

그러나 그것보다 더 충격이었던 것은 동생의 팔을 날려 버린 사람이었다.

그가 살아 있었다니?

그리고 그가 동생을 죽이려고 하다니?

은화연은 순간적으로 시간이 멈춰 버리는 것을 느꼈다. 그와 더불어 급작스런 분노가 전신을 달궈오는 것을 느꼈다.

'그가 어떻게? 날 봤으면서도 어떻게 내 동생에게?'

앞뒤 잴 것도 없었다.

그냥 악을 쓰며 날아올랐다.

언제 어떻게 무슨 말을 했을까?

그때 보게 됐다.

거짓말처럼 우뚝 세워지는 그의 도를.

"와아앙! 화준아!"

은화연은 눈물을 터뜨리며 은화준을 안았다.

곽무한은 잠깐 은화연을 내려다봤다.

그녀의 목소리가 처음 들려온 순간, 곽무한은 알아차렸다.

눈앞에 있는 이자가 그녀와 특별한 관계에 있다는 것을.

그래서 도를 멈춘 것인데 감히 암습을 가하다니?

순간적으로 그를 베어버리려고 했다.

그러나 그녀에게서 다시 '개자식'이란 소리를 듣자 손을 멈출 수밖에 없었다.

그 옛날, 그나마 스스로 행복하다고 느꼈던 그 시절에 만난 인연이 떠올랐기에.

그 추억이 은화준의 목숨을 살린 것이다.

곽무한은 오열하는 은화연을 잠시 내려다봤다.

그러나 그것도 순간, 곽무한은 곧 눈길을 돌렸다.

어느새 삼 장여 거리까지 다가온 수적들을 떠올린 것이다.

"결국 관을 봐야 눈물을 흘리겠단 말이지?"

곽무한은 눈앞에 다가선 배들을 노려보다 훌쩍 몸을 날렸다.

"끼야아아아압!"

일진광풍과 함께 곽무한의 신형이 허공으로 날아올랐다.

은화연은 기합성에 놀라 고개를 들었다.

시뻘건 도를 치켜들며 폭우를 가르는 곽무한.

'야속한 사람…….'

은화연은 곽무한의 뒷모습을 보며 눈물을 글썽였다.

구양장은 핏발 선 눈으로 건너편을 보고 있었다.

쾌애애액!

콰자자작!

"크아악!"

"끄으으……."

귀를 먹먹히 울려오는 폭음 소리와 요란한 비명 소리.

놈은 동에 번쩍 서에 번쩍 하며 미친 듯이 날뛰고 있었다.

구양장은 곽무한을 노려보며 뺨만 푸들푸들 떨었다.

"저놈! 저 나쁜 놈! 나와 내 아들의 인생을 망친 악귀 같은 놈!"

분했다. 원통했다.

저놈 때문에 모든 게 무너지고 있었다. 박살나고 있었다.

놈을 빌미로 삼화상단을 협박하는 것은 이미 물 건너갔다손 치더라도, 마지막 남은 희망 하나!

의형이 동정수채와 동맹을 맺어 삼화상단을 무너뜨리고 나면, 최소한 뭔가는 떨어지지 않을까 하는 그 실낱같은 기대마저도 놈이 산산이 부숴놓고 있다. 저 무시무시한 무공으로……

이제 동정수채는 더 이상 삼화상단의 일에 끼어들지 않으려 할 것이다. 의형 역시 마찬가지 일 테고.

'끝났다. 모든 희망이 무너지고 말았어. 이게 다 저놈 때문이다. 저 빌어먹을 놈 때문에 벌어진 일이란 말이다!'

아무리 폐인이 되었다지만, 돌아가는 상황조차 예측하지 못할 자신이 아니다. 모르긴 몰라도 이 싸움은 그의 승리로 끝날 것이다.

그러나 구양장 입장으로는 죽었으면 죽었지, 일이 그렇게 흘러가도록 내버려 둘 수는 없었다.

구양장은 광기에 찬 표정으로 뒤돌아섰다.

그가 향한 곳은 선실 아래쪽에 있는 창고.

이미 삼엄한 경계 아래 몇 놈이 분주하게 움직이고 있었다.

"음? 여긴 어쩐 일이신지요, 대행수 어른?"

그중 한 놈이 자신을 발견하고 의아한 표정을 지었다.

대행수 시절, 자신이 몇 번 은자를 찔러준 적이 있는 놈이다.

'하늘이 날 돕는구나!'

표정으로 보나 말투로 보나 놈은 자신의 은혜를 잊지 않고 있었다.

구양장은 얼른 그에게 눈짓을 해 보였다. 그리고는 창고 구석, 눈에 띄지 않는 곳으로 그를 이끌어 털썩 무릎을 꿇었다.

"아니, 대행수 어른! 이 무슨 민망한 행동이십니까?"

구양장은 그가 일으키려는 것을 고개를 저어 거절했다. 그리고는 애처로운 표정으로 말했다.

"이보게, 노삼. 부탁이 있네. 자네들이 부여받은 임무… 그중 하나를 나에게 주게. 놈은 내 철천지원수라네. 내가 이 모양 이 꼴이 된 것도 다 그놈 때문이라네. 부탁일세. 제발 내게 원수를 갚을 기회를 주게나. 내 이렇게 고개 숙여 애원하겠네."

구양장은 정말 간절했다.

그는 복수에 남은 생과 영혼을 걸었다.

그 마음이 통했을까?

동료들과 한참 수군거리다 돌아온 노삼의 손에 붉은 구체 하나가 들려져 있었다.

구양장이 소원한 것, 바로 굉천뢰였다.

"죽어도 좋으시다니 할 수 없이 드립니다만, 조심하셔야 합니다. 워낙 예민한 놈이라 조금의 충격에도 폭발하고 마니."

그는 신중한 표정으로 주의 사항을 말하다가 안 되겠다 싶었는지 팔을 걷어붙였다.

"이렇게 하면 되겠군요. 제가 어르신 다리에 이놈을 매어드리겠습니다. 그리고 매듭에 살짝 흠을 내어놓을 테니, 어르신께서는 놈 근처에 다가가 슬쩍 발길질 한 번만 하시면 됩니다."

"고마우이, 정말 고마우이……. 이 은혜는 죽어도 잊지 않겠네."

구양장은 눈물을 줄줄 흘리며 뒤돌아섰다.

그가 나가고 나자 사내들은 침을 꿀꺽 삼키며 서로를 쳐다봤다.

"자! 천행으로 우리 대신 자폭할 사람이 하나 생겼네. 따라서 우리 중 한 사람은 죽음에서 벗어날 수 있게 됐어. 뭐로 결정할 텐가?"

구양장에게 굉천뢰를 건넨 사내, 노삼이 모두에게 물었다. 그러자 사내들이 이구동성으로 외쳤다.

"주사위!"

잠시 후, 창고에는 주사위 구르는 소리가 울려 퍼졌다.

곽무한은 무리하고 있었다.

계속 전신공력으로 공격을 퍼붓고 있었다.

그럴 수밖에 없었던 것이, 놈들이 원거리에서 공격해 오기 전에 끝장을 봐야 했다.

다행히 무리를 한 덕분에 서서히 성과가 보이고 있었다.

그토록 악착같이 달려들던 놈들도 이제 대부분 달아나고, 눈앞에 보이는 두 척의 배가 다였다.

그러나 그 역시 얼마 남지 않았다.

곽무한은 다시 한 번 진기를 돌려 허공으로 뛰어올랐다.

"쏴! 놈에게 집중 사격을 가하란 말이야!"

저 아래 갑판에는 채주로 보이는 자가 자신을 가리키며 고래고래 고함을 지르고 있었다. 자신을 피해 요리조리 달아나던 약삭빠른 놈이었다.

곽무한은 암기가 빗발치기 전에 신형을 틀었다. 그리고는 사자후를 토해내며 다시 혈뢰도를 떨쳐 냈다.

"우아아아아!"

쾌애애애액!

벌써 다섯 번째 펼치는 참마뢰였다.

혈뢰도에 의해 증폭된 강기는 붉은 빛덩어리를 이루며 또 한 번 방원 십 장여를 쓸어나갔다.

쿠콰콰콰콰!

이번에는 정말 기막힌 타격이었다.

도세가 놈들 배의 타축(舵軸)과 돛, 그리고 선실을 정확히 반으로 가르고 지나갔다. 그 여파로 인해 놈들의 배는 굉음을 토해내며 침몰을 시작했다.

"으아아! 저 괴물 같은 놈!"

동천립은 사색이 되어 배 뒤쪽으로 달아났다.

곽무한이 무서운 속도로 쇄도해 오는 것을 본 때문이었다.

"으아! 모두 뭣들 하는 거야! 놈을 막아! 어서 막아!"

동천립은 창백한 표정으로 수하들을 마구 떼밀었다.

그러나 수하들을 다그친다고 해서 상황이 딱히 나아지는 것은 아니었다.

"모두 비켜!"

그가 쩌렁쩌렁한 호통으로 도를 뿌리자마자,

콰지지직!

"으아아악!"

사방에 파편이 날리며 수하들이 우르르 쓰러지고 말았으니.

"으으으… 으으으… 왜 아직 안 오는 거야? 이놈들이 왜 아직 안 오는 거야?"

동천립은 수하들을 베어 넘기며 광풍노도처럼 다가오는 곽무한을 보고 마구 비명을 질러댔다.

그런데 하늘의 보살핌일까?

갑자기 누군가가 동천립의 앞을 막아서더니 곽무한에게 달려들었다.

"이놈! 이 저주받을 놈!"

악에 받친 괴성을 지르며 곽무한에게 달려드는 사람.

그는 바로 구양장이었다.

곽무한은 구양장을 보고 흠칫했다.

양팔이 잘려져 나간 상태임에도 막무가내로 달려오는 것을 보니 불길한 예감이 든 것이다. 그러나 병장기조차 없는 구양장이라 순간적으로 어찌할까 망설였다.

그 때문이었다.

"헉! 저, 저 미친놈이?"

구양장을 보고 놀라기는 동천립도 마찬가지였지만, 곽무한이 망설이는 바람에 그의 대처가 좀 더 빨랐다.

동천립은 구양장의 발에 달려 있는 굉천뢰를 발견하자마자 앞뒤 가릴 겨를도 없이 강물 속으로 도망치고 말았다.

뒤늦게 그 모습을 본 곽무한, 가슴 철렁한 느낌에 급히 도를 뿌렸다.

그러나 한발 늦고 말았다.

곽무한이 도를 뿌린 순간에는 이미 구양장의 발이 허공을 가르고 난 뒤였다.

휘이익!

구양장의 발을 벗어난 굉천뢰.

그것이 바닥에 떨어진 것과 구양장의 목이 바닥에 떨어진 것은 거의 동시에 벌어진 일이었다.

툭, 툭, 데구르르.

두 물체가 바닥을 구른 것은 그야말로 찰나의 순간에 불과했다. 그러나 그 결과는 실로 상상을 초월했다.

번쩍!

꽈꽈꽈꽈꽈꽝!

시리도록 눈부신 섬광. 천지를 뒤흔든 굉음.

뒤이어 시커먼 버섯구름이 비바람을 뚫고 하늘 높이 치솟아올랐다.

고오오오오오!

후폭풍은 한동안 사방을 휩쓸었고 대기는 오랫동안 진공에 떨었다. 그리고 자욱한 연기와 매캐한 화약 냄새가 한동안 강물 위를 떠돌았다.

후폭풍이 가라앉고 나자 고요한 정적이 흘렀다.

그때였다.

촤아악!

시커먼 물체가 강물 위로 솟아올랐다.

동천립이었다.

동천립은 오금을 졸이며 사방을 두리번거렸다.

그러나 아무리 기다려도 곽무한의 종적이 없자 그제야 가슴을 쓸어내렸다.

"성공이다! 성공이야! 놈을 완전히 보내 버렸어! 우하하하하!"

동천립은 폭발의 여파로 귀와 코에 피를 철철 흘리면서도 목이 터져라 웃어 젖혔다.

제68장
압도하는 눈빛

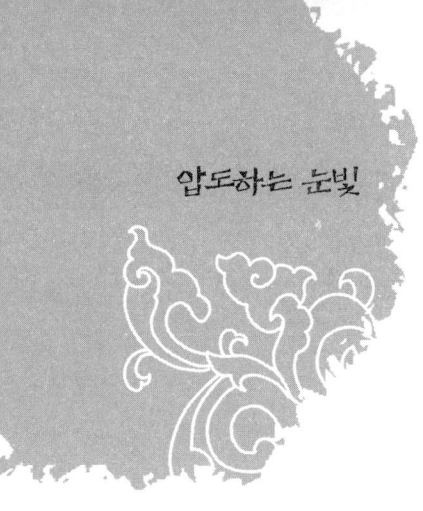

압도하는 눈빛

쿠르르르⋯⋯.

물거품이 끓어올랐다.

곽무한은 자욱하게 일어나는 물거품에 싸여 물속 깊이 침잠해 들어
가고 있었다.

폭발의 충격 때문이었다.

비록 폭발 순간에 공력을 일으켜 전신을 보호했다지만 순식간에 방
원 십 장여를 초토화시켜 버리는 굉천뢰다. 그러니 아무리 곽무한이라
도 무사할 리가 없었던 것이다.

쿠르르르⋯⋯.

물거품을 일으키며 얼마나 깊이 빠져들었을까?

수심이 깊어질수록 물의 압력이 심해졌다.

그러나 곽무한은 혼절 상태에서 깨어날 줄을 몰랐다.

좀 더 지나면 생명까지 위험할 상황.

그때 무의식이 움직였다.

예전, 수공을 익힐 때 단련된 모공이 본능적으로 호흡을 시작한 것이다.

피부 호흡.

자연의 기운을 받아들이는 호흡.

그 호흡이 뇌정신공을 자극했다.

주변의 기운을 빨아들여 기로 바꾸는 과정에서 자연스레 뇌정신공이 발동된 것이다.

뇌정신공이 발동된 이후, 곽무한의 의식은 서서히 깨어나기 시작했다.

그리고 활동을 재개한 의식이 가장 먼저 떠올린 것은 방금 전에 겪은 무시무시한 폭발이었다.

꽈꽈꽈꽈꽝!

혼백이 흔들릴 정도의 폭발.

그 잔상은 곽무한이 과거의 영상을 떠올리는 계기가 되었다.

싸늘하게 식어버린 매옥의 시신.

살기를 흘리며 몰려오는 적들.

그 와중에 아들과 청랑을 잡으려고 자리를 뜨는 놈들.

곽무한은 그 순간 하늘을 우러러 빌었다.

할 수 있다면 자기 몸을 터뜨려서라도 아들과 청랑을 구하게 해달라고. 그리고 난 뒤 단 일 푼의 공력을 남겨줘 매옥의 시신을 수습하게 해달라고.

"끄아아아아아!"

곽무한은 혼신의 힘을 다해 단천뢰를 펼쳤다.

"도강이다! 모두 사력을 다해서 막아야……."

아련히 들려오는 누군가의 목소리.

그러나 곽무한은 멈추고 싶지 않았다.

이대로 폭발하고 싶었다.

쿠콰콰콰콰콰쾅!

"으아아악!"

"크흑!"

굉음과 함께 들려오는 단말마의 비명, 비명…….

그러나 곽무한은 통곡하고 싶었다.

의식은 점점 희미해져 오는데 남은 적들은 너무도 많았다.

그때였다.

"으앙, 으앙!"

환청처럼 들려오는 아들의 울음소리.

곽무한은 순간적으로 퍼뜩 정신이 들었다.

"아들! 내 아들!"

무슨 힘으로 어떻게 움직였는지도 몰랐다.

그저 미친 듯이 도를 휘둘렀고 수많은 비명 소리 가운데 아들과 청랑이 무사히 떠났다는 것만 기억났다.

그러나 적들이 남아 있는 한 아직은 안전하지 않았다.

곽무한은 약세를 보이지 않으려고 다시 자세를 잡았다.

아들의 안전을 위해 최대한 늦게 죽으려는 결심이었다.

화르르.

혈뢰도가 자신을 대신해 피눈물을 흘렸다.

그러나 전신은 물먹은 솜처럼 나른했고, 경물은 수십, 수백 개의 환영을 만들어내며 미친 듯이 일렁였다. 탈진으로 인해 시각에 문제가 생긴 것이다.

그리고 그때.

"모두 물러나시지요. 저희가 마무리하겠소이다."

가물거리는 의식 사이로 까마귀 우짖는 소리가 들려왔다.

곽무한은 푸들푸들 웃었다.

목소리 하나로도 흐려져 가는 의식을 놀라게 만들 정도이니, 그의 공력은 안 봐도 짐작이 갔다. 그리고 그의 등장과 함께 주변 경물이 서서히 흐려지기 시작했다.

'이게 끝인가…….'

죽는 건 두렵지 않았다.

그러나 피맺힌 원한을 안은 채 매옥의 시신도 수습하지 못하고, 거기다가 아들의 얼굴조차 보지 못하고 떠난다고 생각하니 가슴에 응어리가 졌다.

그래서였을까?

'안 돼! 아직은 아냐! 이대로는 억울해서 안 돼! 절대 받아들일 수 없어!'

치미는 비분이 곽무한의 정신을 다시 일깨웠다.

그런데 그때 뭔가 기이한 냄새가 콧속을 파고들었다.

이미 칠공(七孔)을 상한 자신이다.

그런데 후각의 자극을 느끼다니?

"독! 독이로구나!"

곽무한은 비몽사몽간에도 비명을 질렀다.

그 순간이었다.

쉬이잇!

피 범벅된 망막에 뭔가가 잡혔다.

뒤이어 엄습하는 끔찍한 통증.

"끄아아아악!"

곽무한은 자기도 모르게 비명을 질렀다. 그러나 통증으로 인해 순간적으로 정신이 번쩍 들었다.

"으아아아아아아!"

곽무한은 재차 비명을 지르며 다시 한 번 기력을 짜내려고 했다.

그러나 이미 메말라 버린 공력. 쥐어짜내니 기맥만 뒤틀렸다. 그 바람에 다시 칠공에서 출혈이 일어났다.

"꾸웨엑!"

곽무한은 그 끔찍한 느낌을 참지 못해 사지를 뒤틀며 토악질을 했다.

그 순간, 마치 기다렸다는 듯 날아드는 살기.

쉬이익!

스스슷!

전후좌우에서 귀를 간질이며 들려오는 소리. 그리고 통증⋯⋯.

그러나 어디서 그런 힘이 솟았을까?

"우와아아아아악!"

찢어질 듯한 괴성으로 곽무한이 다시 움직였다.

놈들에게 희롱당하며 죽느니 뼈가 부서지고 살이 갈라 터지는 한이 있더라도 한 놈이라도 더 죽이고 죽자는 생각. 그 일념이 죽어가던 곽무한을 다시 움직이게 만든 것이다.

그런 비원(悲願) 때문일까?

픽! 픽! 픽!

뇌리에서 폭죽 터지는 소리가 울리며 기적처럼 힘이 모였다.

그게 생명을 꺼뜨리는 최후의 잠력이든, 아니면 죽음에 직면했을 때 나타난다는 염력이든, 아무런 상관이 없었다.

그저 마지막 폭발을 할 수 있으면 족했다.

"우와아아! 날 죽여봐, 이 자식들아아!"

꽈르르르르릉!

"크헉!"

"으아악!"

곽무한의 폭발은 화려했다.

지축이 흔들리고 비명이 메아리쳤다.

"으으으. 저 상태에서도……."

누군가의 경악성이 아니더라도 곽무한은 자신의 모든 힘을 남김없이 태워 버렸다.

그리고…

휘청!

끝내 곽무한의 신형이 흔들렸고, 뒤이어 동공도 서서히 까뒤집어졌다.

그때,

꽈드득!

꽈콰콱!

곽무한의 몸에 세 방향에서 날아온 검이 틀어박혔다.

죽더라도 편히 누워서 죽지 못하게 만들려는 의도였다.

그 모습에 하늘이 노했을까?

번쩍! 짜자자자작!

하늘에서 엄청난 번개가 내리쳤다.

천지를 새하얗게 물들여 버리는 무시무시한 번개였다.

"끄아아아악!"

곽무한은 처절한 비명성을 토해내며 발작적으로 도를 뿌렸다.

꽈르르르르르릉!

번개가 준 힘일까?

아니면 주인의 최후를 예감한 혈뢰도의 통곡성일까?

곽무한의 손에서 시작된 혈광이 끔찍하게 사방을 휩쓸었다.

"으아악!"

"끄아악!"

사방에서 무수한 비명성이 터져 나오고,

쩌어어억! 와르르르!

절벽이 굉음을 토해내며 무너져 내렸다.

그리고…

풍덩!

무너져 내리는 절벽과 함께 곽무한과 그에게 검을 꽂아 넣은 세 사람은 시커먼 숯덩이가 되어 추락했다. 뒤이어 산더미 같은 급류가 덮쳐 그들을 아득한 어둠 속으로 끌고 가버렸다.

곽무한은 숨이 답답함을 느꼈다.

과거의 충격이 호흡을 흩트린 것이다.

"푸화악!"

급히 숨을 고른다고 골랐는데 코끝이 찡해왔다.

그 바람에 곽무한은 번쩍 정신을 차렸다.

'음? 아직도 물속?'

의식이 서서히 돌아왔다.

과거의 기억은 가라앉고 현재의 기억이 그 자리를 메웠다.

그러나 과거의 기억은 그냥 가라앉지 않았다.

가슴 깊이 그날의 비분을 새겨 넣고 있었다.

'흐으으… 흐으으……. 그래… 잊지 않고 있다. 되돌려줄 것이다, 반드시!'

곽무한의 눈에서 불꽃이 화르르 타올랐다.

새하얗게 타오르는 눈동자.

지독한 살기를 담은 눈빛이었다.

은화연은 가슴을 졸이며 곽무한을 기다렸다.

그는 절대 물에서 죽을 사람이 아니었다.

그런 사실은 이 자리에 있는 그 누구보다 자신이 더 잘 알고 있었다.

은화연의 기대는 과연 빗나가지 않았다.

수적들이 주변 정리를 끝내고 막 떠나려는 순간,

촤아아아악!

갑자기 물길 한가운데서 하얀 포말이 치솟았다.

무려 십 장 가까이나 치솟은 물기둥이었다.

물기둥 꼭대기에는 하얀 눈빛을 일렁이는 곽무한이 서 있었다.

"우아아아아아아아!"

곽무한은 흡사 전설에 나온다는 수룡신처럼, 물기둥을 밟은 채 하늘을 향해 어마어마한 사자후를 토해냈다. 그 소리로 인해 파양호의 물살이 미친 듯이 날뛰었다.

곽무한을 보고 가장 놀란 사람은 동천립이었다.

"으악! 악! 악! 사, 살아났어! 그 폭발에서도 살아났어!"

동천립은 수하들 뒤로 몸을 숨기며 연신 비명을 질러댔다.

죽었던 사람이 다시 살아나는 것을 본 심정. 그야말로 가슴이 덜컥 내려앉는 기분이었다.

그런 기분은 곽무한과 정면으로 눈이 마주쳤을 때 가장 심했다.

"으다다다다! 던져! 모두 던져! 놈에게 다 던져 버려!"

동천립은 사색이 되어 소리쳤다.

앞도 뒤도 없는 명령.

그러나 수하들은 아무도 움직이지 않았다.

심지어는 수채 내에서 가장 충성심이 강하다는 자폭조들도 마찬가지였다.

그 무서운 폭발도 이겨낸 사람이다. 거기다가 조금 전처럼 천신 같은 무위를 발하는 사람이다. 그런 그에게 감히 어느 정신 나간 머저리가 도전할까?

"이, 이, 이것들이? 제발! 제발 저놈을 공격해! 어서! 어서어어어!"

급기야 동천립의 목소리가 애원조로 바뀌었지만 수하들은 그 누구도 움직이지 않았다. 모두 석상이라도 되어버린 것 같았다.

그리고… 저승사자처럼 그가 다가왔다.

수하들이 홀린 듯 길을 열어주었다.

저벅… 저벅…….

물기를 뚝뚝 흘리며 걸어오는 곽무한.

하얗게 빛나는 그의 눈빛을 보자니 동천립은 손가락 하나 움직일 수 없었다.

"으으으으… 머, 멈춰! 난, 난, 대 파양수채의 채주다!"

동천립은 어떻게든 곽무한의 걸음을 멈춰보려고 했다.

그러나 그 말이 오히려 그의 화를 돋운 것 같았다.

"…그래서?"

무심한 반문과 함께 목젖을 향하는 도.

온몸을 친친 감아오는 무시무시한 살기에 동천립은 혼백이 구만리나 달아나는 것을 느꼈다.

"으으으… 으으으……."

동천립은 식은땀을 흘리며 애병을 만지작거렸다.

어떻게 모험이라도 한번 걸어볼까 싶어서였다. 그러나 저 무시무시한 눈빛을 보자니 도저히 엄두가 나지 않았다. 결국 동천립은 애병을 툭! 떨어뜨리고 말았다.

"저희가, 저희가 실수했소. 갑자기 판단력이 흐려져서… 아니, 내가 눈이 멀어서……."

동천립의 목소리는 뒤로 갈수록 가늘어졌다.

그의 눈빛이 추호도 움직이지 않았기 때문이다.

"제발… 제발……."

결국 동천립은 허물어지고 말았다.

심혼을 조여드는 곽무한의 기세를 감당하지 못해서였다.

그러나 곽무한의 눈빛은 여전히 변함이 없었다.

동천립이 떨리는 눈빛으로 곽무한을 훔쳐보고 있을 때, 굳게 닫혀 있던 그의 입술이 열렸다.

"나는… 수하를 사지로 밀어 넣는 놈을 가장 경멸한다!"

"헉! 아니, 아닙니다. 저는 아닙니다!"

동천립은 사색이 되어 뒤로 물러났다.

그러나 곽무한은 무심했다.

스스슷!

벌써 동천립의 목에 도를 날리고 있었다.

그때였다.

동천립이 아득한 심정으로 눈을 질끈 감을 때, 누군가의 고함 소리가 들려왔다.

"잠깐만요! 그분을 죽이면 안 돼요!"

목소리의 주인공은 은화연이었다.

곽무한은 우뚝 도를 멈췄다.

"왜지?"

무심히 흘러나오는 반문.

은화연은 가슴이 와르르 무너지는 심정이었다.

그는 고개조차 돌리지 않고 있다.

은화연은 비참한 기분을 억누르며 말했다.

"그분은 말 그대로 파양수채의 채주님이십니다. 그분이 없으면 파양호가 혼란스러워져요. 더구나 저 많은 사람들이 보이지 않는가요? 후환이 두렵지 않다면 몰라도 그게 아니라면 그분의 목숨은 건드리지 않는 게……."

은화연의 말은 끝까지 이어지지 못했다.

"상관없어!"

차가운 음성과 함께 곽무한이 도를 날려 버린 때문이었다.

슈가가각!

"끄헉……."

단말마의 비명과 함께 피분수가 확 뿜어져 나왔다.

누구도 예상치 못한 죽음이었다.

기세에 압도당하는 바람에 동천립은, 동정수채와 쌍벽을 이룬다는 파양수채의 채주답지 않게 손 한 번 써보지 못하고 실로 허무한 죽음을 맞이하고 말았다.

한편, 은화연은 일말의 망설임도 없이 도를 날려 버린 곽무한을 보고 기절할 정도로 놀랐다.

"다, 당신? 당신?"

설마 그가 수천 명의 적이 지켜보는 가운데 그들의 수장을 죽여 버릴 줄은 몰랐다.

은화연은 어찌나 놀랐던지 멍한 표정으로 턱만 덜덜 떨었다.

그때 곽무한이 돌아서며 말했다.

"수중호걸들에게 있어 최고의 덕목은 힘이야. 힘이 있다면 누구라도 채주가 될 수 있어. 그러니 그가 있건 없건 아무 상관이 없어."

무심한 말투. 무심한 음색.

그러나 그보다 더 냉혹한 이야기에 은화연은 충격을 받고 말았다.

"당신, 변했군요… 제가 알던 그때 그 사람이 아니에요……."

은화연은 마치 넋 나간 사람처럼 중얼거렸다.

그녀가 아는 그는 절대 저런 사람이 아니었다.

그녀의 기억 속에 있는 그는 밝고 치기 어린 사람이었지, 절대 저런 냉혹한 사람이 아니었다.

"변했다? 글쎄, 그럴지도 모르지."

곽무한은 딱딱한 표정으로 은화연을 쳐다보다가 휙! 등을 돌렸다.

사방을 둘러보는 곽무한의 눈에는 얼음장 같은 한기가 폭사되었다.

"어이쿠!"

곽무한의 시선을 받은 수적들은 감히 그 눈빛을 마주 대하지 못하고 몸을 떨며 분분히 고개를 숙여 버렸다.

곽무한은 서늘한 눈빛으로 사방을 노려보다가 돌연 혈뢰도로 갑판 바닥을 쿵! 내리찍었다.

"모두 무릎을 꿇어! 지금부터 파양채는 내가 접수한다!"

쩌렁쩌렁 울려 퍼지는 호통 소리.

"헉!"

"허헉!"

파양채들은 곽무한의 말에 모두 깜짝 놀라 버렸다.

실로 마른하늘에 날벼락 같은 소리가 아닌가? 단신으로 파양수채를 접수하겠다니?

그러나 파양채들은 모두 고개를 숙일 수밖에 없었다.

"왜? 불만있나? 불만있는 놈 모두 나와 봐!"

파양호를 쩌렁쩌렁 울려 버리는 곽무한의 일갈.

그리고 화염처럼 일렁이는 저 무시무시한 눈빛.

그건 파양채들에게 있어 협박 따위를 초월한, 실로 숨이 컥컥 막히는 공포였다.

*　　　　*　　　　*

곽무한은 천천히 자리에 앉았다.

예전에 동천립이 회의를 주재하던 바로 그 태사의였다.

곽무한이 앉자 부채주들도 각자 자리를 잡았다.

그러나 그들은 하나같이 탁자만 바라보고 있었다.

곽무한과 감히 눈을 마주치지 못해서였다.

신광!

그들이 보기에, 곽무한의 눈에는 도저히 감당할 수 없는 신광이 뿜어져 나오는 것 같았다. 그래서 그 눈과 마주쳤다가는 숨 한 번 제대로 쉬지 못하고 심장이 멎어버릴 것 같아 고개를 숙이고 있는 것이었다.

지금도 마찬가지다.

그는 그저 앉아 있을 뿐인데도 그에게서 폭풍 같은 기도가 풍겨 나와 숨조차 제대로 쉴 수 없었다.

그래선지, 회의실에는 고요한 정적만 흘렀다.

"흠, 어색하군. 각자 소개부터 해봐."

회의실에 감돈 정적은 원인 제공자 격인 곽무한이 먼저 깨뜨렸다.

부채주들은 우물쭈물하다가 각자 소개를 시작했다.

배불뚝이 사내가 먼저 일어섰다.

"벽력권(霹靂拳) 탁대붕(卓大鵬)이라고 합니다."

쿵!

뻐드렁니가 일어섰다.

"흑발귀(黑髮鬼) 마자단(馬紫旦)입니다."

쿵!

까치머리가 일어섰다.

"혈겸(血鎌) 홍갈(洪乫)입니다."

쿵!

무식한 놈들이었다.

소개하면서 탁자에 이마를 쿵쿵 찧어댔다.

아마도 죽은 동천립의 영향인 것 같았다.

곽무한은 부채주들의 소개가 끝나자마자 인상을 찌푸리며 말했다.

"앞으로 내 앞에선 이마 따위는 박지 마. 정신 사납다."

"조, 존명!"

"좋아."

곽무한은 시선을 배불뚝이에게 향했다.

"네가 수석 부채주란 말이지? 그리고 휘하의 채주들은 모두 자네들과 동격이고?"

"옛! 그렇습니다."

"좋아! 내 소개를 하겠다."

부채주들의 눈이 일제히 몰렸다.

"내 이름은 곽무한이라 한다."

"곽… 무… 한?"

부채주들은 고개를 갸웃거렸다.

어디선가 많이 들어본 듯한 이름이었기 때문이다.

의문은 곽무한이 바로 풀어주었다.

"머리들 굴리지 마. 아마 풍문으로 한 번쯤 들어본 사람이 있을 거야. 예전에 사천 북부 쪽에서 솥을 걸었었지. 수룡채라고."

곽무한의 눈빛이 순간적으로 아릿해졌다.

"아! 수룡채!"

"그러면 그렇지!"

부채주들의 표정은 순식간에 환해졌다.

수룡채.

지금은 비록 괴멸되고 없다지만, 정파무인들과 맞서 싸운 대단한 수채라고 들었다. 거기에 솥을 걸었다니 이는 곧 채주였다는 말.

뼛속까지 수중호걸이라 자부하는 그들이다.

그들에게 있어 곽무한의 출신이 자신들과 같다는 말은, 거기다가 관록있는 채주였다는 사실은 이름없는 강호인에게 당했다는 상실감과 자괴감을 상쇄시키고도 남았다.

그래선지 그 이후부터는 곽무한을 훔쳐보는 부채주들의 눈빛이 많이 부드러워졌다. 물론 그렇다고 해서 경외심까지 지운 건 아니었지만.

"자, 아직도 불만있는 사람 있나?"

"헉! 어, 없습니다. 감히 불만이라니요?"

곽무한이 장난스레 눈을 부라리자 부채주들은 자라목으로 대답했다.

"좋아. 그대들의 충성심을 믿어보겠다."

"가, 감사합니다."

"호칭이 빠졌다?"

"헉! 가, 감사합니다, 채주님!"

"좋아. 너, 벽력권!"

곽무한의 눈이 다시 배불뚝이를 향했다.

"옛, 채주님."

"네가 수석 부채주라고 했지?"

"예, 그렇습니다."

"좋아. 그럼 당분간 네가 수채를 맡아서 운영해 봐."

"헉! 그, 그게 무슨 말씀이신지?"

배불뚝이의 안색은 순식간에 노래졌다. 혹시 자기를 숙청시키기 위해 무슨 구실을 만드는 게 아닌가 싶어서였다.

그러나 그건 아니었다.

"당분간 좀 다녀올 데가 있다. 그러니 그렇게 알고 수고 좀 해."

"조, 존명."

그제야 안심이 된 배불뚝이. 자기도 모르게 탁자에 이마를 쿵 찧었다.

순간 아차 싶었다.

과연이었다.

"쓰읍! 죽을래?"

마치 칼날처럼 날아드는 눈빛.

오금이 저렸다.

"헉! 죄, 죄송합니다, 채주님. 한 번만 용서를……."

"좋아. 내 입에서 같은 말 두 번 반복하게 하지 마."

그제야 사라지는 눈빛.

살 것 같았다.

'휴우… 무슨 놈의 눈빛이…….'

배불뚝이가 안도의 한숨을 내쉬는 순간,

"그리고……."

곽무한의 눈이 다시 번쩍였다.

'이크! 또! 또 날아온다!'

배불뚝이는 물론이고 부채주들 모두 덜컥한 심정이 되어 후다닥 고개를 숙였다.

곽무한은 한줄기 냉소를 지으며 천천히 입을 열었다.

"누구라도 좋아! 나 없는 동안, 날 꺾을 자신이 있는 놈만 분탕질을 쳐. 아니면 그 대가로 목을 내놔야 할 거야."

섬뜩한 목소리였다.

부채주들은 어찌나 놀랐던지 단체로 이마를 쿵쿵 찧으며 이구동성으로 외쳤다.

"어이쿠! 저희가 무슨 수로 채주님께 대듭니까요? 천부당만부당하신 말씀입니다요!"

물론, 고개를 드는 순간 그들은 단체로 아차! 하는 표정을 지었다.

"후후후, 그럼 지금 이 행동은 뭐야?"

"아이고! 용서, 용서를! 저희들이 죽을죄를 지었습니다."

부채주들은 손이 발이 되도록 빌었다.

그러나 곽무한은 용서하지 않았다.

번쩍! 빠카칵!

슈욱! 콰지직!

"크아악!"

"아이고!"

회의실은 순식간에 아수라장으로 변했다.

곽무한이 혈뢰도의 손잡이로 부채주들을 마구 구타한 것이다.

비명 소리와 울음소리가 얼마나 울려 퍼졌을까?

곽무한이 손을 툭툭 털며 자리에 앉았다.

"오늘은 처음이니까 이 정도로 용서하지. 두 번 다시 같은 말을 반복하게 하지 마. 죽는 수가 있어!"

"아, 알겠습니다. 흑흑흑."

부채주들은 깨지고 멍든 얼굴로 정신없이 고개를 끄덕였다.

곽무한은 다시 회의를 주재했다.

간단한 채의 현황과 운영 실태를 파악하기 위해서였다.

"흠… 그래? 본채 인원만 칠천 명이 넘는단 말이지?"

"그, 그렇습니다."

워낙 넓은 물길이라 휘하 수채의 인원까지는 파악하기 어렵다고 했다. 그러나 대충 뭉뚱그리면 만 오천에서 만 육천 정도는 될 것이라고 했다. 상상을 초월하는 엄청난 규모였다. 예전 곽무한이 의형제를 맺었던 가릉채를 훨씬 웃도는 수준이었다.

"좋아. 앞으로는 좀 더 체계를 세워야겠군. 채의 운영에 있어 가장 기본이 되는 수하들의 숫자조차 제대로 파악하지 못하고 있다니……."

곽무한은 죽은 동천립의 무능력에 내심 혀를 차며 말을 이어나갔다.

"그런데 당면한 최대 현안이 흑룡방 문제라고?"

"예, 그렇습니다. 워낙 막강한 세력이라 이러지도 못하고 저러지도 못하고 있는 실정입니다."

곽무한은 배불뚝이의 보고에 잠시 침묵을 지켰다.

부채주들은 과연 이 문제를 어떻게 처리할 것인가 하는 표정으로 곽무한의 말을 기다렸다.

'사부님께서도 이 문제 때문에 동분서주하고 있다고 하셨지.'

곽무한은 잠깐 사해어옹을 떠올렸다.

안휘에서 발호(跋扈)를 시작해, 어느새 절강과 강소, 산동과 하북까지 이르는 대운하(大運河:경항대운하)를 장악한 그들. 이제는 장강까지 거머쥘 태세라 그들을 저지하기 위해 은거지인 홍택호를 떠나 강서로 왔다는 사부.

문득 그가 탄식처럼 내뱉던 말이 떠올랐다.

"장강은 그 누구의 것도 아니다. 장강은 강을 터전으로 살아가는 민초들의 것이다. 그런데 어찌하여 고금 이래로 장강을 집어삼키려는 자가 이리도 많다는 말인가? 강은 흘러야 강이거늘… 흐름대로 내버려 두어야 생명력이 있는 것을……."

물론 사해어옹이 어떤 심정으로 말했는지 모르는 바는 아니다. 아마도 백성들을 생각하는 측은지심에서 나온 말일 것이다.

그러나 어린 시절부터 뺏고 빼앗기는 수적 세계에 익숙한 곽무한은 생각이 달랐다. 힘이 있다면 거머쥐는 것도 나쁘지 않다는 생각했다. 물론 자신이 거머쥐겠다거나, 거머쥐고 난 다음에는 어찌하겠다거나 하는 생각은 해본 적이 없지만.

좌우간 곽무한은 사부의 행보를 떠올리자 장강을 두고 벌어질 세력 간의 움직임이 그려졌다.

곽무한은 상념을 접고 부채주들을 돌아봤다.

"지금은 그들과 맞설 필요가 없어. 그들이 그렇게 노골적으로 움직인다면 머지않아 곧 파란이 일어날 테니. 명을 내리겠다. 그곳 담당인 창강채주에게 말해 전력(戰力)을 뒤로 물리라고 해. 괜히 나서서 화살받이가 될 필요가 없다고 전해. 지금은 불필요한 싸움을 하는 것보다 체제를 정비하고 힘을 기르는 게 우선이다. 알아들었나?"

곽무한은 명을 내림과 동시에 앞으로 장강에서 전개될 세력 다툼에 대해 설명해 나갔다.

자신이 겪은 정파의 힘을 토대로, 또 사부에게서 들은 귀동냥과 예전 자신이 상단을 운영하면서 들은 정보들을 적절히 섞어가며 각 지역 패주들의 성격과 그들 상호 간의 역학 관계를 따져 가며 그들 지역에 흑룡방의 세력이 마수를 뻗치게 되면 어떻게 움직일 것인가를 설명하며, 앞으로의 세력 다툼이 어떻게 번질 것인가를 추측, 지금 상황에서는 굳이 자신들이 나설 필요가 없다는 것을 나름대로 풀어서 설명해 준 것이다.

부채주들은 곽무한의 설명을 듣고 저마다 고개를 끄덕였다.

아무 생각 없이 노략질만 하는 데 익숙해 있던 그들로서는, 곽무한이 다양한 경험과 지식을 토대로 차근차근 상황을 설명해 주고, 거기다가 명쾌한 논리를 전개해 나가는 한편으로 신중한 결론까지 내려주자, 자신들이 엄청난 관록과 경륜을 갖춘 채주를 맞았다고 생각하며 모두 존경 어린 눈빛으로 곽무한을 쳐다봤다.

이후에도 마찬가지였다.

몇몇 현안에 대한 곽무한의 회의 진행 방식은 빠르고 명쾌하면서도 누구나 공감할 수 있는 방향으로 진행됐다. 그리고,

"좋아! 오늘 회의는 여기까지. 회의는 짧을수록 좋으니."

곽무한은 회의 시간까지도 지루하지 않게 배려했다.

그런 까닭에 부채주들은 모두 자리에서 일어나는 곽무한을 보며 눈을 휘둥그레 떴다.

회의가 이렇게 빨리 끝나리라고는 미처 예상치 못했던 것이다.

곽무한이 떠나자마자 회의실에는 안도와 경탄의 한숨이 동시에 새어 나왔다.

"세상에! 돈 문제는 묻지도 않았어. 욕심이 없나 봐."

"으으. 저렇게 똑 부러지는 채주는 처음이야!"

"으으으… 난 오줌을 지렸어."

부채주들은 한동안 회의실을 떠나지 못했다.

곽무한이 남기고 간 기이한 충격 때문이었다.

그들은 곽무한에 대한 느낌을 나누며 장시간 회의실에 머물렀다.

물론 대부분의 대화는 곽무한에 대한 감탄과 경외감이었다.

아까 마구잡이로 구타당했던 그 아픈 기억은 벌써 까마득히 잊어버린 것 같았다.

한참 시간이 흐른 뒤 누군가 자리에서 일어나며 물었다.

"그나저나 다른 수채에는 어떻게 알리지?"

"본 대로, 느낀 대로."

배불뚝이가 말했다.

"모두 기절하겠군."

누군가가 신이 난 얼굴로 그 말을 받았다.

"그래, 누구도 이런 사실을 믿지 않을 거야."

"그러나 사실이지."

"흐흐흐. 그렇지."

"난 갑자기 신임 채주가 좋아졌어."

"나도 그래. 킬킬킬."

"아마 수하들도 그럴걸?"

"당연하지. 물질에 이골 난 우리도 한눈에 뻑 갈 정도인데 쫄따구들이야 말할 필요도 없지."

"난 앞으로가 더 기대돼. 정말 신나는 일이 벌어질 것 같아."

대화는 끊임없이 이어졌다.

누구도 먼저 일어서기 싫어서였다.

부채주들은 모두 곽무한이 남기고 간 여운, 그 여운을 오랫동안 만끽하고 싶었다.

회의실을 나선 곽무한은 수채 내에 마련된 접객청으로 향했다.

접객청이란 말 그대로 손님이 머무르는 곳.

지금 파양수채에는 은화연 남매와 그 일행이 묵고 있었다.

곽무한은 동정수채와의 동맹 문제 때문에 온 것이다.

백경단 무인의 안내를 받아 안채로 향하는 곽무한의 표정은 왠지 딱딱하게 굳어 있었다. 그 이유는 다름 아닌 폭발의 충격 때문이었다.

지금 곽무한은 겉으로 보기엔 멀쩡해 보여도 속은 엉망진창이었다.

그도 그럴 것이 폭발이 일어나자마자 의식을 잃었고, 그 다음에는 동천립과 기세 싸움을 벌였으며, 그 이후에는 부채주들과 회의를 가졌으니 미처 내상을 다스릴 틈이 없었던 것이다.

'만약 그가 덤볐으면 어찌 됐을까?'

생각해 보니 아찔한 순간이었다.

아무리 기세에 압도되어 있더라도 수적들의 생리상 우두머리가 목숨을 걸고 싸우면 수하들도 덩달아 나서기 마련이었다. 그나마 동천립의 심지가 약한 게 곽무한으로서는 다행이었다. 만약 동천립의 정력(定力)이 조금만 굳었으면 지금쯤 구천을 떠돌고 있는 사람은 그가 아니라 자신이었을지도 몰랐다.

'앞으론 이런 모험은 좀 삼갈 필요가 있겠어. 겨우 살아났는데 다시 죽으면 곤란하지.'

천성이 어디 가겠냐만, 피맺힌 원한과 잃어버린 아들을 찾기 전까진 조금 몸을 사리게 될지도 모르겠다는 생각이 들었다.

'일단 동정수채와의 문제를 매듭짓고 이탁을 찾아가 보자. 그가 무사한지 어떤지, 또 다른 놈들은 무사한지 알아보자.'

수하들을 생각하니 마음이 바빠졌다.

분명 무림맹이 본채만 치고 유야무야 돌아서진 않았을 것이다. 더구나 자신에게 입은 피해도 상당했지 않은가? 그러니 그날 축하연에 참석하지 못하는 바람에 천행으로 참변을 피한 수하들의 생사가 마음에 걸린 것이다.

그러나 끝없이 꼬리를 물던 상념은 곧 끊어지고 말았다.

"어서 오세요, 채주."

눈앞에 어색한 표정의 은화연이 서 있었다.

달그락.

곽무한은 가볍게 찻잔을 내려놓았다.

은화연은 차를 마시다 말고 곽무한을 쳐다봤다.

곽무한은 은화연이 찻잔을 내려놓는 것을 보며 천천히 입을 열었다.

"서로 동맹을 맺으려던 중이라 들었다. 원한다면 계속 진행토록 하겠다."

"아뇨… 포기하겠어요. 어차피 결혼을 전제로 한 것인걸요."

"결혼? 그대가 말인가?"

곽무한의 반문에 은화연은 피식 실소를 지으며 고개를 저었다.

"제가 아니라 제 동생이요."

"으음… 동생이라……."

곽무한은 잠깐 곤혹스런 표정을 지었다가 다시 고개를 들어 은화연을 쳐다봤다.

"말이 나왔으니 말인데… 동생 일, 어쩔 수 없었어. 난 등 뒤를 노리는 자는 그 누구도 용서치 않아."

"마음 쓸 것… 없어요."

은화연은 마지못해 고개를 끄덕였다.

곽무한은 무심했다.

한마디 말이라도 위로를 보내주면 좋으련만 석상처럼 입을 꾹 다물고 있다.

그래서 마음이 상한 것일까?

은화연은 시선을 바닥으로 돌리고 말았다.

두 사람 사이에 잠시 침묵이 흘렀다.

은화연은 찻잔을 만지작거렸고, 곽무한은 도를 어루만졌다.

계속되는 침묵.

은화연은 슬그머니 짜증이 일었다.

굳이 정담까지 기대한 건 아니었지만, 명색이 채의 귀빈인데 너무 무심한 게 아닌가 싶었다.

"당신……"

은화연은 막 말을 꺼내려다 입을 다물고 말았다.

무슨 생각을 하는지 반쯤 눈을 감은 채 도를 어루만지고 있는 곽무한. 그 모습을 보자니 왠지 모르게 눈이 부셔왔기 때문이다.

'예전의 흉터가 모두 사라져서 그래.'

물론 흉터라기보다는 마마를 앓고 난 징후였다. 그러나 지금의 곽무한은 그런 흔적까지 완전히 사라진, 그야말로 윤기 나는 피부였다.

은화연은 뛰는 가슴을 억누르며 세세히 곽무한을 살폈다.

끈으로 대충 묶은 치렁치렁한 머리카락.

반쯤 감긴 눈에 우뚝한 코, 꽉 다문 입술.

굵은 목을 지나 굴강한 어깨.

균형 잡힌 허리에 도를 만지고 있는 손…….

옛 모습은 별로 남아 있지 않지만 꿈에도 그리던 그의 모습이다.

이미 죽은 줄로만 알았던 사람.

그의 참변 소식을 듣고 얼마나 많은 세월을 방황했었는지 모른다.

그런데 그는 그토록 애태웠던 자신의 심정도 모르고 사 년의 세월을 훌쩍 지난 지금, 눈앞에서 딴생각에 빠져 있다.

은화연은 문득 심술이 돋았다.

"이봐요!"

"음?"

은화연이 빽 소리치자마자 곽무한이 번쩍 눈을 떴다.

별빛이 와르르 쏟아질 것 같은 맑은 눈빛.

은화연은 안심이 되었다.

'저 눈빛이야! 저 눈빛에 매료됐었지.'

은화연은 갑자기 옛날 생각이 났다. 그래서 발딱 턱을 치켜세우며 말했다.

"다 좋은데 말이에요… 너, 왜 자꾸 반말을 하는 거니! 그것도 내가 훨씬 누나뻘이라는 걸 알면서. 응?"

예전에도 함께한 시간이 많지 않았다. 더구나 세월까지 흘렀다. 그런데 공연히 옛일을 빌미 삼아 트집을 잡자니 은화연은 자기도 모르게 귀밑이 빨개졌다.

그러나 다행이었다.

그는 과거를 외면하지 않았다.

"어, 내가 그랬나? 그런데 이상하군. 그때도 반말을 했지 싶은데?"

싱긋 웃으며 대답하는 곽무한.

은화연은 곽무한의 미소에 심술이 와르르 무너져 내렸다.

"흥! 그때는 그때고 지금은 지금이야. 그때도 좋게 만났던 건 아니 잖아?"

물론 내색을 감추려고 짐짓 코웃음을 쳤지만, 가슴 가득 미소가 번 져 왔다.

그때도 이랬다.

그와 보낸 짧은 시간. 아웅 다툼으로 헤어졌었다.

그런데 다시 이렇게 심통을 부릴 수 있게 되자 그때 그 시절로 되돌 아간 느낌이 들어 은화연은 무척 행복했다.

그러나 그 행복은 얼마 가지 못했다.

"음… 그랬지… 그땐 정말 미안했어."

살짝 고개를 숙여 보이는 곽무한의 말이 시작이었다.

"무슨……?"

"그때 그 일 말이야, 난 네가 여자인 줄은 꿈에도 상상하지 못했어."

"꺄악!"

은화연은 비명을 지르며 얼굴을 와락 감싸 안았다.

그때 그 일.

수중 비무에서 그에게 아랫도리를 벗겨진 일이 떠오르자 창피해서 고개조차 들 수 없었다.

그때였다.

"실례… 해도 될까?"

갑자기 곽무한의 얼굴이 가면을 쓴 것처럼 딱딱하게 변했다.

"무슨……?"

채 수치심을 떨치지 못한 은화연이 기어들어 가는 음성으로 묻자마자였다.

"우왝! 쿨럭, 쿨럭!"

갑자기 곽무한이 시커먼 핏물을 울컥울컥 토하기 시작했다.

"흡?"

은화연은 깜짝 놀라 비명을 지르려다가 급히 입을 틀어막았다.

아직 그에게 이곳은 적지나 마찬가지였다. 채주가 된 지 반나절도 지나지 않았으니.

"웬일이야? 이게 도대체 무슨 일이야? 왜 그래요, 응?"

은화연은 급히 주변 정황을 살피며 곽무한을 부축했다.

"으음… 내상… 이야……. 신경 쓸 것 없어."

한참 피를 토하고 난 곽무한.

백지장처럼 하얀 안색으로 가부좌를 틀었다.

은화연은 멍한 표정으로 곽무한은 처다봤다.

아직도 턱에 혈흔이 남아 있다.

선연한 핏방울…….

'닦아줘야 하는데…….'

그러나 운기조식 중이다.

행여 피를 닦아주다가 그의 정신을 흩뜨리기라도 한다면 큰일이다.

은화연은 안타까운 심정으로 그저 바라볼 수밖에 없었다.

'그랬어……. 내상을 입은 상태에서 심력을 소모했어. 수많은 적이

있어서 일부러 더 강하게 나갔던 거야. 난 그것도 모르고……'

커 보였다. 무척 커 보였다.

남자란 이런 것이구나 하는 생각이 들었다.

그런 생각이 들자 은화연은 왠지 곽무한이 낯설게 느껴졌다. 더불어 그의 과거가 떠올랐다.

이미 결혼한 남자…

비록 아내는 죽고 없다지만 그녀와의 사이에 아들까지 있는 남자…….

은화연은 곽무한을 쳐다보며 혼잣말을 중얼거렸다.

"알아요? 나… 정말 당신을 좋아했어요. 그러나… 이젠 어떡해야 할까요? 당신을 잊어야 할까요? 이미 당신은 예전의 그가 아닌걸. 그때의 그 치기 어리고 팩팩거리던 소년이 아닌걸. 추억은 추억으로 묻어야할까요?"

은화연은 문득 사부의 말이 떠올랐다.

그가 죽었다는 소식을 듣고 자신이 식음을 전폐하며 울고 있을 때 사부가 해준 말.

"첫사랑이었나 보구나. 첫사랑… 더구나 그 첫사랑이 짝사랑이면 더 아픈 법이지. 나도 내 사부를 사랑해 봐서 잘 알아. 절실히 느꼈지."

사부는 아련한 표정으로 슬픈 노래를 부르듯 말했다.

"이상했어. 왜 그가 없다고 해서 이토록 못 견디는 건지… 그를 사랑하기 전에는 도대체 어떻게 살았는지… 그저 허망한 눈물만 흐르고 괴로운 탄식만 나왔지. 그토록 꿈꿔왔던 사랑이, 그토록 그리워하던 만남이 어찌 이렇게 쉽게 허물어지고 마는지… 어찌 이렇게 쉽게……."

그때 공감이 갔다.

은화연은 그와 함께 걷고 그와 함께 웃고 그와 함께 꿈꾸고 싶었다.

그게 과연 이루어질 수 없는 꿈이었던가 싶어, 사부가 가고 난 뒤에 꼬박 하루를 더 울었다. 그리고는 다음날 다시 밥을 먹기 시작했다.

지금은 어떨까?

죽었던 그가 살아서 돌아왔다.

이미 낯선 사람처럼 커져 버린 사람인데, 과연 그를 사랑할 수 있을까?

은화연은 혼자 갈등하다가 피식 웃고 말았다.

'그는 이런 내 마음을 알지도 못하고 있는데…….'

생각하니 스스로가 바보 같았다.

은화연은 이런 저런 생각에 빠져 있느라 곽무한의 전신이 찬란한 후광에 감싸인 것도, 그의 머리 위에 빛으로 된 고리가 떠오른 것도, 그리고 그의 이마에서 폭발할 듯한 광채가 나온 것도, 마지막으로 그 모든 것이 하얀 연기로 변해 그의 전신에 스르르 스며든 것도 전혀 알아차리지 못했다.

"휴우……."

곽무한은 가벼운 숨을 내뱉으며 운기조식에서 깨어났다.

은화연은 그제야 정신을 차렸다.

"아! 내 정신 좀 봐! 좀 어때요?"

"음… 괜찮아."

"정말 괜찮아 보이네. 다행이에요."

곽무한의 미소에 은화연도 마주 미소를 지어 보였다.

"그나저나 미안해서 어쩌지?"

문득 곽무한이 미안한 표정으로 입을 열었다.

"뭐가?"

은화연은 심중의 혼란을 고스란히 드러내듯, 평대를 했다 공대를 했다 뒤죽박죽이었다. 그러나 곽무한은 그런 데 신경 쓰지 않고 편한 대로 말했다.

"동맹도 동맹이지만… 동생 문제 말이야. 그땐 미처 생각을 못했는데… 채의 후계자잖아."

이제야 이야기가 제대로 돌아갔다.

"정말 괜찮아요. 나 역시 마음은 아프지만… 오히려 그 녀석에겐 잘됐지 뭐. 덕분에 진짜 사랑도 얻게 됐고, 앞으로 제 실력만 믿기보다 조금은 겸손해질 테니."

"겸손은 알겠는데, 진짜 사랑이라니?"

"풋! 당신도 알 거예요. 호혜린이라고."

"아! 민강수채의 딸?"

"응, 하마터면 당신을 쥐락펴락할 뻔했던 아이."

"쥐락펴락은 무슨? 난 원래부터 그 애가 마음에 들지 않았어."

"아무튼. 린아가 내 동생을 좋아했었지. 그런데 동생 녀석은 흔히 말하는 난봉꾼 기질을 타고났어. 그런데 마침 녀석과 사귀던 애가 도망갔으니……."

은화연은 말하는 내내 행복한 미소를 지었다.

이게 바로 자신이 꿈꾸던 대화가 아니었던가?

"그랬군. 그렇다면 그나마 마음의 부담을 덜었는걸."

곽무한은 은화연이 말하는 내내 고개를 끄덕였다.

그러나 끝나지 않는 잔치는 없는 것일까?

한동안 종알거리던 은화연의 입술이 어느샌가 닫혔다.

이야깃거리가 떨어진 때문이 아니었다.

그와 나누고픈 이야기는 차고도 넘쳤다.

그러나 은화연은 알고 있었다.

지금 곽무한에게 필요한 이야기는 이런 시시콜콜한 이야기가 아니란 것을.

딸깍!

은화연은 조용히 차를 한 모금 마셨다.

곽무한도 마찬가지였다.

그리고 두 사람은 약속이나 한 듯이 동시에 찻잔을 내려놓았다.

잠깐 침묵이 흘렀다.

이번에도 은화연이 먼저 침묵을 깼다.

"그나저나 어떻게 된 거예요? 한동안 죽었다는 소문이 돌았었는데."

그 순간 곽무한의 눈이 아프게 출렁거렸다.

곽무한의 대답은 한참 뒤에 나왔다.

"지금도… 죽은 거나 마찬가지야."

쥐어짜내듯 내뱉고 다시 닫혀 버린 입술.

은화연은 뭔가 찡한 느낌이 들었다.

"부인 소식… 들었어. 뭐라고 위로를 해야 할지……."

"……."

무거운 침묵.

은화연은 괜히 이런 이야기를 꺼냈나 싶은 생각이 들었다. 그러나 어차피 피할 수 없는 이야기였다. 그의 행보가 걸린 일이니.

"이제… 어떡할 거야?"

마침내 은화연은 진짜 묻고 싶었던 질문을 꺼냈다.

그 대답 여하에 따라 자신의 행동도 결정되리라.

대답은 금방 나왔다.

번쩍!

곽무한의 눈빛이 먼저 그 대답을 알려주었다.

곽무한의 목소리는 한참 뒤에 나왔다.

"그들은… 날 건드린 걸 뼈저리게 후회하게 될 거야."

오싹한 목소리. 절로 한이 느껴지는 목소리였다.

은화연은 울컥 눈물이 쏟아질 뻔했다. 그러나 애써 냉정을 유지했다.

"계란으로 바위 치기가 아닐까? 상대는… 다른 곳도 아닌 명문정파야. 그것도 몇몇 구대문파까지 낀."

그러나 이번에도 눈빛이 먼저였다.

화르르!

흡사 화염이 이글거리는 듯한 눈빛이었다.

목소리 역시 눈빛에 뒤지지 않았다.

"설령 구대문파 아니라 황제라고 해도 날 가로막진 못해!"

은화연은 힘없이 고개를 떨어뜨렸다.

도저히 말릴 수 없는 결심이었다. 그리고 너무 위험한 결심이었다.

차가 식고 대화가 끊기자 곽무한이 자리에서 일어났다.

"오늘… 만나서 반가웠어."

곽무한은 그 말을 끝으로 성큼성큼 걸어나갔다.

"흑……."

은화연은 찻잔 위로 눈물 한 방울을 떨어뜨렸다.

그는 아직도 과거를 잊지 못하고 있었다.

제69장
격정

격정

하늘은 무척 푸르렀다.

태양은 쨍쨍했고 구름은 자취를 감추었다.

"안녕히 다녀오십시오!"

우렁찬 함성 소리가 태양을 잠깐 흔들었다.

곽무한은 말없이 미소를 지어 보이고 돌아섰다.

"출발!"

촤아악!

고함 소리에 이어 노가 물살을 헤쳤다.

도열해 있던 수하들이 까만 점으로 보일 즈음, 곽무한은 뱃머리에
섰다.

촤촤촤!

물살 갈라지는 소리가 가슴을 자극해 왔다.

흩어지는 물결 위로 아련한 추억이 떠올랐다.

'모두들 그 위에서 잘 지내는가.'

곽무한은 하늘을 올려다보며 잠시 눈시울을 붉혔다.

저 하늘 위에는 먼저 간 수하들이 웃고 있었다.

그들과 함께한 시간, 그 왁자한 웃음소리가 귓가에 들려오는 것 같았다.

'조금만 기다려. 너무 늦는다고 원망하지는 마. 모두들 알지, 내가 어떤 사람인지?'

곽무한은 주먹을 불끈 쥐었다.

손톱이 파고들어 피가 흘렀다.

곽무한은 그 자세 그대로 물결만 바라보며 서 있었다.

휘잉…….

바람이 불었다.

부드러운 산들바람이었다.

은화연은 산들바람을 맞으며 곽무한을 쳐다봤다.

'이제 곧 헤어져야 할 시간…….'

은화연의 눈에 호수가 졌다.

혼자 떠나려는 곽무한을 물고 늘어져 여기까지 왔다.

그러나 이제 조금만 가면 동정호.

연통을 보냈으니 부친이 나와 있으리라.

'말 한마디 제대로 나누지 못했는데…….'

이율배반적인 감상(感傷)이었다.

그를 떠나보내기 위해 동행했건만 대화를 기대하다니?

은화연은 자리에서 일어나 곽무한 옆으로 걸음을 옮겼다.

"어떡할래? 잠깐… 들렀다 갈래?"

무얼 기대하고 있는 걸까?

아직도 가슴속에 미련이 남았다.

그러나 예상대로였다.

"아니, 성의만 기억해 둘게."

무심한 목소리.

그의 마음은 이미 여기 없었다.

그의 마음은 이미 그곳에 가 있었다.

그의 과거가 간직되어 있는 곳, 칠반산.

"…알았어. 곧 채에서 마중 나올 거야. 아빠가 직접 나오실지도 몰라. 그러니 미리 예상해 둬."

은화연은 허전한 목소리로 뒤돌아섰다.

곽무한은 여전히 다가왔다 멀어지는 물결만 바라보고 있었다.

삐이익!

둥둥둥!

은화연의 말대로였다.

바다 같은 호수에 이르자 수십 척의 배가 앞을 가로막고 있었다.

펄럭이는 깃발에 날개 달린 상어 문장.

동정수채의 배였다.

그중 한 배는 실로 어마어마한 크기에, 이물비우는 물론이고 판옥과 언방, 멍에와 가로대에 이르기까지 화려한 단청이 칠해져 있었다.

도대체 어디가 끝인지 알 수 없는 바다 같은 호수.

그 장대한 물길을 장악하고 있는 장강 중류의 제왕, 동정용왕이 타고 있는 배였다.

"그대가 신임 파양채주라고?"

우렁우렁한 목소리와 함께 허벅지만한 팔뚝이 다가왔다.

"곽무한이라고 합니다. 뵙게 되어 영광입니다."

곽무한이 동정용왕에게 받은 첫 느낌은 대단한 공력의 소유자라는 것이었다.

아귀힘도 아귀힘이었지만, 초면부터 불쑥 손을 내미는 것으로 보아 틀림없을 것이다. 그렇지 않고서야 초면에 불쑥 손을 내밀 수는 없었을 것이니. 더구나 악수를 나누는 그의 얼굴에는 네가 어떻게 나오든지 대처할 자신이 있다는 자부심이 엿보였다.

"그래… 신임 인사로 내 아들의 팔을 망쳐 났다고?"

곽무한이 동정용왕에게 받은 두 번째 느낌은 무척 직선적인 성격의 소유자라는 것이다. 다짜고짜 민감한 문제부터 꺼내는 걸 보니.

"그렇게 됐습니다……."

곽무한은 살짝 고개를 숙여 보이는 것으로 사과를 대신했다.

그러나 그런 행동이 노기를 건드렸을까?

동정용왕의 얼굴에서 눈썹이 꿈틀거리는가 싶더니 예의 그 팔뚝이 벼락처럼 날아왔다.

뻐뻐뻑!

두 사람 사이에 강한 충돌음이 나왔다.

"음?"

동정용왕은 입술을 씰룩거렸다.

짧은 거리에서 팔뚝으로 후려친 타격이었다. 더구나 육 성의 공력을 실은 타격이었다.

그런데도 놈은 멀쩡했다.

그것도 찰나간에 양팔을 교차시켜 막았음에도.

"이익!"

동정용왕은 왠지 손해 본 느낌이라 다시 눈빛을 굳혔다.

막 자신의 절기, 일곱 걸음 앞이라면 태산조차 허물어 버린다는 칠보붕산(七步崩山)의 장력을 펼치려는 순간,

"아버님! 그만……."

아들놈의 목소리가 들려왔다.

힐끔 눈을 돌려보니 놈이 창백한 표정으로 자기를 쳐다보고 있다.

'못난 놈… 저러니 팔이나 잘리고 돌아다니지.'

동정용왕은 짐짓 모른 척하며 공력을 끌어올렸다.

은화준 딴엔 제 아비를 걱정하느라 그런 것이었지만, 그런 사실을 알 리 없는 동정용왕은 재차 장력을 발출하려 했다. 그런데 그때 또 다른 목소리가 들려왔다.

"아빠! 지금 뭣 하시는 거예요? 그분은 제 손님이란 말이에요!"

이제는 은화연이었다.

은화연 역시 부친의 안위를 걱정해 끼어든 것이었지만, 동정용왕은 이번에도 다르게 해석했다.

천방지축이지만 그 누구보다 콧대 센 녀석이 바로 저 녀석이다.

그런 딸아이가 수하들이 있는 자리에서 소리까지 지를 정도라면 눈앞에 있는 이 녀석이 딸아이의 마음을 꽉 잡고 있다는 말.

동정용왕, 은기륭은 잠깐 곽무한을 훑어봤다.

자신과 맞먹는 체구에 남자다운 얼굴.

'흠… 연아가 빠질 만하군.'

동정용왕은 곧 표정을 풀고 두 손을 내렸다.

"방금 전의 한 수로 빚을 갚았다 생각하게."

동정용왕은 곽무한의 어깨를 툭툭 두드리고는 뒤돌아섰다.

그러나 동정용왕이 곽무한과 딸아이의 관계만 생각하느라 미처 보지 못한 것이 있었으니, 그건 바로 곽무한의 눈빛이었다.

곽무한의 눈빛은 시릴 정도로 차갑게 가라앉아 있었다.

"미안해. 유난히 동생을 아끼는 분이시라……."

은화연이 미안한 표정으로 다가오자 그 눈빛은 흔적없이 사라졌다.

"됐어. 빚을 갚았다 하시니 그렇게 생각하지 뭐."

곽무한은 은화연에게 희미한 미소를 지어 보이고 뒤돌아섰다. 그리고는 누가 말릴 새도 없이 훌쩍 몸을 날렸다.

"안녕! 다음에 봐."

곽무한의 목소리는 어느새 허공에서 들려오고 있었다.

"아……."

은화연은 아쉬운 탄성으로 곽무한을 쳐다봤다.

곽무한은 어느새 신형을 비틀어 자기 배로 돌아가고 있었다.

'안녕… 내 사랑…….'

은화연은 곽무한의 배가 완전히 사라질 때까지 손을 흔들었다. 그리고는 눈시울을 붉히며 돌아서는데 누군가가 앞을 가로막았다.

"저놈과는 어떤 사이냐?"

호기심 어린 눈빛. 부친이었다.

"그냥… 잘 아는 사이예요."

은화연은 고개를 푹 숙이며 쓸쓸한 표정으로 대답했다.

부친은 한동안 말없이 서 있었다.

"저 그만 선실로 들어가 볼래요."

은화연이 선실로 향할 즈음, 부친에게서 은근한 목소리가 흘러나왔다.

"놈의 신법을 봤다. 보통 놈이 아니더구나. 생각이 있다면… 내가 다리를 놔줄까?"

그 순간, 은화연이 앙칼진 표정으로 홱 돌아섰다.

"제 걱정은 마시고 엄마 속이나 그만 썩혀욧!"

쾅!

"저, 저, 저, 저년이?"

동정용왕은 쾅 닫힌 선실문을 한참 동안 노려봤다.

동정용왕 뒤에는 수하들이 웃음을 참느라 벌건 표정을 짓고 있었다.

*   *   *

휘우우우웅…….

바람이 귀신 울음을 울었다.

옷자락은 심중의 정회를 알아차린 듯 거세게 떨어댔다.

직각으로 깎인 절벽.

곽무한은 절벽 끄트머리에 옷자락을 떨며 서 있었다.

아우성치는 물살.

허물어져 내린 절벽.

호곡성으로 부는 바람.

그 모든 것들이 어우러져 그날의 악몽을 되살렸다.

곽무한은 뺨을 푸들푸들 떨었다. 그러다가 하늘을 향해 왈칵 고개를 치켜들었다.

"두고 봐… 두고 보라구… 두고 보란 말이야! 으아아아아아아!"

곽무한은 미친 듯이 괴성을 질렀다.

괴성을 지르는 동안 곽무한의 눈에서 눈물이 주르륵 흘러내렸다. 그리고 어느 순간, 곽무한은 털썩 무릎을 꿇었다.

"형제들이여, 용서하라. 나를 용서하라……. 크흐흐흐흑!"

곽무한은 절벽에 꿇어앉아 한동안 오열을 터뜨렸다.

얼마나 울었을까?

곽무한은 눈물을 거두고 술병을 꺼냈다.

콸콸콸!

하얀 액체가 주향을 풍기며 떨어져 내렸다.

술이 다 따라지자 곽무한은 품속에서 지전(紙錢)을 꺼내 불살랐다.

화르르!

지전이 바람에 날려 하늘로 훨훨 날아갔다.

곽무한은 하늘 높이 날아오르는 지전을 보며 중얼거렸다.

"내가 갚아줄 것이다. 내가 모두 갚아줄 것이니 그대들은 이제 편안히 영면을 취하라."

눈에 누가 보이기라도 하는 것일까?

곽무한은 눈물 범벅으로 웃었다.

그렇게 울며 웃으며 수하들의 원혼을 달랜 곽무한. 천천히 일어나 주변을 거닐었다.

"여기 어디쯤인데……."

초지를 살피는 곽무한의 눈빛은 잔뜩 흐려 있었다.

매옥의 시신이 누워 있던 곳, 그곳을 찾는 중이었다.

그때 곽무한의 눈에 뭔가가 들어왔다.

맞은편 언덕이었다.

곽무한의 눈이 출렁거렸다.

을씨년스런 초지. 그 위에 뭔가가 불룩 솟아 있었다.

곽무한은 홀린 듯 그곳으로 걸음을 옮겼다.

과연이었다.

곽무한은 그 자리에서 굳어버렸다.

〈곽부인매옥지묘(郭婦人梅玉之墓).〉

틀림없었다. 매옥의 묘였다.

누군가가 지력(指力)으로 매옥이라 적어놓았다.

"여기에 있었구나. 여기에 네가 누워 있었구나, 매옥……."

곽무한은 흡사 허물어지는 성처럼 무덤 앞에 주저앉았다.

한동안 묘비를 어루만지던 곽무한의 손이 천천히 봉분으로 향했다.

떨리는 손으로 흙을 한 움큼 움켜쥔 곽무한.

움켜쥔 흙을 뺨에 비비며 또다시 눈물을 흘렸다.

"매옥… 날 용서해……. 네 진심을 받아주지 못한 날 용서해……."

그렇게 또 얼마나 울었을까?

손 안의 흙이 다 떨어져 내리자 곽무한은 천천히 눈물을 거뒀다.

"안녕… 매옥. 이제 그만 일어설게. 나중에… 나중에 다시 올 거야.

그때는 우리 아들의 손을 꼭 잡고 함께 올 테니까 그때까지는 무섭고

외로워도 좀 참아. 알았지?'

곽무한은 한동안 묘비를 어루만지다가 자리에서 일어났다.

이탁이 있는 적취협으로 가기 위해서였다.

곽무한은 계곡을 거의 다 내려와 하늘을 쳐다봤다.

환한 햇살이 내리쬐고 있었다.

'고맙소… 이 은혜는 잊지 않으리다……'

매옥의 무덤을 누가 만들었는지는 금방 알 수 있었다.

묘비에 새겨진 가느다란 지력.

곽무한에게 익숙한 글씨체였다.

그 옛날, 자신에게 준 편지와 똑같은 글씨체였다.

마음속으로 설아에게 감사를 전한 곽무한.

"우우우우우우우!"

우렁찬 장소성을 터뜨리며 땅을 박찼다.

곽무한의 신형은 곧 아득한 햇살 속으로 사라졌다.

*   *   *

바람 잘 날 없는 강호에 한 가지 소문이 떠돌았다.

그 소문이란 다름 아닌 파양수채의 채주가 바뀌었다는 소문이었다.

소문을 들은 사람은 모두 자기 귀를 의심했다.

아무리 무지렁이가 많은 수적패라지만, 파양수채는 그런 곳과는 질적으로 달랐다.

군이 강호 이대수채니 뭐니 하지 않아도, 명색이 중원 절경 중 하나라는 파양호를 한 손에 거머쥔 수채가 아니던가? 오죽했으면 관군조차 그들을 무너뜨리길 포기했을까?

더구나 일수유영 동천립이 어떤 사람이던가?

맨주먹으로 시작해 오늘날의 파양수채를 일군 사람이 아니던가?

그가 싸운 숱한 일화를 예로 들지 않더라도 물경 만 오천 명이 넘는 수하를 거느린 몸이다.

그런 그를 때려눕혀? 그것도 단신으로 파양수채에 뛰어들어?

"도무지 말이 되는 소리를 해야지, 원."

"수적들의 허풍이 다 그렇지 뭐."

결국 사람들의 반응은 하나로 귀결되었다.

누군가가 동천립을 암습해 채주 자리를 장악하긴 했는데, 의리를 중시하는 수적 세계이다 보니 괜한 소문이 두려워 허풍을 치고 있다고.

그러나 그 소문을 듣고 눈시울을 적시는 사람이 있었다.

그는 바로 이탁이었다.

"채주께서 살아 계신다면 저보다 더한 일도 하셨을 텐데……."

그게 바로 이탁이 눈시울을 적시는 이유였다.

오늘도 새벽같이 일어난 이탁.

거실 한 켠에 마련된 제단에 향불을 피우고 밖으로 나갔다.

이탁이 사라지고 난 텅 빈 거실.

제단 위 위패에는 수룡채제혼령신위(水龍寨諸魂靈神位)라는 여덟 글자가 선명하게 새겨져 있었다.

"휴우… 드디어 완성이 코앞이구나."

이탁은 감회 어린 표정으로 성벽을 쳐다봤다.

성곽 뒤에는 화강암으로 쌓아 올린 성채가 새벽 안개에 휩싸여 어렴풋이 보였다.

　이탁이 이른 새벽부터 성벽 앞에 서 있는 이유는 예전, 다시는 무너지지 않을 보금자리를 만들라는 곽무한의 명을 지키기 위해서였다.

　이제 그 약속, 새 보금자리의 완성은 마무리 공사만 남겨놓고 있었다.

　"오늘따라 모두 늦는군."

　이탁은 소매를 훌훌 걷었다.

　예전엔 일꾼들을 사서 공사를 했었지만, 수룡채가 무너지고 난 지금에는 자금이 달려 수하들과 함께 직접 돌을 나르고 흙을 채우며 성을 쌓고 있는 중이었다.

　"엿차!"

　이탁은 육각형으로 다듬은 화강암, 그것들을 겹쳐 놓은 틈새 사이로 흙을 와르르 쏟아 넣었다. 육안으로 보일락 말락 하는 틈새까지 메움으로 견고함을 한층 강화하려는 의도였다.

　그때였다.

　저벅… 저벅…….

　멀리서 발자국 소리가 들렸다.

　"이제야 하나둘 나타날 모양이군."

　이탁은 싱긋 웃음으로 다시 흙 가마니를 집어 들었다.

　막 가마니를 쏟아 부으려던 이탁이 갑자기 움직임을 멈췄다.

　저벅. 저벅.

　다시 들려오는 저 발자국 소리.

　"혹시… 혹시…….'

　이탁의 얼굴에 경련이 일었다.

뭔가 기이한 예감이 뇌리를 적셔와 움직일 수가 없었다.

저 들릴락 말락 한 소리…….

도저히 있을 수 없는 일이었지만, 분명 닮았다.

발 앞쪽, 그것도 새끼발가락부터 걷던 그 사람.

저 소리는 바로 그의 특유의 발자국 소리였기 때문이다.

이탁은 천천히, 아주 천천히 고개를 돌렸다. 그리고는 서서히 안력을 돋웠다.

새벽 안개. 그 너머로 누군가 보였다.

그였다.

정말 그였다.

부릅뜬 자신의 눈이 분명히 총채주라고 외치고 있었다.

"채… 채… 채주……."

갑자기 뜨거운 뭔가가 치밀더니 목이 울컥 메어왔다. 그래서 목소리가 제대로 나오지 않았다. 그러나 그런 것은 아무런 상관이 없었다.

지금 이 순간, 벅찬 감격에 눈물을 흘릴 수만 있으면 목이야 잠기든 말든 아무런 상관이 없었다.

이탁이 눈물을 주르륵 흘리는 동안 곽무한은 어느새 성큼성큼 걸어 이탁 앞에 섰다.

"쯧쯧! 이 사람, 혼자서 이 무슨 궁상인가?"

곽무한이 혀를 차며 농을 건넸다. 그러나 그의 눈에도 눈물이 줄줄 흘러내리고 있었다.

"채, 채주… 총채주! 어허허허헝!"

"이탁!"

콰콱!

팔뚝이 교차하며 서로의 허리를 꽉 부둥켜안았다.

두 사람이 서로 껴안는 바람에 흙 가마니가 흘러내려 두 사람의 발을 온통 버려놓고 있었지만 두 사람은 서로를 껴안은 채 눈물만 줄줄 흘리고 있었다.

"자연지세를 이용했지요. 애초부터 있던 암벽을 깎아 기단으로 갈음했습니다. 그리고 잘 다듬은 화강암으로 나선형으로 쌓았지요. 무게를 분산시키기 위해섭니다. 그리고 돌을 쌓을 때 서로 엇갈리게 쌓아 무너지지 않게 했지요. 그리고……."

남자도 가끔은 애 같을 때가 있다.

지금의 이탁이 그랬다.

그는 칭찬받길 바라는 아이처럼 성채 구석구석을 돌며 설명을 하고 있었다.

곽무한은 이탁의 설명을 들으며 눈을 빛내기도 하고 고개를 끄덕이기도 하며 관심을 표했다.

과연 이탁은 자부심을 가질 만했다.

그가 쌓은 성은, 외곽으로는 이중의 벽을 쌓아 웬만한 침입에는 끄떡도 없게 했고, 삼십 장 높이에 이르는 성채의 경우 어찌나 견고하게 쌓았는지 화탄이 터져도 쉽게 무너지지 않도록 되어 있었다.

더구나 감당하지 못할 적이 공격해 올 경우를 대비해서 지하 대피로까지 파두었고 거기에 우물까지 따로 만들어둘 정도였다.

"정말 대단하군. 마음에 들어."

곽무한은 이탁의 설명을 다 듣고 난 후 짧게 치하를 보냈다.

"감사합니다."

이탁 역시 짧게 대답했다.

그러나 두 사람은 마주 웃었다.

서로의 진심을 아는 까닭이다.

그리고 그들 뒤.

많은 사내들이 퉁퉁 부은 눈으로 서 있었다.

그들은 곽무한의 무사귀환에 감격하고 있는 수룡채들이었다.

곽무한은 요철(凹凸) 모양의 성가퀴에 앉아 아래를 내려다봤다.

하얗게 펼쳐진 자갈밭.

그 옛날 그토록 힘겹게 뒹굴었던 자갈밭은 지금도 세도류의 침입을 받으며 흰빛을 자랑하고 있었다.

저 병풍처럼 늘어선 절벽도 마찬가지였다.

쏟아져 내리는 폭포도 마찬가지였다.

세월이 흘렀지만 적취협은 변한 게 없었다.

다만 변한 게 있다면 자신이 앉아 있는 이곳이 금성철벽의 요새로 변했다는 것이었고, 아쉬운 게 있다면 늑대 굴에 청랑이 없다는 것이었다.

내심 청랑이 아들과 함께 늑대 굴에 머무르고 있지 않을까 기대했던 곽무한은 가슴 한 켠에 찬바람이 부는 것을 느꼈다.

'청랑은 똑똑한 녀석이다. 반드시 어딘가에 숨어 있을 것이다. 살아 있기만 하다면 언젠가는 반드시 만나겠지.'

곽무한은 두려운 마음을 애써 달래며 자리에서 일어났다.

"이제 그만 가지."

곽무한은 등 뒤의 이탁을 돌아보며 성큼 걸음을 뗐다.

"꼭 지금 출발하셔야 하겠습니까? 한 달 정도만 기다리면 직접 찾아들 올 텐데……."

이탁이 어색한 미소로 뒤를 따랐다.

"이왕 만날 것, 미룰 필요가 뭐 있나?"

"하지만……."

"하지만 뭐?"

이탁은 잠깐 주저주저하다가 푹 고개를 떨어뜨리며 대답했다.

"총채주께서 실망하실까 두렵습니다."

곽무한은 이탁의 말에 피식 미소를 지었다.

"나보다 먼저 죽었다면 모를까 그게 아니라면 그들이 어떤 모습으로 있건 아무런 상관이 없어."

"그, 그러나……."

벌써 곽무한은 저만치 앞서 나가고 있었다.

이탁은 잠깐 아릿한 눈빛을 지었다가 후다닥 곽무한의 뒤를 따랐다.

잡초 우거진 강변이 한눈에 내려다보이는 언덕 위.

콰지직!

주먹 하나가 암벽을 거칠게 파고들었다.

뒤이어 악다문 잇새로 격정 어린 음성이 흘러나왔다.

"크으윽!"

신음성의 주인공은 적취협을 떠나 우란강을 찾은 곽무한이었다.

곽무한은 암벽에 주먹을 박아 넣은 채로 한참을 서 있다가 와락 주먹을 뽑아냈다.

와르르!

주먹이 빠져나오자 뻥 뚫린 암벽에서 돌가루들이 후두둑 떨어져 내렸다.

"총채주……."

뒤쪽에 있던 이탁이 안절부절못하는 표정으로 다가왔다.

곽무한은 이탁에게 고개도 돌리지 않았다.

대신 아래쪽을 내려다보며 상처 입은 목소리로 으르렁거렸다.

"어떤… 놈들이냐?"

곽무한의 눈길이 향한 곳.

무성한 나무와 우거진 잡초 밭 사이, 움푹 꺼진 곳에 세워진 허름한 모옥.

그곳엔 한쪽 눈이 퀭하니 뚫려 있고 온몸에 처참한 상흔을 지닌 사내 하나가 시커먼 체구의 중년인에게 무참히 얻어맞고 있었다. 그리고 그들 뒤로는 웃통을 벗은 사내들이 참담한 표정으로 앉아 있었고, 그 뒤로 병장기를 든 수십 명의 흑포인들이 사내들을 빙 둘러싼 채 비웃음 띤 눈으로 그 모습을 구경하고 있었다.

눈에 보이는 장면 그대로 해석하자면 외눈박이사내가 무슨 잘못을 저질러 중인환시리에 징계를 당하고 있는 장면이었다.

그런데 그 모습을 보고 곽무한이 으르렁거리는 이유는 다름 아닌 외눈박이사내의 정체 때문이었다.

몸에 처참한 상처를 주렁주렁 달고 있는 외눈박이사내.

그의 정체는 바로 추단이었다.

독심환 추단.

그가 누군가?

수룡채에 합류하기 이전부터 수적들 세계에서 독기 빼면 시체라고 공인받은 사내가 아니던가?

그런 그가 중인환시리에 얻어맞고 있다?

도저히 있을 수 없는 일이었다.

그는 스스로 무슨 잘못을 저질렀다 해도 절대 저렇게 맥없이 얻어맞고 있을 사람이 아니었다. 더더구나 그는 절대로 외눈박이가 아니었다.

그러니 이유를 알지 못하는 곽무한으로서는 눈에 불길이 확 치솟을 밖에 없었다.

이탁은 곽무한의 눈빛에 가슴이 철렁했다.

그는 우물쭈물하다가 급기야 긴 한숨을 내쉬며 말했다.

"휴우우… 설명하자면 무척 깁니다. 잠시 장소를 옮기면 어떻겠습니까?"

쪼르륵.

잔에 술이 가득 찼다.

향긋한 주향이 풍겼지만 곽무한은 거들떠도 보지 않았다.

곽무한은 이글거리는 눈빛으로 이탁만 쳐다보고 있었다.

이탁은 죄지은 사람처럼 곽무한의 시선을 피해 술잔만 바라보고 있었다.

그들 주변으로는 취객들이 소란스럽게 떠들고 있었다.

곽무한과 이탁이 앉아 있는 이곳은 우란강 기슭의 조그만 주루.

잔이 따라지고도 한참이 흘렀지만 두 사람은 조용히 침묵만 지키고 있었다.

곽무한은 이탁의 입이 열리기만 기다렸고, 이탁은 곽무한의 노기가 가라앉기만 기다렸다.

　말없이 침묵만 지키고 있는 두 사람.

　덕분에 주루에는 까닭 모를 냉기가 휘몰아쳤다.

　그래서일까?

　곽무한 근처에 있던 취객을 시작으로, 웃고 떠들던 취객들이 하나둘 자리를 뜨기 시작하더니, 종내에는 주루에 두 사람만 남았다.

　이탁의 입이 열리기 시작한 것은 바로 그때부터였다.

　한동안 죄지은 사람처럼 곽무한의 시선을 피하고 있던 이탁.

　입술을 질끈 깨물더니 잔을 집어 들었다.

　벌컥!

　잔은 금방 비워졌다.

　그러나 성에 차지 않았을까?

　이탁이 이번에는 술병을 통째로 집어 들었다.

　"죄송합니다. 조금만 더 마시고 다 말씀드리겠습니다……."

　잠깐 곽무한을 향해 고개를 숙여 보인 이탁은 술병을 목구멍에 집어넣었다.

　꿀꺽, 꿀꺽.

　목젖이 몇 번 오르락내리락하더니 빈 술병이 탁자 위로 돌아왔다.

　벌컥!

　역시 단숨에 잔을 비워 버린 곽무한.

　차가운 눈빛으로 이탁을 쳐다봤다.

　"이제 말해 봐!"

　"네… 말씀드리지요… 남김없이……."

　이탁은 그때부터 과거사를 시작했다.

"본채가 무너지고 총채주마저 실종되셨다는 소식을 듣고 저희들은 한달음에 칠반산을 찾았습니다. 그러나 그때는 이미 타버린 잿더미만 저흴 반길 뿐, 다른 흔적은 찾으려 해도 찾아볼 수가 없었습니다. 그래서 저희들은 각자 채로 돌아와 흉수를 찾는 데 전력을 투구했습니다. 그러던 차에 우연히 사천무림맹의 발표를 듣게 되었습니다. 강호의 암적인 존재를 처단하기 위해 그 본보기로 우리를 먼저 무너뜨렸다고……."

이탁의 눈빛이 이때부터 곽무한을 닮아갔다.

"저희들은 하늘이 무너지는 것 같았습니다. 무림맹이라니? 다른 곳도 아닌 무림맹이라니? 분했습니다. 미칠 것만 같았습니다. 복수할 힘이 없다는 사실이 원통해 견딜 수 없었습니다. 그때 맹세했습니다, 무림맹에 복수를 하기 위해 자금을 모으고 힘을 기르자고."

이탁의 설명을 간추리자면 이러했다.

자금과 힘을 모으기로 의기투합한 세 사람.

그때부터 돈 되는 일이라면 물불을 가리지 않았다.

그러나 그들이 움직이고 얼마 지나지 않아 어떻게 알았는지 정체 불명의 인물들이 추단과 곽패를 공격해 왔다.

이탁은 적취협에서 성을 쌓는 데 주력하고 있어 추단과 곽패가 공격 목표가 된 것이다.

정체 불명의 인물들은 기껏 수십 명에 불과했지만 저마다 엄청난 무공에 독까지 사용하고 있어 도저히 감당해 낼 수가 없었다.

결국 추단과 곽패는 악전고투 끝에 겨우 달아날 수 있었지만 수하들의 태반을 잃는 손실은 면할 수 없었다. 거기다가 추단은 한쪽 눈과 내공을 잃어버렸고, 곽패는 한쪽 팔과 얼굴 반이 뜯겨져 나가는 상처를 입고 말았다.

그때부터 그들은 정체를 완전히 감춘 채 숨어서 힘을 기르기로 했다.

자신들을 정확히 찾아낸 걸로 봐서 놈들의 정보망이 보통이 아니라는 것을 알아차린 것이다.

그들은 석 달에 한 번, 적취협에 모이는 것 외에는 일절 서로 간에 연락을 끊기로 했다.

"그래서?"

곽무한이 물었다.

"추단이 선택한 것은… 용병이었습니다. 그래서 저런 모욕을 감수하고 있는 것입니다."

강호에서 용병이란 남의 싸움에 목숨을 던지는 직업.

자기 싸움이 아니라 남의 싸움에 몸과 마음을 찢겨야 하다니?

콰지직!

곽무한의 눈에서 불꽃이 일고 손에서 술잔이 터져 나갔다.

"어디 놈들이냐?"

"삼판채(森販寨)라고… 신흥 강호입니다."

"삼판채? 그 따위 놈들에게 추단이 맞고 있다?"

곽무한의 눈이 이글거렸다.

이탁은 슬그머니 눈을 내리깔며 대답했다.

"추단이 참고 있는 것은… 그들이 고용주라서 그렇습니다. 내일을 위한 자금원이라서… 더구나 그들은 비월문의 후광을 등에 업고 있어서……."

그러나 이탁의 말은 끝까지 이어지지 못했다.

"치우고… 놈들의 위치는?"

이탁은 곽무한이 저런 눈빛일 때는 절대 말릴 수 없다는 것을 잘 알고 있었다.

콰자자자작!
목책이 산산이 터져 나가고 수목이 하늘 위로 치솟았다.
삼판채들은 저마다 공포에 질린 눈으로 눈앞의 사내를 쳐다봤다.
금사강 상류에서 악명을 떨친다는 삼판채.
운남 북부의 패자인 비월문이 직접 무공을 지도해, 인근에서는 공포의 집단으로 치부되는 그들.
그러나 그들은 단신으로 쳐들어온 한 사내를 보고 공포에 질려 덜덜 떨고 있었다.
혼자서 천 명에 이르는 삼판채들을 압도해 버린 사내.
그는 불꽃 같은 눈으로 사방을 노려보고 있는 곽무한이었다.
"여기 채주가 어떤 새끼야? 당장 내 앞에 나서! 지금 당장 나오지 않으면 너흰 오늘 끝장날 줄 알아!"
곽무한은 뇌성벽력 같은 호통으로 삼판채들을 공포에 떨게 만들었다.

화염이 일렁이는 도.
시뻘건 눈빛.
그 앞에서 삼판채 채주 마달극(馬達極)은 옴짝달싹도 못했다.
"감히 네놈 따위가… 비루먹은 개뼈다귀만도 못한 너 같은 새끼가 감히 추단을 건드려? 감히 너 같은 새끼가 말이야. 으아아아아!"
콰지직!
뻐커컥!

"끄아아아아……!"

곽무한은 시뻘건 눈빛으로 혈뢰도를 휘두르고 있었다.

마달극의 몸은 선 자세 그대로 산산이 해체되고 있었다.

후두둑… 촤아아…….

피가 사방에 튀었다.

비명성은 끊어진 지 이미 오래였다.

그러나 곽무한은 괴성을 지르며 손을 멈출 줄 몰랐다.

"으아아아아! 너 따위가! 감히 너 따위가!"

누구를 위한 칼질일까?

누구라고 생각하며 휘두르는 칼질일까?

죽어도 이미 골백번은 더 죽은 사람에게 도를 휘두르는 곽무한의 눈에는 끊임없이 눈물이 흘러내리고 있었다.

곽무한의 눈물방울 속에는 퀭한 몰골의 추단이, 괴물 같은 얼굴의 곽패가 빙글빙글 돌아가고 있었다.

"으으으… 으으으……."

선 자세 그대로 어육덩어리가 되어가는 자신들의 채주를 보며 삼판채들은 공포에 질려 말을 잇지 못했다.

이탁은 너무 놀라 어안이 벙벙했다.

그 이유는 곽무한 때문이었다.

지금 눈앞에서 삼판채 놈들 중 간부급에 해당하는 놈들만 골라 굴비 엮듯 끌고 가는 곽무한.

그러나 줄은커녕 지푸라기 하나 동원하지 않았는데도 근 백 명에 이르는 삼판채 놈들이 홀린 듯 곽무한의 뒤를 따른다.

아까 삼판채에서 본 무위도 충격이었지만, 지금 장면은 더 더욱 큰 충격으로 다가왔다.

"총채주의 무위가 어느새 이만큼 느셨다니?"

눈빛과 기도로 사람을 압도하는 경지.

이는 강호 십대고수에게서나 나올 수 있는, 실로 초절정의 경지가 아닌가?

놀란 사람은 이탁만이 아니었다.

추단 역시 어안이 벙벙해 입을 쩍 벌리고 있었다.

돌아간 지 얼마 되지 않아 다시 들이닥친 삼판채.

이번엔 또 무슨 모욕을 당할까 싶어 참담한 심정으로 서 있는데, 그들 뒤에 나타난 사람.

번쩍이는 정광에 꾹 다문 입술.

분명 그였다.

추단의 마음속 유일한 우상.

추단은 울컥 격동이 치밀었다.

자기도 모르게 눈물을 흐르고 사지가 와들와들 떨렸다.

이제 어둠과 절망은 없다, 그가 돌아왔으니.

추단은 무슨 말인가 해야 한다고 생각했다.

그러나 목이 콱 잠겨 말문을 열 수 없었다.

그러다가 겨우 내 뱉은 말······.

"총채주··· 총채주······."

추단은 그 말을 내뱉으며 어린아이처럼 엉엉 울고 말았다.

뒤에 있던 수하들도 마찬가지였다.

"총채주를 뵈옵니다. 크흐흐흑!"

그들도 모두 무릎을 꿇은 채 목 놓아 울고 말았다.

곽무한의 눈에도 눈물이 흘렀다.

그러나 곽무한은 무릎을 꿇지도 않았고 목놓아 울지도 않았다.

대신 눈을 부릅뜨며 한 걸음 한 걸음 앞으로 나아가 울고 있는 추단을 일으켰다.

"총채주… 크흐흐흑!"

추단은 감격으로 몸을 떨었다.

그러나 그는 곧 고통에 떨며 바닥을 뒹굴 수밖에 없었다.

"이놈! 이 나쁜 놈! 네놈이 감히 수룡채의 자존심을 팔다니… 형제들의 자존심을 팔다니……!"

곽무한은 목메인 음성으로 구타를 시작했다.

추단은 고통에 몸을 떨면서도 감격에 겨워 엉엉 울었다.

"크헉! 커커컥! 잘못했습니다, 총채주. 제가 잘못했습니다. 제가 정말 잘못했습니다. 엉엉엉!"

추단이 울고 있는 이유는 몸으로 직접 겪으니 곽무한이 살아 돌아왔다는 게 확실히 실감이 난 때문이었다. 더불어 곽무한에게 두들겨 맞는 과정에서 이제껏 가슴속 깊이 응어리졌던 절망감과 자괴감이 다 해소되는 것을 느낀 때문이었다.

그래서일까?

수하 놈들도 마찬가지였다.

"총채주! 저희도 때려주십시오! 저희도 때려달란 말입니다. 흑흑!"

수하 놈들은 모두 무릎걸음으로 기어 곽무한에게 매달렸다.

곽무한은 그들에게도 손을 아끼지 않았다.

"오냐, 맞아라. 너희도 맞아라. 이놈들! 이 나쁜 놈들!"

곽무한은 눈물을 줄줄 흘리며 수하들을 마구 두들겨 팼다.

"총채주! 저희가 잘못했습니다. 저희가 형제들을 팔았습니다. 엉엉엉!"

수하들은 울면서 웃고 웃으면서 울었다.

곽무한과 수룡채들.

그들은 때리는 사람이나 맞는 사람이나 서로 격정으로 때리고 격정으로 맞았다.

"이놈들! 앞으로는 절대 내 허락 없이는 죽지도 말고 다치지도 말고 자존심도 팔지 마라! 어기면 몽땅 죽여 버리겠다!"

곽무한은 그 말을 끝으로 손을 멈췄다.

삼판채들은 그 모습들을 지켜보며 모두 뜨악한 표정만 짓고 있었다.

다음날.

태양이 떠올랐다.

"잘 잤나?"

"응. 오랜만에 단잠을 잤는걸."

눈이 밤송이마냥 부푼 놈들이 서로를 보며 아침 인사를 나눈다.

입술이 터지고 팔다리가 꺾인 녀석들도 마찬가지로 인사를 나눈다.

그들은 터지고 깨진 얼굴로 절룩이며 기며 뒹굴며 마당으로 나와 저마다 환한 표정으로 서로를 보며 인사를 나눴다. 그리고는 모두 약속이나 한 듯이 모옥을 힐끔힐끔 훔쳐보면서 서성거렸다. 곽무한이 일어나기만 기다리는 것이었다.

행복한 아침이었다.

여느 때와 똑같은 아침이었지만, 이제까지와는 완전히 다른 아침이었다.

왜냐하면 그들의 가슴에 새로운 희망이 부풀어 올랐기 때문이다.

그래서였다.

"두 달을 주겠다. 그때까지 몸을 만들어라. 아니면 죽는다."

곽무한이 눈을 부라리며 이야기해도 놀라는 놈은 아무도 없었다.

얼굴 반쪽이 날아가 버린 곽패처럼 그저 감격 어린 표정으로 눈물만
뚝뚝 흘리는 놈은 있을지언정.

수하들과 상견례를 마친 곽무한은 조용히 추단을 불러냈다.

이유는 추단의 내공을 되살려 보기 위해서였다.

"괜찮습니다. 이미 버린 몸… 신경 쓰지 않으셔도 됩니다."

추단은 쓸쓸한 표정으로 완곡히 거절의 뜻을 표했다. 그러나 곽무한
은 강제로 그를 눕혀 버렸다.

"해보고 안 되면 몰라도, 해보지도 않고 포기하는 건 어리석은 짓이
야."

아마 곽무한은 추단의 표정을 보는 순간 화영령을 떠올렸는지 모른
다. 그래서 강제로 그를 치료하기로 작정했는지도.

될지 안 될지는 자신도 모르겠지만 일단 하는 데까지는 최선을 다해
보기로 했다.

곽무한의 전신은 곧 찬란한 후광에 휩싸였다.

그 순간, 호법을 보고 있던 이탁과 곽패는 경악으로 눈을 부릅뜨고
말았다.

'오기조원(五氣朝元)! 오기조원이다!'

두 사람은 곽무한의 머리 위로 솟아오른 둥근 테를 보며 속으로 비

명을 질렀다.

오기조원.

그 경지는 소주천, 대주천을 지나 생사현관과 백맥을 타통하고, 상단전을 여는 음양합일까지 지나고 나서야 비로소 이룰 수 있는 경지였다.

이는 연정화기, 연기화신을 지나 연신환허(鍊神還虛)로 접어든 경지로, 무공으로 말하자면 천지 자연과의 조화를 깨닫기 시작하고 육신과 나를 분간하지 않으며 더 이상 호흡에 연연하지 않는 경지, 즉 진기가 고갈되더라도 금방 회복되고, 평범한 초식을 펼치더라도 천지 자연의 이치를 담게 된다는 바로 그 초절정의 경지에 다름 아니었다.

당금 천하에 이런 경지를 이룬 사람은 고작 열 명에 불과하다고 하니, 이탁 등이 놀라는 건 지극히 당연한 일이었다.

잠시 시간이 흐르고,

"총채주님, 정말 감사합니다."

추단은 눈물을 흘리며 연신 고개를 숙였다.

곽패와 이탁은 더 이상 놀랄 힘도 없어 그저 눈만 끔뻑이고 있었다.

'세상에! 잃어버린 내공까지 되살리다니?'

그들의 눈에 곽무한은 사람 같아 보이지가 않았다.

'휴우… 다행이구나.'

곽무한은 내심 안도의 한숨을 내쉬었다.

산공독에 당해 내공을 잃어버린 추단.

자신의 경우를 떠올려 혹시나 싶어 시험해 봤는데, 다행히 통한 것이다.

곽무한은 사해어옹이 해준 것처럼 추궁과혈의 수법으로 먼저 추단의 기맥을 풀어주었다. 진기가 쉽게 흐르도록 하기 위해서였다. 그리고 난 뒤 각종 영약이 듬뿍 녹아 있는 자신의 피를 추단에게 먹였고, 마지막으로는 뇌정신공을 운용해 추단의 명문혈에 기를 불어넣어, 그 기를 인도해 추단의 몸속에 남아 있던 독기를 완전히 태워 버린 것이다.

물론 그 과정에는 지고지순한 곽무한의 공력도 공력이지만, 설아가 준 영약의 효능이 가장 주요하게 작용했다. 그 덕에 추단은 잃어버린 내공을 다시 회복할 수 있었고, 그런 속사정을 모르는 세 사람으로서는 곽무한이 신기하게만 보일 수밖에 없었다.

모옥이 내려다보이는 언덕.

오랜만에 네 사람이 모여 앉았다.

회의실이 없어 언덕으로 나온 곽무한과 이탁 등이었다.

서로 이런 저런 이야기들을 나누던 끝에 곽무한이 모두를 보며 말했다.

앞으로의 행보에 대한 이야기였다.

"웅풍산장부터 먼저 치고 그 다음으로는 사천당가를 칠 생각이다."

추단과 곽패는 별로 놀라는 기색이 없었다. 그저 당연하다는 표정으로 고개를 끄덕였다.

그러나 이탁은 조금 걱정이 됐다.

그래서 아무 생각 없이 물어봤다.

"수하들이 몇 명 안 되는데 너무 이른 게 아닐까요?"

정말 이탁은 아무 생각 없이 물은 것뿐이었다.

그러나 그는 그 말을 내뱉은 걸 뼈저리게 후회해야만 했다.

"이런! 그동안 안 봤다고 그사이에 불신만 잔뜩 늘었단 말이지?"

그 말이 시작이었다.

곽무한은 눈도 깜짝 않고 주먹질을 시작했다.

퍼퍼퍼퍽!

"케에에엑! 그게 아니고… 그런 말이 아니고……."

오랜만에 맞아보는 곽무한의 주먹은 예전보다 열 배는 아팠다.

그러나 곽무한의 주먹은 그나마 정겨운 맛이라도 있었다.

"참 한심도 하슈. 수석 부채주란 양반이 총채주 앞에서 앓는 소리나 해대다니? 맞아도 싸지, 싸!"

"맞아! 주둥이만 산 놈. 저런 놈은 죽도록 맞아야 정신을 차려."

이탁에게 있어 곽무한의 주먹보다 더 견디기 어려웠던 것은 자신이 비명을 지를 때마다 툭툭 던져 오는 곽패와 추단의 핀잔이었다.

그러나 이탁은 곧 마음을 비웠다.

이런 기분을 맛본 게 도대체 얼마만이던가?

아무 걱정 없이 마음껏 웃고 마음껏 이야기하고.

네 활개를 활짝 펴고 누운 이탁.

하늘을 올려다보며 마음껏 웃었다.

"저런 미친놈! 얻어맞고도 좋다고 낄낄대다니."

이탁은 곽무한의 저런 핀잔을 평생토록 듣고 싶었다.

"하하하! 좋구나. 정말 좋구나!"

하늘에는 하얀 구름이 웃으며 지나가고 있었다.

『장강수로채』 8권에 계속…